外星人接待办

孟庆勇 著

上海社会科学院出版社

引　言

　　金风玉露一相逢,势拔五岳掩赤城。虎鼓瑟兮鸾回车,从此高人不耗神。

目录

001 …… 引言

001 …… 第一章 肄业

005 …… 第二章 offer

009 …… 第三章 面试

014 …… 第四章 信函

017 …… 第五章 上任

020 …… 第六章 喝酒

024 …… 第七章 开会

028 …… 第八章 怎么办

032 …… 第九章 研讨会

047 …… 第十章 搭讪

052 …… 第十一章 招聘

056 …… 第十二章 恳谈会

063	第十三章 代言人
071	第十四章 一个访客
082	第十五章 两个访客
097	第十六章 上访客
107	第十七章 接待动员
115	第十八章 大员大酒
126	第十九章 公厕品茶
134	第二十章 礼品
142	第二十一章 玫瑰之约
149	第二十二章 调研
158	第二十三章 改造工程
167	第二十四章 提案
177	第二十五章 经费
187	第二十六章 新中心
199	第二十七章 落成典礼
212	第二十八章 模拟

目录

- 第二十九章 猫王 ······ 224
- 第三十章 LOST ······ 234
- 第三十一章 断炊 ······ 244
- 第三十二章 招商 ······ 251
- 第三十三章 推介会 ······ 258
- 第三十四章 风投 ······ 267
- 第三十五章 神经理 ······ 276
- 第三十六章 外星人展 ······ 285
- 第三十七章 外星餐厅 ······ 293
- 第三十八章 星门 ······ 301
- 第三十九章 感冒 ······ 312
- 第四十章 热线 ······ 321
- 第四十一章 三头 ······ 332
- 第四十二章 设奖 ······ 339
- 第四十三章 鉴定 ······ 346
- 第四十四章 科普报告 ······ 353

外星人接待办

第四十五章 宴请	361
第四十六章 葬礼	368
第四十七章 审计	374
第四十八章 祸去病	384
第四十九章 乔治奥威尔	392
第五十章 有来有去	398

第一章　肄　业

万人招聘会现场,人来人往,熙熙攘攘。正襟危坐的面试官,戴着眼镜,打着领带;吊儿郎当的面试官,脱鞋赤脚搭在桌子上,脸上还有个饭粒子,衬衣上还有一抹蚊子血,有几个在那里打起扑克来。找工作的也是各式各样,有兴奋得(也可能是人多缺氧造成的)满脸通红气喘吁吁的,拿着一沓简历各个柜台跑,简历掉在地上也顾不得捡,生怕跑得慢了工作就丢了;有的独自徘徊,下不定决心到底去哪家公司,就像跳楼者在跳与不跳之间挣扎那样;有的则像逛街的观光客那样,四处溜达,像便衣似的。

就是在这个招聘会上,王觉悟签下了他的第一个工作,某名寺驻寺和尚。话说他办好了手续踏上飞快的火车直奔名寺当了和尚后还有了一段关于一本正经的奇遇,不过这都是后话了,现在的王觉悟在招聘会场外面溜达,等左小短出来。他俩是BT四班的同学,据不完全统计,BT四班的同学们在刚刚毕业的那一年都相当悲催。

左小短在大学里仙风道骨的生活了四年,即使从拥挤的招聘会出来，目光里仍透出强劲的淡然。他穿了一件海魂衫。"觉悟，听说你签了一家寺院？"

"是啊，以后兄弟我就是佛门弟子了，都是混口饭吃嘛，我反正是看开了，人家待遇也不错，还有出国进修的机会，又不是天天吃斋念佛，偶尔还可以插科打诨，上网聊天，岂不快哉？"王觉悟优哉游哉地说，对未来的哈佛生活煞是憧憬。"哎，你怎么样？卖了没？"

左小短摇摇头，王觉揄揶他道，"空有一身好肉啊。"这倒不假，要论身板，这满场子大学生没几个好过左小短，他们都是聊天聊到半夜三更睡觉睡到日上三竿玩游戏玩到月上柳梢头，有谁能像左小短那样连年坚持每天早上六点起床先来个五千米跑，每周两次足球两次篮球两次羽毛球外加周日的器械锻炼，睡觉前还要做俯卧撑＋仰卧起坐＋自创的核心肌肉群练习法，这是怎样的一种水滴石穿绳锯木断坚持不懈矢志不渝的现实主义精神病啊。

"倒是有一家有意向，还是家500强，不过看我没拿到学位，就pass了。"左小短把剩下的简历都塞进自己的电脑包里，看着场边的满目狼藉，又摇了摇头，都是乱丢的纸片，没有一个人会带走自己的垃圾。

"没拿到学位怎么啦？肄业怎么啦？这些企业真没眼光！B儿盖还肄业呢，妃子book那个CEO叫什么来着，还肄业着呢，那不都成就了一番事业？你说的是哪家企业？我给你评理去！"王觉悟一脸

第一章　肄　业

义愤填膺,就要杀回招聘会,被左小短拉住,"淡定,淡定!"

"还是佛爷好,人不挑剔,我这也肄业,一视同仁。"其实王觉悟根本就没给老和尚看他的学位证,四级都没过,不算是本科啊。那还是去年的时候,为了早日掀掉压在身上的四级考试这座大山,他找左小短当枪手,办了假证件,又上上下下打点好了,可偏偏那天是副校长巡场,他恰好是左小短的羽毛球球友,每次都输小短两三分的,他知道小短明明六级都考过了嘛,怎么又来考四级?抓个正着!记大过处分,留校察看。怎么可能不肄业?

"走,喝酒去。"王觉悟拉起左小短,"一是安慰你,二是庆祝我。"

刀削面馆。午后的阳光像晚景凄凉的老猫那样趴在左小短的脚上。

"这么说吧,我觉得自己几乎是一个失败的人!"王觉悟咕咚一杯啤酒,仿佛要把失败一饮而尽,"好歹也是个本科吧,虽然说混了四年,可青春不就是用来浪费的吗,到头来呢,找不着工作了吧,当和尚,我可不想跟家里说剃度出家了,你也要替我保密啊,我哪知道自己会遁入空门?命运啊。运啊。啊。"

"成功和失败,都是相对的。"左小短抿了一口酒说,"找不到工作,或许只是暂时的失败,我相信天道酬勤,一分耕耘一分收获,只要付出就会有回报,只要努力过,那就是成功了。"

"得了吧,埋头苦干,不如能说会算,成功?你现在看看,你距离成功是不是还有十万八千九百五十六里地?考研?你考上了吗?好好的生命科学多好,你非得跨专业考天体物理的研究生,你这不是找死吗?考公务员,你考上了吗?你就是笔试第一能怎么着,最后还不是分母?泡妞,你泡到了吗,最后的女朋友不还是投入纨绔子弟的怀抱?就业?你就得了吗?还不得一次次的面试一次次的碰壁?你说得对,成败乃相对,咱们得换换脑筋啊,让我们一起迈入新时代啊新时代,歌是怎么唱的?咱得会脑筋急转弯,比如我,能放下架子包袱去当和尚,这就是与时俱进,我相信,过不了多久,和尚就会像雨后的春笋一样多起来,到时候,各大寺院将成为高校毕业生的重要出口,将极大地解决本科生的就业压力,到那个时候,兄弟我估计早就不当和尚了,我得转行做幕后了,做和尚代理,方丈经纪人,搞僧界房地产联盟,兄弟我始终得走在潮流的前面啊,要不我怎么叫王觉悟?和尚是一项光荣而有前途的事业!"王觉悟就着一个鸡爪子,侃侃而谈,大有羽扇纶巾谈笑间樯橹灰飞烟灭的风范。

左小短只是嚼着茴香豆,"你说的也在理,在理。"

"小短,我就觉得你这点好,听人劝,吃饱饭。兼听则明,偏信则完蛋。拿不到毕业证,我欠你的,I owe U,等我当和尚挣了钱,一定补偿你,今天还是我请客你埋单,来,走一个。"

小短已微醺,就着惨淡的阳光把酒喝了。

第二章　offer

送王觉悟上了火车，左小短怅惘地离开站台。他感到有些饿了，就径直前往那家"宇宙尽头餐馆"。餐馆的老板是个颓废的胖子，总是学阿瑟·邓特那样穿着个睡袍，不过他的袍子显小了，半个肚皮露在外面。小短喜欢他家的烤鸡翅。

餐馆不大，生意却很红火。柴胖子油乎乎的手拿个小本子站在柜台外面，"要什么菜？烤鸡翅，大头菜，渔夫茄子？差不多了，就这些，上菜！"来餐馆的顾客被指挥着坐下，跑堂的伙计前前后后招呼。来多少人，多大阵势，柴胖子都镇定自若从容不迫，那神态，即使泰山崩于前，他也放不下手里的菜单和钞票，还会忙里偷闲地喝口早已凉了的茶水。

吃到第三个鸡翅的时候，小短接到一个电话，不认识的号码。有offer了，他脑子里飞快地把自己在网上海投的简历回顾一遍，不知道对方是何来路，要沉着应对。可是场子太吵了，见有人从厕所里出来，小短赶紧钻了进去。"喂，你好？"语气要尽量地谦恭友好。

"你好,是左小短吧?"

"是我,请问您是?"

"我是袁博士,来自联合国即 United Nations 教科文行星际委员会基地组织,也就是简称 USB 机构,目前我们正在招聘一名工作人员,想了解一下你的情况。你是考过天体物理的研究生吧,你对冥王星被开除行星星籍一事怎么看?"

"我觉得,"小短还没有完全弄明白这个 USB 是怎么回事,突然被问到冥王星的事,有点措手不及,只好跟着感觉走,"我觉得冥王星的情绪比较稳定,应该不会在意的。"

"Good,你对 B612 号小行星有什么了解?"

"B612 号?"小短开启 google 模式,有这么一个小行星吗,不会是这个袁博士唬他的吧,按照小行星编号的国际统一格式,应该在前四位是发现年份啊,看来不是国际编号,可能是某临时编号,北京天文台的临时编号是以 B 开头的,但后面跟的是五位数字啊,这个却只有 3 位。对不上号,这个 B612 该不会是像"9527"那样的代号吧,小短仔细地想啊想,想起了圣-埃克苏佩里,"B612 是个美丽的星球,那里的玫瑰花不错。"小短自信地回答,可是这厕所的臭味让他感到 out of place,他竟然能在厕所里说出玫瑰花这个美丽的字眼儿? 他感到很尴尬。这个袁博士的问题很专业也很全面,看来不好对付。

"Good,你的回答我很满意,如果你明天有时间的话,请到菠萝柚

第二章　offer

子大街三十一号来面试,八点钟,请带上你的身份证和银行卡,你的卡号是＊＊＊＊＊6437吗?"袁博士的声音听起来不像是在电话的另一端,倒像是在厕所门外。

"啊,对啊,你怎么知道?"小短有点诧异,他们不会是国安局的吧,怎么连银行卡号都知道?他可从来没在网上留过这些信息啊。

"你应该明白,对我们这种部门来讲,想要了解一个人的信息不是很难。顺便问一句,今天的鸡翅好吃吗?"

"啊,好,好吃。"小短往头顶的天花板,又看看脚下的便池,想找到隐藏着的那双眼睛。目光落在一个插线板上,他感到那些插孔正在和颜悦色地看着他,仿佛它们和袁博士有某种联系。

挂了电话,小短继续回到餐桌上把鸡翅吃完。终究是个好消息,有offer总比没offer好,碰壁了那么多回之后,这个略带诚意的电话还是在小短心里添了一丝愉悦。吃下去的几个鸡翅膀早已被消化吸收,并且在他的背上重新发育出来,他要了两瓶啤酒,咕咚咕咚灌了一阵儿,那两个翅膀已经发育得越发完好,他似乎可以扑扇扑扇就振翅而飞。

蒙眬之中,他打电话给王觉悟。"觉悟啊,我有offer了,我接到USB的通知了,明天面试,我要到USB去工作啦!"

王觉悟正在火车上搭讪一个读朱淑真书的姑娘,"什么?你说什么？USP？不是UPS？联邦速递？你能干得了那活吗？可是体力活！咱好歹也是受过高等教育的四有新人，作为过渡可以，不能老快递，得往管理岗位上走啊。什么，不是快递啊，USB？没听说过啊，2.0的？能有你的接口吗？"

左小短不再和他闲扯，"兹"儿地喝了一口酒，挂了电话。管他并口还是串口，先去面试了再说。

第三章 面　试

在百度地图上搜索菠萝柚子大街31号,选以此为终点,小短很快搞清了路线和乘车方式。为了能显得精神些,他特地跑到老纪理发店,"老纪啊,明天是一个重要面试,看你的手艺了!""多加一块钱,我卖卖力气!""你个老小子!"

理头刮脸,面目全非,都收拾停当,发现还缺套西装。以前都是借小六子的,可小六子最近找了个卖保险的工作,虽然干的是天天扫楼跑上跑下不断搭讪坑蒙拐骗的活,但还是得穿得人模狗样一本正经,"西装是不行了,这儿有条用过的内裤倒是可以借给你。"小六子龇牙咧嘴地说,看上去无比猥琐。

凡事靠自己,左小短是记得这句古训的,炒股靠跟庄,应聘靠西装,还是得有套自己的西装。可是买西装得要钱啊,身边的朋友却都是赤贫,无奈之下,小短想到了有困难找组织,不行就到院总支去借点钱。打定主意,他就往学院的大楼走。

楼是老建筑,厚厚实实的,像个饱经风霜的老人。总支的门虚掩着,看来书记还在。小短轻轻地敲了一下门后推门而进。书记正在网上聊天泡妹妹呢,冷不丁地有个人进来给吓了一跳,赶紧关了聊天窗口,生怕那些肉麻的话被人看到。他有些恼怒地说,"你是哪个系的,怎么进来不敲门啊?"

左小短作了自我介绍,把来意说明,然后摆出一副可怜相等书记回答。书记他在学院这么多年,还是第一次听说有学生来借钱买西装的,觉得好气又好笑,"左小短啊,我想你应该明白,人家用人单位考察的主要是你的个人能力,工作水平,精神面貌,考察你的情商智商,而不是考察你的西装革履。所以你穿得再端庄,能力不济也是白搭;相反,只要你有能力,哪怕你穿个汗衫拖鞋,也会被用人单位慧眼识英才的。"书记想尽快打发他走,院里哪有钱借给学生买西装? 要是能借,今天来借一千,明天来借一千,毕业一级学生,学院的钱恐怕都要被借光了。可是小短是有老主意的,赖在那里不走,认定了组织会给自己解决困难。书记软硬兼施,小短只是软磨硬泡。最后书记也没辙了,没见过借钱这么执着的,要是还钱这么执着该多好了。桌面上的聊天工具一直在闪,网上的美眉看来等焦了,书记决定赶紧把这活佛送走,只好使了几分力气展开笑颜,"好好好,小短同学啊,你的情况啊我是了解的,我呢,也是很乐于帮助你们这些刚走出校门的青年,第一份工作都不容易,但是学院是没有这部分经费来帮助学生置装的。这样吧,我以个人的名义借给你一千块,你去买件好的西

第三章 面 试

装,等你工作了挣了工资再还给我,你看怎么样?"小短欢快地答应了,看来是功夫不负有心人啊,当下便打了借条从书记那里取现一千元,扬长而去。

小短没有买过西装,不知道什么样的好,但见街上都是新郎希努尔的广告,就找到一家新郎西服店。导购的姑娘很是热情,搞得小短有点不好意思,怕她晓得自己不是新郎却来买新郎西服,多难堪啊。可小姑娘还是满口的夸赞自家的西装和小短的身材,"这套衣服穿在您身上正正合适不过,长短肥瘦都合适,到您婚礼的那一天啊保证您玉树临风又帅又潇洒!"小短被侃得晕乎乎的,当下就利利落落地交钱拿货。小短拎着一套西装走在回来的路上,感到自己在人群中那么耀眼。

晚上做完俯卧撑和仰卧起坐,小短没再听收音机,为的是睡个好觉,明天面试好有精神。定了两个闹钟,才安心地躺下。在例行的反省中,他体味到:我现在面临的一个困境是,不能很好的 Know yourself。他感到自己还太单纯,一碰到复杂的情形就可能发慌,可是社会多么复杂啊。

"大爷,请问这是菠萝柚子大街吗?"小短按照百度地图上的路线下了车,却是几个胡同,四下找了半天也没见有个街牌号,旁边正好有个公共厕所,坐着个叼烟卷的大爷像是厕所管理员。

"是啊,这里就是菠萝柚子。"大爷很骄傲地说,好像他每天都要回答一遍这个问题,今天回答的照样是标准答案。

"那31号在哪里?"

"31号?不清楚,反正我这里是33号。"大爷其实明白31号就是旁边的那个大院,可大院前又没贴门牌号,还是不好往实里说。

小短谢过厕所管理员,进到大院里。说是大院,其实并不大,只有一个二层小楼。一层有两间房,门口挂个牌子"职工之家",门锁着,门帘窗帘都拉着,左侧是木质楼梯,走上去还嘎吱嘎吱响。楼前是个小花坛,只有几丛狗尾巴草,一个小牵牛花怯生生地开在中间。左小短拾阶而上,一边走一边整理自己的衣服和发型。

二层的一个木门没关严,有阳光从缝里挤出来,好像那屋子盛不了这些丰裕的阳光,阳光们吵吵闹闹要往外面花坛里奔。这一缝阳光带给小短很多温暖,还有信心,他深吸一口气,笃笃地敲了两下门。

可惜没有回应,再敲两下,还是没人。小短轻轻推开门,屋子里确实没有人。小短又退出来,旁边的房间锁着门,但是没拉帘,往里瞅瞅也是空荡荡。最里面是个洗手间,小短试着喊了两声"有人吗?有人吗?",怕里面的人听不见,他又进到看了看,确实没人。人呢?

第三章 面 试

这里应该就是菠萝柚子31号啊,不是说好面试的吗,怎么会没有人?但也不能白来啊,昨天电话里听着人家挺客气的,这职位估计有戏。小短觉得不能就这样回去了,得等等,他准备好了一整套对付。

左等右等不见人,小短索性打开门进到办公室。门正对着窗户,窗前是老板椅和办公桌,桌上有台电脑,电脑前放着一摞文件。旁边是个文件柜。屋子一侧是客坐沙发,玻璃茶几,另一侧是盆滴水观音。墙上挂着一个人物肖像,黑白的,中年男子,比较清瘦,眼神犀利而敏锐,肖像的下面写着名字:乔治-奥威尔。怎么有点像希特勒啊?小短暗自纳闷。站在屋子里向门口看,门框那里挂个牌子"接待办",这就奇怪了,人家的门牌都是挂在外面的,这个单位却挂在里面,有这么内敛吗?

小短坐在沙发上,与滴水观音相对无言。茶几上是一些杯具,烟灰缸却压着一页纸,纸平摊着,小短一瞥,瞥见了自己的名字,"致左小短的一封信"。

第四章　信　函

小短，你好！见字如面。

很高兴你能来到这里，其实我们已经考察你很久了，并最终确定你作为联合国外空司外星人接待办公室驻华办事处的人选。

首先向你介绍一下总体情况。美国太空总署的开普勒探测器，近年来已连续发现了数百个行星，这些行星环绕在太阳以外的十五万颗恒星周围，而银河至少有上千亿颗恒星，未来还可能发现更多，这么多的空间和星体，不可能只有地球上演化出了生命，目前来看起码火星上就有生命存在的迹象。有一天，如果我们发现了外星生物，或者外星生物发现了我们，这种可能性你是不排除的吧，那么我们和外星人将以怎样的方式进行沟通？不可避免的，需要有人出面协调和外星人的接触，责无旁贷，联合国必须为人类做好这种预案，这也是外星人接待办成立的初衷。人类和外星人的接触，一开始很可能是来自遥远星系的光信号或者无线电信号，这些我们会通过专家来解析。而一旦外星人不期而至，要注意，他们可能是友好的，也可能是危险的，根据外太空公约，我们应该先对他们进行消毒，绝不允许

第四章 信 函

他们将外太空的污染源携带进地球。我们肩负着接待外星人的神圣使命,这项工作光荣而艰巨,要随时准备处理各种紧急的突发情况,随时准备着与外星人的谋面。

其次向你介绍一下我们的部门情况。作为联合国驻华办事处,我们在行政上是联合国的处级单位,人员定编三人,现在我走了,你来了,还有两个空编。我们的办公地点就是在这里,菠萝柚子31号。办公室、休息室、洗手间、职工之家和大门的钥匙都放在书柜里,以后就由你使用。办公桌电脑的光驱盘盒里有一张银行卡,你弹开光驱就能找到,那是我单位的财政卡,上头会在每月的十三号打款进来,我处的日常支出都从这里走。你的工资暂定每月五千,这个你可以根据实际情况自行调节,反正每月来的钱是一定的。我已经老了,也该退休了,今天有急事没等到你来就走了,以后这里就交给你了。你可以通过这个邮箱"mailto:###@###.gov.cn"和上头联系,不过一般没什么事的话还是少联系为妙。有一个鸭舌帽,还有一副茶色墨镜,是上头留下来的,我给你留在办公桌的抽屉里了,喜欢的话你就戴,不喜欢就算了。

最后,祝贺你,成为联合国外星人接待办驻华办事处的一员(试用期一年)。本来是个双向选择,不过我想你一定喜欢这个工作而不会拒绝,我说得没错吧。再提一点要求,希望你在这个岗位上尽职尽责,忠于职守,深刻把握接待办发展定位与使命,解放思想,

015

开拓创新,把握机遇,迎接挑战,开创接待办跨越发展的新局面,为打造国际一流的外星人接待办而努力奋斗!

  致礼!

袁博士

第五章　上　任

看完这封信,小短对"见字如面"这四个字心怀芥蒂,怎么能见字如面呢,他可从来都没见到过这位传说中的袁博士啊。

他沐浴在仿佛突然带着嫩绿草叶味的阳光里,觉得这真是一个奇异的早晨。他作了种种准备来到这里,想要应付最严厉的考官,却只进行了一场"莫须有"的面试,一页信纸上是早就拟好的录用函,只是让他亲自来取一趟罢了。皇天不负有心人啊,看来他十数年如一日的俯卧撑没有白做,这个故事告诉我们,只要你肯坚持,上天总会回报你的,可能是以你意想不到的方式。

不用再找什么袁博士了,这封信的末尾是个大大的红章,"联合国外星人接待办驻华办事处",没有错,应该属于政府部门吧,难道不是应该通过报考公务员来实现的吗?小短也考过公务员,记得谁说过,学而优则仕,有了学问为国出力没什么不好,古代的那些秀才举人考出来不也是为了当个什么县令之类的?虽然只是个办事处,可那是联合国的办事处啊,级别不低,可以大有作为,干得好的话往上调到联合国去也不一定。小短想把这个好消息告诉父亲，已经按了号码，最后还是 cancel 掉了，他和父亲已经很久没联系了。实际上自从母亲走了，他和父亲就似乎突然遥远起来。原先他总是不屑父亲的不思进取，早早地退了休，闲得遛鸟，可他是不敢当面说的，现在他倒是懒得说了。父亲虽然老了，可是威严还在，小短工作的消息一定会让他高兴。可小短还是按掉了号码。他围着办公桌转了一圈，又把一串钥匙从书柜里拿出来。书柜里有不少杂志，一摞的《瞭望》《半月谈》《十月》等，还有一些书，《1984》《银河系漫游指南》《小酒馆》《昆虫记》《白玉蜗牛养殖详解》，不一而足，书的主题有些杂乱。小短随便抽出一本，正是《外太空公约》，红色封皮，看上去很旧了。

  对于外星人，小短是宁可信其有，不可信其无的，这个世界有太多的可能性，外星人只是其中之一。他不是要让自己信服世界的偶然性，只是觉得外星人这事儿有搞头，相信外星人的存在也是展现人类胸怀的一种方式。现在的人缺少的是更宏大的世界观、人类观，倘若能够站在全人类的角度上来看问题，这个世界估计会平和许多吧。这个世界上是存在外星人的，不过可能不像是 E.T. 里面的造型，应该没有那么抽象，谁知道呢，他又没有见过外星人。这也正是他对外星人感兴趣所在，他简直已经喜欢上这个新的工作岗位了，已经期待和外星人的谋面。如果外星人酒量可以，他定要和他们一醉方休。

第五章 上 任

小短要按开光驱,可是光驱挤住了,怎么按都没反应,袁博士不会忽悠他的吧,谁会想到把银行卡放到光驱里?不过这难不倒小短,见桌子上有个回形针,掰开了,把那针尖捅进光驱下面的小眼儿里,光驱"啪"地弹了出来,果然有一张银行卡。小短兴奋地看着手上变形的回形针,心想这个针不会是外星人吧?密码就写在卡面上,得去银行查查还有多少财政才行啊,记起来的路上有家工商银行,小短立马起身前往。

关门出院,碰到了厕所管理员大爷,"喂,老袁呢,在不在?"大爷放下手里的报纸问。

"啊,袁博士调走了。"小短只想到了这种回答。

"嘿,调走了?这个臭棋篓子。"大爷便不再搭理他,继续看关于矿难的新闻。

第六章　喝　酒

这个取款机长得又俊俏又闷骚，让小短忍不住想笑，可是不能笑，他憋着劲儿，怕取款机看出来。他把银行卡塞进去的时候，感觉就像是在和这ATM握手。忐忑地输入密码，动作轻轻的，不是怕密码错误，倒是怕这ATM机痒痒，可还是被他挠住了，ATM呵呵地笑起来，呲着牙吐出了一叠钞票。

老袁很够意思，卡里的存款还够五位数，预付了三个月的工资啊。见钱眼开，先取他一千再说，还院总支书记钱？不着急，他又不缺钱，抻着他，先去喝顿酒再说。主意打定，小短就往"宇宙尽头"而去，可刚拐过街角，碰到了厕管大爷。

一回生，二回熟，大爷拉住了小短。"你是左小短吧？""是啊，"小短脸上堆起疑惑的笑，"大爷您怎么知道我的名字？"

"这你就别问啦，都是街坊，有几个人正想见见你呢，你要是这会儿有空，就跟我去见见他们？"小短将信将疑地答应了，会有人想见他？街坊？他才刚来菠萝柚子大街呀。

第六章 喝 酒

厕管大爷引着左小短到了菠萝柚子大街另一头的醉八仙饭馆,"车大爷,您来啦?楼上几位正等着呢。"店小二热情地招呼着,直奔二楼雅间,雅间的名字叫吕洞宾。登堂入室,八仙桌上早已坐上了人,个个笑容可掬,厕管车大爷一一给引见,"这位是咱们菠萝柚子的街道办邢主任",一个油光满面的梨形胖子;"这位是咱们菠萝柚子社区医院的刁医生",一个戴眼镜的更年期妇女;"这位是菠萝柚子的片儿警小王",没穿警服着便装,有点像个杀猪的;"这位是咱们菠萝柚子最大的企业亨得利钟表行的亨老板",戴着金链子,眼睛里好像嵌入了一个大面额老人头;"各位,这就是我们街上新来的外办主任左小短。"车大爷向几位隆重推出小短,小短有点措手不及,怎么成了外办主任?这是个什么官衔?"幸会幸会","久仰久仰","果然是青年才俊啊","自古英雄出少年呀",一阵寒暄。

"小伙子长得不错,有对象吗?"刁医生的话把大家逗笑了,"说真的呢,我有个同学的外甥女啊,也差不多这个年纪。"

待大家都坐定,邢主任敲敲杯子,"各位,今天我们菠萝柚子大街的政界商界医界警界等各方面的领导都来了,当然还有我们新来的外办主任。前些日子老袁在的时候还说要找一个好的接班人,果然不假呀,左主任仪表堂堂,气宇轩昂,来来来,我提议大家都满上,欢迎小左来到我们菠萝柚子这个大家庭,满饮此杯,哈起来!"

大家都随声附和，咕咚咕咚喝掉了杯中酒。小短见气氛这么热烈，也不再谦虚，连声道谢，一饮而尽。场面搞得够大的啊，政商医警各界，貌似很隆重，可见外办主任在这里也不是个小人物，可是厕管大爷也在场啊，这倒不能一并而论，车大爷也是公务员编制，在这条街上肯定是德高望重，深得各界人士敬仰，要不然也不能坐在这儿。小短顿时觉得自己长高了一寸。而各界人士又挨个过来敬酒了，喝了这一杯，还有三杯，再来一杯。

"小左"，亨老板腆着大肚子端着酒杯坐到小短旁边，"你说，这世上到底有没有外星人？"

"老亨啊"，小短此时已经有些迷糊了，"这么跟你说吧，肯定有，你看，你，你往这儿看，我，我不就是一个外星人吗？"

"哈哈哈"，亨老板笑起来，"就是嘛，我就说有，我儿子还不信，等哪天你得给我教育教育他！"

觥筹交错，你来我往，小短早已经天晕地转，不知道北在哪儿了。没想到车大爷也很能喝，还跟人比赛不上厕所的。小短觉得头重脚轻根底浅，趴桌子上就睡着了。迷迷糊糊中有人把他唤醒，却是服务员，"喂，左主任，醒醒，醒醒，快关门了，该您埋单啦。"

小短挣扎着要来一碗醋和一碗茶，咕咚喝了，方才觉得有些清

第六章 喝　酒

醒,"他们都走了?"

"早就走啦。"服务员拿着账单站在旁边,看着这位冤大头心里直偷乐。小短掏出钱付了账,晃晃悠悠往 31 号走,心想菠萝柚子这帮人当真厉害。

第七章 开 会

"尊重现在,豆浆油条！尊重现在,豆浆油条！"小短抬起酒瓶似的脑袋,昨天的碰杯声还在耳中回旋,迷迷糊糊的听到警世恒言般的叫卖,尊重现在豆浆油条？那声音遥远又清晰,却一下子把他置到另外的语境,天花板还是原先的天花板,他挣扎着拿起手机,八点零五分,再看看屏幕反映的自己,还是那个宿醉略显憔悴的左小短,也没有发生变形记,为什么要尊重现在？谁会在清晨富含哲思地卖油条？可是他一点也不饿,他的胃好像刚经历过一场飓风。

他从沙发上爬起来,隐约忆起昨天的事,他就歪倒在这沙发上睡着了。嗓子里像是塞了几块刚从炉中拣出来的木炭,赶紧找杯水喝了。推开窗户,让新鲜的空气进来,舒展一下皱皱巴巴的他。终究是隔了窗,这次听真切了,叫卖声是"现做现卖,豆浆油条！"他莫名其妙地听成了"尊重现在"。他隐隐有些懊恼,这是上班的第一天啊,却是这么个状态。已经八点零八分了,他伸伸胳膊,冲空气打了几下拳,让整个身体紧张起来。三下五除二洗漱停当,小短端坐在办公桌前。

第七章 开 会

干点什么好呢？看着空荡荡的办公室，小短有点发蒙，对工作有点无从下手。该怎么开展工作？怎样去接待外星人？外星人在哪里？有没有外星人？他每问自己一个问题，都会牵扯到另一个问题，每一个问题都没有答案，让他不知所措。问问领导？可领导在哪里呢，唯一跟他通过电话的老袁，还没见着面，录用函里倒是留了个邮箱说可以和上头联系，可小短觉得还不到联系的时候，不知道怎么开展工作在他看来是件大事，可在领导眼里可能什么都不是，所以没事还是不要去叨扰上头为妙，这点觉悟小短还是有的；那么问问下属？在这举杯邀明月对影成三人的环境里，哪有什么下属？打电话问问好友王觉悟吧，可丫电话不通。小短觉得应该开个会，凭他的知识和经验，行政人员遇到问题总是要开会，不管解决不解决问题，先开会再说。再者，左小短新官上任，照常理也应开个会吧。小短到一楼的职工之家转了一圈，还是空空的。二楼的两个房间和洗手间跟昨天一样安静。他总不能去把厕管大爷叫上来开会吧，这毕竟是部门内部的会议，他有点泄气地回到沙发上，泡上一杯茶，人家开会的时候都是要喝茶的。

"注意啦，大家安静！"小短端着茶回到办公桌，抿了一口，对着墙上的乔治-奥威尔和墙角的滴水观音开起会来，"下面我们开会。今天的会呢，主要有两个内容。第一，新上任的我们外星人接待办主任左小短发言;第二,由左主任带领大家研究一下我们下一步的工作问题。"小短看了一眼奥威尔,感觉他是在侧耳倾听,不禁满意地点点头,旁边的滴水观音也微微摆动着叶片,像是在附和他的发言。小短觉得还不错,没用稿子,第一次开会就能讲得头头是道,"下面,我们欢迎新主任给大家致词!"他拍拍手,站起身,向奥威尔和滴水观音点头示意,就开始作为发言人讲起话来。

"各位领导,同事,同志们。不对,不对,重来!"小短对自己摆摆手,觉得说得很不好,这分明像一个当官的在说话,而他只不过是新来的,但又背着接待办主任的招牌,这让他不太好措辞,他喝了口水继续,"各位领导,大家上午好,今天我很荣幸坐在这里,成为我们外星人接待办公室的一员。首先感谢各位对我的厚爱和信任,我会在我的工作岗位上尽职尽责,勤勤恳恳,兢兢业业,绝不辜负各位对我的重托。我们外办在上一任领导袁博士的带领下,做出了非凡的成绩,我办不仅,而且,还。回顾过去,展望未来,呃。"

小短暂时想不起什么词来,只好喝口水,略作思考又继续道,"我们对外星人的接待工作已经开创了很好的局面,取得了很大的成绩,但是还要进一步提高认识,充分意识到接待工作的两性,也就是重要性和必要性,从两度也就是深度和广度上进一步推进我们的接待工作;不能搞形式主义,在实践中探索,在探索中实践,实践出真知嘛,我们要在实践中开拓创新,勇于进取,把接待工作做好,做扎实。"

第七章 开 会

　　作这个讲话的问题就在于东西太少,翻来覆去就那么几个词,要想表达一个意思又不重复用词,小短显然还没到那个级别,或者说还没有那个级别的秘书,没有办法,他只好自己抓耳挠腮的整词儿。最后实在没有可说的了,就咽了口唾沫道,"我的话完了。"为了有个圆满的结束,他带头鼓了鼓掌,他分明看见奥威尔的嘴角也流露出了笑意。

第八章　怎么办

小短枯坐在椅子上,他觉得自己的生活正一圈一圈地散开,像涟漪,可是他找不到那个石子在哪里,也不知道自己的湖面有多大。他很敏锐地把这生活中偶然产生的陌生感和宇宙的广袤联系起来,浩瀚的星空,每一个小行星都不认识另一颗小行星,他们擦肩而过。可是面对眼前的工作,小短愁眉不展。正在他苦思怎么办的时候,桌上的电话响了。

"喂,你好。"这可是第一个打进来的电话啊,小短拿着听筒有点小激动简直。

"你好,是外接办的左主任吗?"听起来对方也是个青年,声音直爽利落。

"我免费姓左,请问您是?"小短说完的时候有点后悔,人家又没问他贵姓,他不需要加上免贵的,姓左就行了,而且免贵又说成了免费,真汗颜,可话都说出去了,要不说这个说话是个不可逆的行为,要想纠正错误那得费多大的劲去绕回来啊。

"我是怎么办。"

第八章 怎么办

"啊。啊?怎么办?"

"对啊,怎么办。袁博士没跟你说过吗?"

"没有啊,"小短有点小蒙,什么怎么办,他可不知道怎么办,丈二和尚摸不着头脑呀,"不好意思,我不太清楚啊。"这不会是个推销保险的吧,小短暗暗嘀咕。

"我是联合国行星合作怎么办办公室的丁小刚,咱们算是兄弟部门,这样,你有没有时间?我们约个地方坐下谈一谈如何?"

"好,好啊,"小短有点不大情愿,主要是上次喝酒喝怕了,先打个预防针吧,"我不怎么会喝酒啊。"

"不喝酒,香格里拉下面的星巴克咖啡,你看怎么样,十点半见面,差不多,现在我们就出发吧。我的电话是……,到了你晃我一下。"

小短如约到了星巴克,还差五分钟,先找个角落要了杯拿铁,他喝了一口,觉得和速溶的雀巢没什么区别,区别只在价格上。丁小刚,这个名字让人觉得平平无奇。怎么办,竟然还有这样一个办公室?该不会是车尔尼雪夫斯基设的一个办公室吧,美是生活,那真正是他所坚持的吗?得了吧,如果他这样坚持,还会以这样悲催焦灼的字眼儿做标题?怎么办,这是行动力的迷茫,所要做的 Just plan 或者 Just for fun,还能怎么办,这个问题究竟是积极的还是消极的?如果万事万物都是有规律的，那自然是该怎么办就怎么办，可偏偏人是耐不住规律的，"我曾经问个不休，你何时跟我走"，崔健那土陶般的声音也适合这恼人的追问？

丁小刚应该叫丁大刚才对，就那个壮硕形象，肯定练过健美，肱二头肌和胸大肌都鼓溜溜的，这像是一个公务员吗？但是他穿得很整洁，可以说很职业，洁白的衬衣，衣领和袖口都笔挺，深色的西裤，黑皮鞋，黑袜子。小短很快注意到他的衬衣，并意识到自己正缺这样一件衬衣，那衬衣好像给了他一种身份感。

"兄弟，你好！"丁小刚握了握小短的手，很有力量，小短也用力握了握说，"终于找到组织了！"

"联合国除了有我们常听说的粮农组织、教科文组织、工业发展组织、世界卫生组织等机构外，还设有一些小机构，甚至是稀奇古怪的机构，散布在世界各地，像我们这两个部门就属于这小部门，外星人接待办，行星合作怎么办，也只有联合国才有这样的机构了，没办法，总得从人类的角度上考虑问题嘛。现在的人，或者说国人，普遍缺少人类意识，不能把眼光放到宇宙去，地球就这么点大，唉，"丁小刚望着杯中咖啡叹了口气，仿佛整个宇宙已浓缩在那杯咖啡中，而他对那杯中宇宙有点小小的失望。

"听君一席话，胜读一斤书啊，人总是把自己当成个体，而不能回

第八章 怎么办

到人这个语词的本义上,我也觉得人应该有人类观,并且相信人不是孤独的,相信有外星人存在,我们这岗位还都是挺重要的。只是工作该怎么开展,我还真没什么谱。"小短觉得还是得聊到自己的工作上来。

"工作没有什么定式,现在不都是提倡创新嘛,怎么创新怎么来,袁博士给你留了个邮箱是吧,我们是按工作年计算的,你这个工作年刚开始,应该提交个工作计划,年底的时候要有个工作总结,不过这工作计划不着急,毕竟你刚来,先熟悉熟悉,思考思考,再提交计划不迟。我们应该属于闲散部门了,上头也不怎么关心,这不要紧,只要每个月发饷就行,哈哈。"

边喝边聊,就着一杯咖啡,聊了两个小时,东拉西扯,后来丁小刚急匆匆地回去了,他的办公室在一个写字楼里,每天只能晒到一个小时的太阳,他得赶紧回去把自己的鱼缸搬到窗台上去。

第九章 研讨会

按照丁小刚的说法,现在顶要紧的工作就是制订个工作计划,可是工作怎么开展,左小短一点头绪也没有。他觉得有必要和怎么办的丁小刚多接触接触,从他那里多学些工作经验,既然和同一系统的人联系上了,就要多利用这层关系才是。想到此,左小短准备写封邮件给丁小刚,一是问候,二是请教。刚写下"你好"两字,邮箱里忽然蹦出个新邮件来。邮件主题很是客气,"外星人接待办领导敬启"。

权把自己当作领导吧,左小短打开了邮件,是宇宙搭讪学会理事会年会暨学术研讨会的邀请函。宇宙搭讪学会?从来没有听说过啊,名字取得很大,不会是什么野鸡学会吧,专门骗会费的那种,宇宙和搭讪,有一毛钱关系吗?但是细细看附件,包括详细的会议日程,另外还有搭讪学资深院士 Mr. Shanda 出席,这个 Mr. Shanda 是什么来头?左小短倒是颇有兴趣。去,还是不去,这是个问题。正踌躇间,敲门声起,送快递的进来扔下一个快件,中指指着签名区示意左小短签收。还没有顿笔,快递哥已经撕下第二联走出办公室了,快递哥就是这么牛。小短苦笑着打开快件,正是宇宙搭讪学会的邀请函,

第九章 研讨会

真是够快的啊,电子邮件前脚刚到,快递后脚就跟来了。纸质邀请函做得相当精美,会议注册费:550元,时间:后天开始,地点:新世纪大厦,联系人:代表。左小短决定参加这个研讨会,重点解决怎么和外星人沟通的问题,见到外星人怎么搭讪,如何展开话题,怎样揣摩外星人的心理,说什么样的话能让外星人高兴,说不定能在研讨会上学到这些东西。

左小短穿上新买的皮尔-拉丹的衬衣,再套上新郎希努尔西装,蹬上路易斯-价廉的皮鞋,衣冠楚楚,英俊潇洒,真有点外星人接待办领导的派头。小短对着镜子想,就穿着这身行头去会见外星人,一点也不给地球人掉价儿。看时间差不多了,向乔治-奥威尔和滴水观音说声再见,左小短雄赳赳气昂昂地出门了,第一次以外星人接待办主任的身份参加会议,也算是在他人生里迈出了历史性的一步。走出菠萝柚子大街,26路转228路公交车,在道路的起伏中来到新世纪大厦。炫目的阳光下,大厦亮闪闪的玻璃皮肤给人不近人情的感觉,真是富丽堂皇啊,二楼大宴会厅还有个结婚典礼,装扮得华丽又温馨,选这么个地方开会真不错。从旋转门里进去,左小短找了一圈,没找到路标,只有婚宴的指示牌,没有研讨会的指示牌,不知道在哪个会议室啊。邀请函上只是说在新世纪大厦,却不够详细。

大厅有个服务员,小短跑过去咨询:"请问有个学术研讨会在哪里举办?"他不好意思把宇宙搭讪学会说出来。

"没有啊,没什么研讨会要举办。"服务员确定地说。

"那大厦有没有会议室?"

"九楼和十楼是会议室,电梯在那边。"

左小短跑到电梯那里,正好碰见丁小刚出来,两人相见都愣了一下,以致丁小刚被电梯夹了一下,电梯倒像是被弄疼了似的"嘀嘀嘀"叫起来。

"怎么,你也来参加研讨会吗?"丁小刚跳出电梯,"别上去了,上面的会议室在开一个产品推介会,我正打算回去呢。"

"那怎么办?你是怎么办的,你得知道怎么办呀。"左小短笑着说,"要不就打电话给代表吧。"

"人大代表?不用吧,这么点的事儿。"

小短拨通会议联系人代表的电话,问清楚了情况。"会议联系人,姓代名表,刚才电话里说了,指示牌可能让婚宴的牌子给挡住了,会议室在后边,张记麻辣烫里面。我们还是过去看看吧。"

左拐,右拐,直行,再左拐。张记麻辣烫还算是比较干净整洁的小店。一个学生模样的人迎上来,"你好你好,是外接办和怎么办的领导吧,我是会议联系人代表,里面请,里面请。"

第九章　研讨会

　　店里没有食客，从里面小门进去原以为是厨房，不想却是个宽敞的会议间。已经来了不少人，正三三两两地交谈。正前面是一个讲台，台上还摆了鲜花。墙上有个横幅，"宇宙搭讪学会理事会年会暨学术研讨会"，红底白字，很是庄重。

　　正环顾之时，一位西装革履的中年人走过来，"我是搭讪学会的会长任我搭，请问两位是？"左小短和丁小刚各自报了家门，伸手握了。"哦，久仰久仰！Very 欢迎来我会指导工作啊，请前排就座。"两人自然要谦虚，说是来学习的，坐在后排就行，最后还是被让到前面去了。时间差不多了，会议开始。

One　会长工作报告

　　"尊敬的 Shanda 院士，各位来宾、专家、领导、朋友们，今天大家欢聚一堂，隆重召开宇宙搭讪学会理事会暨学术研讨会，我谨代表我个人向大家表示热烈的欢迎，对大家的到来表示衷心的感谢！请鼓掌。

　　下面，按照会议议程，我代表学会向大家作工作报告，请各位专家领导批评指正。在作总体报告之前，先汇报一下我个人的工作成绩。在过去的一个工作年里，我共搭讪二百九十六次，收号二百八十五个，被拒十一次，收号率为百分之九十六点二八三八；成功十六个；成为好朋友的有五个。一点微不足道的成绩，已写入我的工作总结里，包括详细的数据、过程和心得，会后将发到大家的电子邮箱里，希望多交流沟通。

我们整个学会的情况，在全年有了很大的进展。本着'搭出世界，搭向宇宙'的宗旨，我们宇宙搭讪学会扩大了搭讪队伍，提升了搭讪水平，改善了搭讪技巧，涌现出来一大批勤奋扎实、钻研业务、口齿伶俐、行动迅速的搭讪达人，造就了一段段诸如'人生若只如初见，佳缘始于来搭讪''问渠哪得清如许，搭讪以后成知己''一帘幽梦醒来早，搭讪小子人已跑''大风起兮云飞扬，连搭三个美娇娘''君住长江头，我住长江尾，搭讪一回心已属，共饮忘情水'等的传奇佳话。下面我将从国内外搭讪界技战术水平进展、人才队伍建设、效益分析、工作亮点、存在问题与建议等几个方面进行汇报……"

任我搭不愧是宇宙搭讪学会的会长，他的报告大气恢宏，内容翔实，实例精彩，让左小短很是领略了一番搭讪界的风貌。搭讪之所以能成为一门学问，能吸引这么多人组成一个学会，并且影响力日渐隆盛，盖因搭讪真的是一件非常有趣有艺术而又有内涵的事情。世界上有各种各样的学会，心理学会、电子学会、建筑学会、贝壳学会、茶叶学会、性学会、颗粒学会、焊接学会等，都没有搭讪学会来得这样富有吸引力。

在提问环节，左小短举手问了个很迫切的问题："请问怎样和一个外星人搭讪？"

第九章　研讨会

任我搭略作思考,"首先我们应该牢记搭讪的第一原则,不管是对外国人还是外星人,要保持真诚,保持微笑。微笑是我们最美的语言,最好的开场白,而真诚是我们发自内心的一种友好的愿望。其次要看对方处在一个什么样的状态,一个人还是两个人,高兴还是有心事? 对于人类,我们可以从他的表情、眼神、动作、打扮等各个方面来判断,但是对外星人就可能要费些功夫,因为我们不熟悉他们的情感表达形式和路径,只要不是处在敌对的状态,我想完全可以打个招呼,say hello,或者问句'吃了吗?'都可以。实际上我认为搭讪作为一种行为而言,是普适的,在我的眼中,不管对方是阿凡达,还是 E.T.,还是一块陨石,既来之,则搭之。"此处有掌声。

Two　理事会增选

"下面大会进行第二项,理事会增选,请各位理事填写推荐表,每位理事有一个名额,推荐票最多的前三名可以增选为宇宙搭讪学会理事。如果推荐票数一样,则先行抓阄,然后理事会讨论,举手表决,赞成数超过三分之二为通过。"任会长宣布了增选规则,增选开始。

宇宙搭讪学会是一个相当有规模的学会,会员遍及全世界,最北面的会员有爱斯基摩人,最南面的会员有南极长城站工作人员,会员分布在世界各地推广搭讪活动、弘扬搭讪精神。会员范围广,理事也多,有一百二十五位,不过今天到场的只有十一位,其他的人都因战斗在搭讪前线而未能亲自参会。

第一轮投票,搭讪网论坛版主魏梭和外星人接待办主任左小短各得两票,增选为理事会成员,丁小刚和另外六位各得一票,需要抓阄决定。遗憾的是丁小刚没有被抓到,最后理事会表决通过的是职业乞讨者王凯伦,有一位理事指出王凯伦的搭讪技巧纯熟,简洁明了,一句"打发点吧"直奔主题,再配以他迷人的笑容,十有八九的被搭讪者会为之一动。别的理事都没有什么意见,纷纷表示赞成。

任会长代表学会向新任理事颁发了宇宙搭讪学会理事证书。三位新理事向大家表示感谢,并愿意为学会的发展贡献自己的力量。

Three 学会下年度工作计划讨论

"下年度的主要工作呢,我们经过认真的研究思考,认为有三项活动可以做。"任会长继续主持会议,"一个是搭讪达人秀的活动,参照中国达人秀的模式,进行一些创新,主要是搭建一个平台,让那些有娴熟的搭讪技巧、有醇厚的搭讪热情的朋友们有个展示自己的舞台,同时也是宣传我们宇宙搭讪学会的一个窗口,由于这个活动需要有很高的参与度,并且要有宣传力度,所以建议请搭讪网协助举办。

另一个是搭讪万里行活动,古人云读万卷书、行万里路,我们的

第九章 研讨会

搭讪也是这样,不能只有理论基础,还要注重实践,理论指导实践,实践出真知,又反过来完善理论,是相辅相成的,我们的万里行活动就是基于这样一个目的,募集一批志愿者,行走到全国各地,实地开展搭讪活动,宣传搭讪精神,我们需要一个身体素质好、业务水平高的行走者,带领一批志愿者开展这项活动,综合各种因素,建议请王凯伦兄弟协助进行这项活动的准备。

再一个活动是恳谈会,调查研究显示,搭讪成功后发生爱情事件还是有一定概率的。可以说,搭讪是源于我们的内心冲动,搭讪之后,事情的发展会有很多分支,有的先凉后热,有的先热后凉,有的先凉后热再凉,有的先热后凉再热,有的会成为知己,有的会成为类型朋友,有的会转脸就忘,也有的会发生故事。这里就涉及技术操作问题,当前搭讪已经越来越多,愈演愈烈,但是鱼龙混杂,良莠不齐,有的两情相悦各得其所,有的则动机不纯甚至引发犯罪,所以亟须一个行为操作规范,我们计划召开一个搭讪操作规范恳谈会,在这里我们想问一下外星接待办的左主任,你们有丰富的办会经验,有高水平的接待队伍,是否有意愿协助我们筹办这次会议?"

左小短被点将,颇有些忐忑,办会经验是一点没有,接待队伍就他一个人,但事情貌似不容推辞,只好站起来说:"承蒙任会长夸奖,我们会尽全力协助办好这次恳谈会,为学会的发展贡献一分力量。"他的这番表态自是漂亮,引来阵阵赞许。

Three 半　茶歇

会议室的后排,已经摆好了咖啡、红茶、绿茶、红牛、芬达等饮品,一些小饼干甜点,还有几碗麻辣烫冒着热气甚是诱人。代表正忙着端来一些水果,是切开的苹果、香蕉和猕猴桃。参会人员端着杯子,踱来踱去,三三两两地聊天。会场上有为数不多的三四位姑娘,已经被轮番搭讪过 N 次了,茶歇时间更是走马灯似的,不断有人来要电话。

丁小刚一身英气,拿着一罐红牛向左小短走来,"恭喜你啊老兄,升级为理事了。"

小短咽下一口奥利奥,"哪里哪里,完全没有预料到,而且还惹麻烦上身,协助办会,正愁这个事呢。"

"哈哈,那倒是,多一事不如少一事,这么看还幸好抓阄没抓到我。要不然他们再搞个什么太空舱搭讪进行时的活动,准落到我们行星合作办公室啊。"丁小刚咕咚喝了口红牛,"喂,说点正经的,那仨姑娘都还不错,你收号了没?"

"啊,"小短向三个姑娘望了一眼,的确很怡人,"还没呢,你都搞定了?"

"哈哈,是啊,这次没白来,还差一个呢,瞧,那姑娘上洗手间回来了,我再去搭一搭。"说着丁小刚迈着恰恰的舞步向那姑娘走去。

第九章 研讨会

Four 院士学术报告

搭讪学资深院士 Mr. Shanda 是一个白发苍苍的老头儿,腿脚已经不是很灵便,但看上去精神矍铄,目光有神。他不用人搀扶,步履蹒跚地走上台,敲敲麦克风,开始报告。

"人们为什么要搭讪?答案可能有很多,为了交朋友,为了谈恋爱,为了消磨时间,为了增长见识等。那些只是表面上的目的,本质上,人们要搭讪和要登陆火星是同一个原因——孤独。在茫茫宇宙中,假如地球是一个人,他想不想和其他的星球说说话?在茫茫人海中,你形单影只,想不想找个人倾诉衷肠,聊一聊自己的快乐和忧伤,或者听一听他的故事?这个世界上是不是有个人和你有同样的想法?不管是古代社会还是现代社会,人都免不掉孤独,逃不脱孤独,人们需要有同伴、同类,不论是陌生的还是熟悉的,人们不希望自己一个人生活在孤独那巨大的影子里。孤独会带给人一种心理压力,搭讪是解压的一种方式。人时常会认为自己是独特的,但又怀疑这一点,搭讪是验证的一种途径。世界上有各种各样的人,和不同的人交谈会给你带来奇妙的体验,搭讪是有趣的。和一个素不相识的人谈谈天,摆脱了日常人际关系的束缚,搭讪是率性的。每个人都可以去搭讪,不管你是老弱病残孕还是少强高帅富,搭讪是公平的。搭讪是摆脱孤独的一种尝试,1962 年 11 月 19 日,苏联外太空联络中心用位于乌克兰叶夫帕托里亚的射电望远镜以普通的莫尔斯电报码向太空发出了第一份电报,那是人类向外星人的第一次搭讪,内容很简单,只有三个词:和平、苏联、列宁。很遗憾的是,搭讪没有得到任何回音。不过,很高兴在今天听到有联合国外星人接待办的同志成为我们学会的理事,实际上我们搭讪学会和外星人接待办的宗旨是相关的。整个世界,整个宇宙都是搭讪的舞台。"

"那么,人们应该怎样搭讪?让我们先来作一个调查,选一位同志出来,好,就选我们的会议联系人代表同志吧,从你的名字就可以看出选你很有典型性。"

院士点中了代表,代表只好站起来接过话筒,不知道院士会出什么题目考他。

"假设我是一个美女,你把我当成搭讪对象,ok?好,我现在问你,你为什么要认识我?"

这个问题很简单,代表按照平常的套路来回答,"因为我想跟你做朋友。"

"ok,你搭讪了之后,我也给了你电话号码,你肯定要请我吃饭对吧,那我问你,你为什么要请我吃饭?"院士层层递进。

"很简单啊,因为我希望能再次见到你。"代表觉得自己的回答应该合乎常理。

"ok,电话也给了,饭也吃了,你下一步是要邀请我去你家吗?"院士微笑着问。代表默然点头。"那我现在问你,我为什么要去你家?"

第九章 研讨会

这个问题就比较难了,代表想了想,觉得还是据实回答好,他还年轻,荷尔蒙的因素很充分,但毕竟有点脸红了,小声答道,"因为我想 ML。"虽然声音很小,话筒却听得很清晰,引来一片善意的笑声。

院士也笑了,"很好很坦诚,我年轻的时候也会这样讲。没有什么对与错,这三个问题的答案我想应该有更好的表达方式。很多时候我们只要换个表达方式,效果就完全不一样了。这就需要我们研究对方的心理,或者是内心。知己知彼,方能百战不殆。女人和男人,是上帝的两样特优免检产品,但由于生理结构的不同呢,思维方式也会存在很大的差异。大多数女人缺乏安全感,男人很安全,也导致了他们想冒险,探索未知。在女人眼里,现实要重要得多。另外你应该把她们放在主要的位置,和女人的谈话中,如果有我和你两个代词在同一个句子里,请记住永远要把你放在前面。因此,三个问题更合适的答案是这样的:因为不认识你我会后悔;因为没有你我吃不下饭;因为没有你我睡不着觉。这样的句子符合女性的思维,也更容易被接受。"台下响起一片掌声,院士果然是院士啊。

院士顿了一顿,继续说道,"现在和未来相比,她们更看重现在;自我和外界相比,更看重自我;状态和分析相比,更看重状态;她们总希望得到更多的共鸣。所以在聊天的时候要注意这些,比方说她现在有点郁闷,那你该怎么说?最好说你也很郁闷,或者曾经也有很郁闷的时候,把你郁闷的状态描述一遍,你们的聊天会很顺利,关系自然也会更进一层。"

……

院士巴拉巴拉脱稿讲了半个多小时,最后才喝口水总结道,"关于搭讪呢,有很多要素,也是一个人综合素质的体现,可以反映出你是否幽默、有气质、博学、善应变等,所以搭讪学是一门很复杂的学问。我近年来感觉以前编写的《搭讪学基础》《搭讪学入门指南》《搭讪秘籍》《搭讪技巧进阶》《搭讪高级课程》等小书已经不足以应对搭讪学的飞速发展,但同时搭讪对于基础知识的要求也越来越高,对人的知识结构要求越来越全面,所以我觉得有必要编写进一步更精细化更深化的专著。当然,我们寄希望于在座的各位青年才俊,发挥各自所学,共同推动我们搭讪学和宇宙搭讪学会向前又好又快的发展。"此处有掌声。

Five 搭讪十大丑闻评选

搭讪年度十大丑闻的评选是学术年会的盛事,有点像搞笑诺贝尔奖,不那么严肃,只是为了好玩。当然,这个评选的影响力还不是那么大,尚属自娱自乐性质。大家自由发言,任会长穿针引线。

Shanda院士比较有兴致,先起了个头,"要说十大丑闻,我觉得我能被选上。别看我头发都白了,但心还是年轻的。那天我在路上散步,看到一个女清洁工,虽然穿着工作服,但看上去很是俊秀,大眼

第九章 研讨会

睛扑闪扑闪的,扫地的姿态很美,是一种劳动者的美,我心里很感动,就上前去搭话,结果呢,被拒掉了。之后我再也没见到过那个动人的女孩。"

"哈哈,院士常怀青春之心,虽败犹荣,我认为可以入选十大丑闻,大家觉得怎么样?"大家纷纷同意任会长的意见,随后你一言我一语,谈起各自知道的搭讪界趣事,说说笑笑,闹成一团。

最后,经过会长整理,搭讪十大丑闻新鲜出炉(排名不分先后):

老院士搭讪女清洁工被拒

搭讪教主街头频频悲剧

鲁尼搭讪大胸妹

冠希搭讪凤姐

十七岁少年因搭讪被群殴致死

老总搭讪女模特被曝光

CEO 搭讪女明星

微信搭讪遇到 gay

搭讪高级培训班招收学员超过五名

巴厘岛被评为搭讪之岛

Six 自由讨论

说是自由讨论,但已经到了吃饭时间,会长决定边吃边讨论。

外星人接待办

"本次会议由张记麻辣烫鼎力赞助,在此我们以热烈的掌声感谢张记麻辣烫的老板张先生,张先生为我们准备了丰盛的午餐,请大家在席间边吃边聊。现在我宣布,宇宙搭讪学会理事会暨学术研讨会圆满顺利闭幕!"听说有饭吃,大家都哗哗地鼓掌。

说是丰盛的午餐,其实就是麻辣烫套餐。不大的一个饭厅瞬间就坐满了人,这家的麻辣烫做的味道还真不错,大家嘻嘻哈哈地吃着,前言不搭后语地聊着,会议在一片祥和欢洽的气氛中结束了。期间有两个混吃混喝的,被代表赶了出去。

第十章　搭　讪

两份免费的麻辣烫让左小短吃得很饱，迈着方步踱出新世纪大厦。参会人员作鸟兽散，丁小刚也约了美女直接上到顶楼的电影院去看最新的美国大片，左小短慵懒地坐在下午两点钟的阳光里。他打算徒步走回到菠萝柚子大街，却隐隐地听到海浪的声音，就穿过马路，沿着海边走。海风带来清新而异样的空气，把他引入另一个语境。海边新添置了一些长椅，坐在那里，面朝大海，享受着阳光和海风，别有一番惬意。空气暖暖的，几只海鸟在沙滩上散步，像是一边在讨论着物理学问题。海水想要慢悠悠地爬过来舔他的脚，他头歪在椅背上睡着了。

没有梦，只有皮肤关于温度和风的感触。皮肤像一个袋子一点点收缩，把他包裹成一个球放在海陆交界的地带，他的鼻子感到一阵干燥的湿润。不知有汉无论魏晋地醒来，太阳已经变得很陌生，不再是那个睡前他想抚摸的太阳。舒展在长椅上，他仍旧像一朵开了一阵的非洲菊。假如有外星人，此时他会邀请他们一起来享受这片刻的安宁。

外星人接待办

在他和大海之间,有一道栏杆,有一个女子凭栏而立,向海凝望。从背影看,她很迷人。记得 Shanda 院士在上午的报告里讲过,下午三四点钟是最容易搭讪的时刻,可能这个时候人的荷尔蒙最友善吧。念及此,小短蠢蠢欲动。那长发随意地披散在后面,偶尔随海风摆起,撩人心弦。主意已定,他起身走到栏杆前,他的打算是用最直接的开场方式问能认识你吗,行就行,不行就不行。但当他闯进美女的气场里,阳光下那姑娘的脸庞让他觉得自己特庸俗。她已经不是小姑娘了,正面散发出成熟女性的美,一种意想不到的亲善之感。

"夕阳真美,可以帮我照张相吗?"小短说道,他其实希望姑娘的名字就叫夕阳。

"好啊,"姑娘莞尔一笑,伸出手来。小短不解。"相机啊,没相机我怎么照?"她笑道。

"啊,对,"小短摸摸口袋,摊摊手,"忘带了。"姑娘扑哧笑了。

小短也挠挠头笑了,伸出手来,"我叫左小短,能认识一下吗?"

姑娘想了想,拿出手来握了,"胡雪,Nice to meet u"。

手指细腻,皮肤丰润,让人想起韦庄的"垆边人似月,皓腕凝霜雪"。"你还会说英语啊,"小短也趴在栏杆上,面朝大海。

"是啊,大学毕业后,我做了一段时间陪游,主要接待来旅游的外国人。现在这个社会,掌握一门外语很重要。"

如果遇到一个健谈的女子,搭讪技巧都用不上了,你只要享受交

第十章 搭 讪

谈的乐趣就行了。既然谈到了大学和英语,不妨接着谈,现在正处于一个相互吸引的节点。"是啊,不过,我大学的舍友有个理论,我觉得挺有道理的,英语只要掌握两句就够了。"

"哪两句?"很自然地,胡雪问道。

"一句是3Q,"小短笑了笑,"还有一句呢,就是FQ,爱憎分明。"这句台词带着挑逗的意味,若对方带着反感就得赶紧换话题了,所以小短注意观察着胡雪的反应,她只是好像想到了些许妙处,莞尔一笑,"貌似也有道理哦。有一年我遇到了一个男人,然后爱上了他,着实过了一段开心的日子,应该给他前一句;第二年他回国了,一去不返,杳无音讯,从这个星球上蒸发了,之前的种种不过是过眼云烟,逢场作戏,这时应该给他后一句。"

见她如此敞开心扉,小短不由得张开了嘴,让阳光涌进他的口鼻。"你觉得有外星人吗?"小短也不知道这个问题怎么蹦出来的。

胡雪怔了怔,望着远处的海想了一阵儿,"绿毛水怪?"

"哈哈,"小短笑起来,仿佛这一刻地球上很安全很舒适,"如果不是绿毛水怪,那就是一只特立独行的猪。"

这次轮到胡雪笑了,"是啊,不管有没有外星人,有趣才是重要的。我倾向于有外星人,这样世界会更有意思。"

"不怕你笑话,我就是专门负责接待外星人的。"小短简直有些得意了。姑娘扑闪着眼,"是吗?不是接待外国人,是外星人?"

"是啊,夕阳无限好,只是近黄昏,美女能赏脸一起喝杯东西吗?"小短觉得促膝长谈的时机已经成熟,太阳也识趣般的渐渐收了神通,藏起一片云霞,天慢慢地暗下来,正是去咖啡厅的好时光。

在星巴克,两人相谈甚欢。咖啡的氤氲很宜于营造想象的空间,有一阵小短觉得周围的世界都是自己臆想出来的,他甚至想对自己说声"小短,你好!"这种不真实的感觉断断续续笼罩住他,只有当胡雪朝他微笑时,地心引力才对他起了作用。胡雪是个小老板,开了一家旅店,规模不算小,打算走连锁经营的路子。她结过婚,丈夫就是她爱上的那个英国人,可现在没人知道他在哪儿,她勉强算得上单身,却还够不着离异,离婚未遂。相比之下,左小短历事较浅,不过一个刚脱离了在学校宿舍做俯卧撑的苦日子怀着核心肌肉群踏上社会的青年。卡布奇诺和拿铁相携而去,从星巴克转到旁边的大娘水饺,再到另一条街的骑士酒吧喝杯鸡尾酒,一个饶有兴味的夜晚。

"你知道我体内有个外星人吗?"小短拉着雪儿的手问。

"知道啊,"雪儿捏了捏他,诡秘地笑笑,"我体内也有一个。"

"那我想应该让他俩见个面。"小短用舌头舔了一遍上牙,好像什么合适的词藏在牙缝里了,"得登陆你的星球。"

第十章 搭　讪

"呵呵，我有两个星球。"雪儿的声音和着月色把小短的脑袋包裹起来，小短有些喘不过气来了。黑夜里黑色的海涌上来了，黑色的海又退了下去，褐色的海又上来，银色的海又退下去。"到我那里去。"海包围着他，他以固液混合态漂在海上。滴水观音在苍茫的海上照耀着他。奥威尔成了他的舟。他矗立起来。一大片座头鲸。冰山下有个窟窿，他的双脚变成鱼鳍。一夕贪欢。缱绻风情胡缱绻。

第十一章　招　聘

　　当第一缕阳光收拾起他的睡意,屋子里空荡荡的,却又显得饱满。人已经走了,只留下一根头发和几丝香气。不要开窗,窗外的"尊重现在豆浆油条"也别进来扰乱。小短继续眯眼躺了一会儿。

　　吃了豆浆、油条,又对着那锅油发了一会儿呆,小短望着接待办的二层小楼,觉得一定要把工作干好。他在清晨的阳光里感受到空虚中的充实。他在爬楼梯的时候想起了恳谈会的事,昨天这事在他眼里只是个普通工作,今天似乎已经提升为本年的重点工作了。要把这个会办好,但是独木不成林,单丝难成线,他单枪匹马的力量略显单薄,要向怎么办求援呢,估计丁小刚也不一定会过来帮他,再说人家那边说不定也有一摊子事呢。求人不如求己,不行就招一个人进来,短期的也行,干得好了就改签长期的。记得袁博士的留言上说,还有两个编制呢。

　　这一段时间的工作下来,小短对接待办有了个大体的了解,这种了解对接待外星人有什么用处还不得而知,但已经增强了他处理事务的能力。招聘这个事儿他觉得要分三步走:首先向上级领导汇报,

第十一章 招 聘

领导不知道,以后麻烦少不了;其次要发招聘通知;再次就是面试并确定人选了。事情这么定了谱儿,就可以按部就班地干起来了。小短首先拟了一个"关于外星人接待办增加办事员的请示",他也不知道格式,就在网上找来一些样本,依葫芦画瓢,草草拟就一个,主要理由是新的一年里外接办的工作繁多,人手不够。邮件写好,又从头到尾读了一遍,觉得没什么大碍,点击发送。在发邮件的时候小短没忘了勾上"发送已读回执",招聘这个事情挺着急的,若是收到回执就可以认为上级同意这个事了。发完了才想起来,应该有个年度计划才是,要是计划里提到招聘这一条,那就好说了。不过现在没时间弄年度计划了,只好记在备忘录上,先把恳谈会这个事情做好再说。

没过几分钟,Foxmail就响了,是"已读回执"。小短满心欢喜,觉得事情第一步很顺利,很快拟就了一个招聘启事,要求必须是大学本科以上,非热门专业,工资面议。他本来想写上"会做饭",两个人在外星人接待办搭台合伙的,又没有食堂,外面的小饭馆也不怎么干净,不如自己起火开灶好,但又觉得该在面试的时候问最好,不必写在纸面上。于是找了家招聘网站,把启事发了出去。又打印了几份,分别贴到几个高校的三角地去,启事下边竖着写了联系电话,划开一条一条的便于求职者撕取,有点像招超市促销员的小广告。

一切准备就绪,小短回到办公室,心满意足地散在椅子上,感觉自己像一个张好了网的渔夫,单等鱼儿挂网了。窗外像是风平浪静的海面,他坐在外接办这一叶扁舟里,独钓寒江雪,斜风细雨不须归。近来他常有一种身居宇宙的感慨,宇宙这么大,人这么渺小,可这种相对性有时会很奇异地颠倒过来,人这么宏大,而宇宙这么微缩。当他独处一隅,这种颠倒就越发来得平常。

应聘者很快以信息化社会的速度打电话进来,小短很老到而客气地让他们先发简历,然后等电话通知。很明显,现在的很多年轻人都缺少工作,或者缺少更好的工作,每一个职位都会引起莫大的关注,而作为职位提供者,可要好好的挑拣挑拣。不出一天工夫,邮箱里就塞满了简历。先把不带照片的删掉,对职位提供者起码的尊重都没有;再把男生删掉,瞎来凑什么热闹啊;再把恐龙删掉,对人类审美不尊重;这一轮轮下来,还剩下二十几份简历。小短觉得这倒是一个套取女孩信息的方法,谁知道他是不是冒充的呢?网站缺乏必要的认证程序啊。

他花了一上午的时间研究二十几位姑娘的简历,按照自己的第二重审美再筛选一遍,就剩下五个人了,挨个打电话。实际上事情没有小短想的那样一厢情愿,他以为人家对这岗位趋之若鹜,实际上则是门前冷落,人家都是打酱油的。五个电话有三个来不了,一个是因

第十一章 招　聘

为下午要睡懒觉;一个是则称路太远而公交车又太挤,报销打车费的话可以来试试;还有一个是约了网友见面,不得不把面试先推了。左小短呆呆地望着滴水观音,想让它给个解释,可滴水观音也想不通。

两个应聘者一个叫葛晓璐,一个叫何路雪。虽然何路雪长得更甜美些,可小短现在对雪字已有一种暧昧之感,既想亲近又想远离,既想珍藏又想抛弃,这种感觉对工作不利啊,小短最后选了扎马尾辫的葛晓璐,一个干净利落的姑娘。他问她:"喜欢外星人吗?""喜欢啊,"她眨着眼说,"好帅的!""你指的是?"小短有点不明所以,什么样的外星人才算是帅气的? 留着朋克头的外星人?"我说的是罗纳尔多啊,难道不是?"她露出呆呆萌萌的笑意,他心中一动。

第十二章　恳谈会

　　菠萝柚子大街 31 号整个二层小楼按说都是外星人接待办的产业，空间还不错，不过一层的"职工之家"小短不想动，以后可以改成会议室或健身房也行，二楼的两个房间，他和葛晓璐一人一间，可他转念一想，何不留出一间来，说不定还要再招人再引进人才呢，没有预留的发展空间可不行啊，于是就定下来他和葛晓璐挤在一个房间里。

　　"老板，我能不能要个无线的键鼠啊"。在电子信息城里，左小短陪着葛晓璐看电脑，新员工到位，必须把软硬件配齐了才行啊。"不光要有无线的键鼠，还要有无线的 WIFI！"小短兴致勃勃地说。"Oh, yeah, 左老板最大方了！"葛晓璐简直就要亲一下小短了，而小短默默地在心里说来亲吧别客气。在信息城熙熙攘攘的人群中，小短仿佛置身在嘈杂的宇宙中心，而在这嘈杂中心，也有一小片宁静的眼眸，他来这里做什么？他在创业吗？多少年后回忆起这样的场景会有什么样的感伤？

　　"你不会后悔选择在我这里工作吧？"在回菠萝柚子的公交车上，

第十二章 恳谈会

小短试探着问葛晓璐。她莞尔一笑,"不会啊,我同学都说我找的工作好酷哦！我觉得也是！新的挑战！"她伸伸拳头,又攥了一把空气,仿佛要把外星人捏在手心里。他看过她的简历,是个品学兼优的好姑娘,还喜欢唱歌跳舞。下午的阳光照在她的脸庞上,他希望外星人也能看到这样的脸庞,也能感受这样的美丽。

人马已经到位,恳谈会的工作就紧锣密鼓地开展起来。左小短可是在协会上作了承诺的,说到就要做到,相信外星人也会遵循这个原则。葛晓璐很能干,连夜赶了一个方案出来,看来在学生会锻炼过,想得很齐全,会议主题、会议日程、邀请函、嘉宾名单、发言稿、协议酒店、房间预订、会场布置、媒体宣传,甚至还有赞助商的问题。小短觉得真是捡了块大宝,但是身为领导,总不能被部下的能力吓倒,他还要充分发挥领导才能呢。

在会议主题方面,他和葛晓璐有点小小的分歧。她认为既然宇宙搭讪协会已经定了搭讪操作规范的主题,不好再变动,而且还应该准备一个规范的初稿供大家研讨。小短却有不同的想法,宇宙搭讪协会也不过是个幌子罢了,谁会真正在意恳谈会的主题呢？这是个学术会议,还是个交际会议？既然外星人接待办承办,怎么能忘了外星人呢,他建议把主题改为"相约星外",把搭讪操作规范只是作为其中一个议题,还是以外星人为主题,也趁会议的机会把外星人接待办的牌子打出去。

而葛晓璐似乎还不容易说通,"照猫画虎,按部就班就行了,为什么要扩散会议主题呢,毕竟我们是承办呀!对主办方好像不好吧,要不要跟他们沟通一下呢?"

"你被搭过吗?"左小短冷不丁地问她。

"我,"她脸泛起红晕,低下头去,"要你管?这和工作有一毛钱关系吗?!"又傲娇地昂起头来。

"嘿,是关系不大,只是探讨嘛,主题还是宽点好,我们也好多找几个赞助商。"

"好吧,反正你是老板。"葛晓璐有点不情愿地说,似乎他刚才的突然一问彻底惹恼了她,露出爱咋咋地吧的表情。

不过说到赞助商,她有点发愁,好难拉赞助的,一点关系又没有,还是一个谈天说地的神仙会,鬼才愿意往这里贴钱呢。她在大学里也拉过赞助,为辩论赛,为文学小奖赛,为各种各样的活动,找各式各样的财主,拉赞助是一种减肥方式。可也不能不拉啊,于是小短带头,他们两个一人一部电话,翻着城市企业索引挨个游说,凭着三寸不烂之舌,即便说到人间四月芳菲尽,山寺桃花始盛开,也没有人愿意来赞助,不过纷纷表示愿意来参会研讨。一通电话下来,一分钱没拉着,参会人数却暴涨了一百多位。

第十二章 恳谈会

"既然这样,我们何不收会议注册费呢?"葛晓璐灵光一现,她打通的每一个电话,另一头都对这个会议,或者毋宁说对她本人充满了兴趣。

"有道理啊,你还真是神算子小诸葛呢!"小短一拍大腿,"就这么办了,协会会员免费,其他人每人一百元。"

"要收就收五百元!"晓璐倒是够大气。于是就定下来收五百元。

说来也怪,再打电话的时候,另一头仍然是感兴趣,听说收费,就更感兴趣了,而且还有几个企业说要赞助。

"商人比外星人还难搞明白,"小短放下电话,喝口水,看着略显疲惫的葛晓璐,"歇会吧,你那有几家赞助了?"

"两家,一个是矿泉水,不捐钱,赞助十箱水,厂家说要在会场说明这个牌子是接待外星人指定用水;还有一个,来头比较大,一家4S店,也不捐钱,但是赞助一些代金券,用来洗车啊保养啊什么的,要放一些广告牌在会场,主要强调他们的车内部空间大,宽敞舒适。"

"不错啊,战绩彪炳!厂家还比较靠谱,不像我,目前只有两家,一家杜蕾斯,一家杰士邦,不能让两家都来啊,愁人。对了,咱酒店定哪家好,咱们一楼的职工之家肯定是小了点。"

当然,最后酒店订了胡雪的酒店,准备指定胡雪的酒店为外星人定点协议酒店。通过几天的忙活,恳谈会的事情终于筹备个差不多了,加班加点终于看到成果,一份翔实可行的方案计划书摆在桌上,两人都感到高兴,小短请晓璐吃了顿豆浆油条。

"相约星外"搭讪操作规程恳谈会如期举行,并获得圆满成功,得到 Shanda 院士交口称赞。会议也给胡雪的酒店带来了火爆的生意,房间一直爆满,而且出现了倒房黄牛,就是先预定了房间,然后把房间再加价卖出去,那仍是一房难求。周边的宾馆也纷纷打听这是在开什么会,说要好好感谢一下会议组织者。小杜和小杰两家公司摒弃前嫌,同时来到会场,并制作了大大的吉祥物,当然,会议期间两家产品的销量也很可观。这简直不再是什么学术交流会,而成了欲望聚会。小短默默地想。外星人有欲望吗,这又是一个新的命题。

会间茶歇的时候,胡雪和小短喝着饮料聊天。"那个是你新请的女秘书?"胡雪向正在忙着分发外星人接待办介绍材料的葛晓璐撇了撇嘴,那样子好像晓璐已经得罪她很长时间了似的。

"不是秘书,是同事,挺能干的一个小姑娘。"小短尽量语气平稳。

"你也挺能干的。"胡雪哈哈笑着,把饮料一饮而尽。

"雪儿,谢谢你啊,还给我们提供赞助,真是雪中送炭,要不你的名字里有雪呢,是雪中送炭的雪,不是雪泥鸿爪的雪。"碳酸饮料的气从身体底部冒上来,像沉疴泛起,他感觉嘴里有条河。

"还是雪泥鸿爪的雪好,谢什么呀,你这种会议一个月举办一次

第十二章　恳谈会

最好,都安排在我酒店,我给你提成。提成不够,再给你留一个房间。"胡雪莞尔的样子仍然像夕阳下的垂柳。"你是我的星球。"小短在心里默默地说。

正聊着呢,一个戴墨镜的帅哥凑了上来,拿出一个名片递给小短,"您就是左先生吧,您好!我是郑经乐,是一个明星,不瞒您说,一个三线明星,不过我的前景挺好的,也和一些大导演一直有联系,艺谋啊,安哥啊,卡梅隆啊,等等吧,说真的,说不定我哪天就红了,火红火红的,不过在此之前呢,我也是有自知之明,踏踏实实做事,从艺之路毕竟不是坦途,我有我的优势啊,青春、帅气,很适合做一个代言人,左先生,我知道您的公司能运作这么大规模的会议,实力雄厚,为了进一步提高影响力,您需要一个代言人吗?"

左小短忍耐着听完,摆摆手说,"不好意思,真不需要。"

"怎么能不需要呢?"郑经乐作出非常诧异的表情,就像一条金鱼看到了一座冰山,"现如今谁不需要一个代言人呢,那可是实力的象征呀!可口可乐有没有名,加多宝有没有名,联合国慈善组织有没有名,像您主办的这么高层次、这么高水平的大型会议,怎么会不需要一个代言人呢?"

胡雪看小短被缠的颇为烦恼,笑着来解围,"我需要代言人,跟我来吧。"领着郑经乐向酒店董事长室走去,小短投去致谢的目光,随即去帮葛晓璐分发外接办的宣传单页,这是他们费了不少功夫设计出来的,制作精美,还有外接办的 Logo,可人们好像对操作规程更感兴趣。

第十三章　代言人

恳谈会获得圆满成功,也让更多的人知道了外星人接待办这个机构,好像这个机构隐藏在很深很深的历史里,现在终于被挖掘了出来,有点重见天日的感觉。会后人们再谈起外星人接待办,就像谈论一个百年老店。这让左小短很欣慰,也隐隐有些担忧,甚至就连他本人,对这个机构也是所知甚少,该如何去经营这个百年老店为好?

为了做好外接办的工作,小短组织葛晓璐、滴水观音和奥威尔召开了一个务虚会。"说是务虚会呢,其实就是漫谈,怎么样把我们的工作做好。"小短这样向葛晓璐解释。

"什么叫务虚会?"葛晓璐呆萌式问题又来了。

"要说务虚会呢,先要知道什么是务实,务实就是好好干活嘛,就是把决策付诸行动,解决贯彻执行,但是如何决策呢,如何认清形势,把握趋势,少走弯路,提高效率? 这就需要务虚,这个虚啊,不是虚假,也不是虚构,练功夫还讲究虚步,讲究有实有虚,无招胜有招呢,没有必要的务虚，就没有决策的科学性，不决策好，务实也就成了盲动或蛮干。当然，务虚的过程也是脑力激荡的过程，需要有火花的碰撞，也可以漫无边际虚无缥缈，也可以就事论事引申发散。"小短云里雾里说了一通，着实有点心虚。

葛晓璐竖起大拇指，"领导就是领导，一下子就说明白了，务虚就是什么都可以说呗，我就一直想问，外星人长什么样，领导你知道吗？"

"别叫领导，啥领不领导的，叫我短哥就好了，你说的这个问题很关键，我也想了很久，说实话我也感觉我们这个机构有点神神秘秘，我莫名其妙地就成了接待办的主任，你也莫名其妙地被我招了进来，我觉得凡事都是有因有果的，如果我不相信有外星人，也不可能接受袁博士的邀请，来到这个岗位，你也是吧，不管怎么样吧，在其位谋其职，还是有上级机构给发工资不是？外星人我觉得是有的，长什么样我也确实不知道，一千人心中就有一千个哈姆雷特，外星人也差不多吧，每个人心目中的外星人是不一样的。"

"外星人长什么样也可能不那么重要，看看现在，有人连自己的邻居长什么样都不知道，还在乎外星人什么样吗？"葛晓璐若有所思。

"说得对！所以我一直在想我们这个工作的意义。如果我们等不来外星人到访，那我们所做的岂不是无用功？即使我们作好各项准备，都精益求精，也不过屠龙之技罢了。但是，联系到这个时代，信

第十三章 代言人

息社会越来越发达,人们却好像越来越封闭了,是内心的封闭,虽然社交网络延伸得很广了,而太空是开放的,宇宙是宏大的,有外星人,就有沟通的需要。我们的工作还要体现出人们内心的需求,不关注内心,就没有未来。人们说,梦想要有,万一实现了呢。所以我觉得,外星人接待办也要有,万一哪天外星人来了呢?"

"也就是说,我们的工作还具有精神旗帜的意义,对吧老大?"晓璐明眸善睐。

"You got it! 外星人有也好,没有也罢,我们是屠龙也好,杀猪也罢,要做好当下的事情,要对宇宙保持一个 open 姿态,封闭的内心只会加快人的衰老,封闭的世界也只能加速人类的灭亡。如果没有外星人,我们把自己当成外星人也好嘛。"小短喝口茶,觉得果然是两个人工作比一个人要好,什么事情可以商量商量,还能激发更多的想法。"晓璐,你原先的理想工作是什么啊?"

"理想工作? 我想做一个自由职业者,不受太多的束缚,又能自给自足,有时间就去旅旅游,拍很美很美的照片,吃很好吃很好吃的美味,见很有趣很有趣的陌生人,可是那很难的,慢慢来吧,可能等有了相当的积累之后,就能达到自己想要的那种状态了,目前还不行,哎呀,老大,你不会要炒了我吧,我觉得现在的工作就挺好的,嗯,外星人,很有挑战性,我觉得自己站在一个很大很大的事业上!"晓璐不失时宜地吐了吐舌头。

"哈哈,怎么会炒了你,只能先炖着。"小短站起身,整理一下滴水观音的叶子,像是抚摸爱人的长发,"我以前的理想工作,是一个婚姻咨询师。"

"啊,你不是还没结婚吗老大?"

"是啊,没呢,理想工作嘛,我就想不停地深入探讨两性关系,你看现在可好,这个工作成了探讨人类和外星人的关系了,跨越有点大。"

"呵呵,我觉得吧,我们这个工作还真是蛮重要的,可就是知道的人太少,人们都不知道,怎么发挥旗帜作用呢?"

"说得对啊,那怎么办,我们到大街上去作宣讲?"

"也不一定非到大街上,宣传这个事情嘛,本人还是略懂一些的,我在大学里做过宣传委员哦。"晓璐有点傲娇地翘起嘴巴。

"那依你之见,应该怎么办?"

"应该找个代言人啊,你看现在的网游、手游,就连超市都有个形象代言人,大照片一挂,广告词一写,网络上,手机终端,再不然来个炒作,慢慢地就火了。"

"代言人,有道理,哎呀,上次我们办会的时候还有人自我推荐来着,是个三流的明星,我忘了留人家的名片了,不过我可以去找胡雪要,他们应该有业务。"

"哎呀,三流的明星是不行的。老大,说句题外话,胡雪姐姐那么

第十三章　代言人

美丽动人,是你什么人?"

"这?"小短略一迟疑,是啊,他们什么关系?他还从未深入考虑过。

"别不好意思嘛?"

"是我们的施主呀,赞助商,纯洁的赞助商关系。"小短欲盖弥彰地笑笑,晓璐也就不再追问。

"三流明星没有知名度,花了钱也没有好的效果,要用名人,还得要符合我们需要的气质,这个还真不好办。"她咬着嘴唇陷入思考,好像在脑袋里开启了搜索引擎。

"你说,外星人是什么气质?"小短像是在问她,又像是在自言自语。"说到外星人,首先想到的是什么呢?"

"外星人,ET?阿凡达?独眼怪兽?我觉得外星人的气质应该是超能力的气质吧,他们吸引人们的不就是有着超越人类的能力嘛,飞碟啊,神秘武器啊什么的。不过说实话,我首先想到的是罗纳尔多,然后是贝克汉姆,哈哈!"晓璐自己也被她的转折逗笑了。

"罗纳尔多!有道理啊!他不就是外星人吗,我看完全有必要请他来当我们的代言人!形象气质,绰号,符合了了的!"

"符合了了的?"

"就是很符合!"

"哦。不过请他很贵吧,我们也很难联系上他啊,还有,现在电视台也有他的广告,不过是金嗓子喉宝,和外星人有点不搭界。"

"是有难度,而且我们没有多少预算。"小短沉吟着,实际上钱还是有的,恳谈会那么成功,缴纳的会费有些盈余,存在一个新开的银行卡里了,算是小金库吧,没有小金库,还真是不方便,但是有小金库,也得节省着花呀,尤其是现在,接待办刚处在起步阶段,后面还不知道有没有进项,估计很快就要入不敷出了。"怎样才能又省钱,又能让罗纳尔多为我们代言呢?有一个理论说,只要中间通过六个人,你就能和世界上任何一个人联系上,也不知道是不是真的,要是那样我们还有希望和肥罗搭上话了。"

"他最近是有点肥。不过我的偶像是贝克汉姆,老大,你喜欢哪个明星?"

"足球的吗?纳什吧。"

"拜托,那是 NBA 明星好不好!"

"哈,不知道了吧,纳什以前可也是足球运动员,他属于那种真的有运动天赋的人。"

"哦,那好吧。罗纳尔多的肖像使用权费用肯定不低,你说能不能用卡通的来代替?卡通照是不是侵权的风险就小点?"晓璐脑袋一歪就想到一个歪点子。

"要不说你聪明呢,就这么办,用卡通的外星人,先在平面媒体上

第十三章 代言人

代言,不上电视。晓璐啊,你先找家广告商,或者工作室也行,看有没有物美价廉的?"

"好嘞!我正好认识一家3D动画工作室,先联系联系看看。"晓璐想起她的同学黄笑宇,大学时候一直鼓弄3D,最后专业课也没考及格,毕业证没拿到,毅然决然地开了一家动画工作室,也不知道现在发展得怎么样了,如果能给他带来一个小生意,也还不错。

在"宇宙尽头餐馆",葛晓璐请黄笑宇吃了顿饭,他还是留着潇洒飘逸的长发,实际上他的公司发展态势不错,已经有十个人的规模。他给葛晓璐看手机相册里的公司员工合影,一水的漂亮姑娘,高挑俊美,他坐在中间,有点不大协调,因为他个子不高,所以招聘的都是高个美女?

"你小子艳福不浅啊!"晓璐在大学的时候就常和他开玩笑,还有传言说黄笑宇要追求葛晓璐,可好几年也没见他有什么动静,不过他的确身高有限,晓璐没怎么考虑他,不过他挺有才华的,这点倒不可否认。

"一般吧,都没有你漂亮。"他的嘴还是那么甜,"怎么,听说你到一家外星人的公司去工作了?"

"什么外星人啊,是外星人接待办,联合国派驻机构,相当于一个事业单位吧,不如你混得滋润,说正事,我们想找一个代言人,可罗纳尔多太贵了，就想做成卡通的，这不正是你擅长的吗？除了渔夫茄子、烧鸡翅，还要点别的吗？"晓璐放下菜谱，她不怎么经常来这家餐厅，只是听说烧鸡翅不错，老板柴胖子还是像蒋门神一样站在旁边。

"差不多了，来点啤酒行了，两扎吧，难得蹭你一顿饭，"黄笑宇拿出一小包自带的茶叶给柴胖子，"麻烦把这个泡一下。"

"今天我们少谈工作，多谈风月啊，"黄笑宇一边把名片递给葛晓璐，一边笑着说，"画个罗纳尔多的卡通画是吧，简单，我回去就安排一下，片子上有我的新邮箱，你把要求发过来就行了，或者发 QQ 也行，你没把我拉黑吧，那就好，我们公司的业务水平包你满意，而且看在同学的份上，打个一折都不成问题，你别说，这家的烤翅还真不错！"

老同学的情谊还是挺管用的，两扎啤酒下去，黄笑宇答应给免费做个卡通代言人的广告，葛晓璐自是感激涕零，最后她抢着把账结了，犹豫了一下之后，还是像柴胖子要了发票，她心想这个应该算是工作餐吧，回去不知道左小短给不给报销。

第十四章 一个访客

外星人接待办的卡通广告低调而又迅速地打出去了,小短放在了很多网站、论坛上,还注册了微博,互粉了很多莫名其妙的人。丁小刚看到了外接办的广告,专门请小短喝咖啡,聊了一个下午。

"代言人这个点子挺不错,我们怎么办也准备搞一个,代言人我想来想去,选车尔尼雪夫斯基,你看怎么样?"丁小刚这次点的是猫屎咖啡,小短真想不出那会是个什么味道。

"我觉得很切合,回头我把广告公司的电话给你,老板跟我的员工很熟悉,可以打折。"小短点的是卡布奇诺,看上去像一杯覆盖了迷雾的星球。

"你那个新员工挺不错啊,叫什么璐来着,对对,葛晓璐,很干练,看起来你对这个工作比我用心多了啊,我这不正想着搞点什么副业干干呢,说是怎么办,联合国派驻机构,可谁知道怎么办呢,自己也有点找不着北,天天仰望星空,感觉没有任何意义,还是想找点实实在在的事情干,你说干点什么好呢,送快递?办一个网站?做家教?世界那么大,可做的事情那么多,你说我该怎么办?当然,怎么办的工作还是要干的,毕竟还顶个联合国的名头,只是现在有不少的空闲时间,你懂的。"

"是啊,你说有什么意义呢,有时候还真得问问自己,做一个平凡人的终极意义何在,存在即合理? 生命在于折腾吧,我觉得啊,我这外接办,意义在于沟通,你这怎么办呢,意义在于反思,你说对吧,传道授业解惑? 咱不是教师;说学逗唱? 咱不是演员;干一行爱一行,既然是顶个联合国的名头,还是应该把自己放在人类的高度上。"

"行啊小短,一见不日,如隔三秋,啥是人类的高度?"

小短听着有些别扭,喝了一大口咖啡,"哈哈,有点拔高了,所谓人类的高度吧,就是记住你是人,忘掉其他。其实,我也说不好。"正满脑子找词儿呢,小短的电话响了,那头传来葛晓璐略显焦急的声音"老大,你快点回来吧,我们这里来了个外星人!"

小短马上意识到问题的严重性,匆匆起身,"不好意思! 来了个重要客人,我得赶回办公室去了,这次你先请吧,下次我补上啊。"

丁小刚看着小短离去的背影,忽然想起自己好长时间没有照料办公室那几条小鱼了,估计水草已经把鱼缸占满了吧。

菠萝柚子大街,小短在踏入接待办大门之前,特地到旁边公共厕所的镜子前整理一下衣服,看上去状态还不错,毕竟是第一次见到外星人啊,还有点小激动呢,要不要握一下手? 还是只要微笑点头示意

第十四章 一个访客

就行了？外星人会笑吗？他的手不会像章鱼的爪子那样吧？黏糊糊的？是一个外星人还是组团来的，晓璐好像说的是一个。怎么交流呢？要不要说英语？不管怎么说，这个外星人来得有点太突然了，小短他完全还没有作好准备啊。

厕管车大爷看小短神情紧张的样子，打趣道，"小短啊，收拾这么齐整，要去相亲吗？要不要我帮你把把关？"

"大爷你就别掺和了，比相亲还重要，我得赶紧走了。"出公厕门的时候，小短又补了一句，"今天是不同寻常的一天！"

车大爷把嘴里的烟屁股吐掉，打着哈哈，"不同寻常个P，天底下就没有新鲜事。"

接见安排在一楼的职工之家，小短推门进去的时候，晓璐正和一个戴眼镜的中年男子面对面坐着。"主任，这是昴宿星系的M先生，这是我们接待办的左主任。"晓璐简单介绍了一下。

小短伸出手和M先生握了握，心想这不像是外星人啊，有点像中学物理老师，手有些凉，不过挺有力。

"主任你好，"M先生语气平和，"刚才我已经和小葛简单聊了聊，我是从因特网上看到接待办信息的，就抓紧时间赶了过来，我来自昴宿星系，你可能听说过吧。"

小短有点蒙圈的感觉，也可能是还没从紧张的情绪中跳脱出来，

外星人接待办

就把他当成一个物理老师吧,不可能当成外星人了,看哪儿都不像啊,不过也难说,也可能是乔装改扮了的外星人啊,要是外星人都以真实面目示人的话,估计也不安全,先应付着吧,"How do you do? 昴宿星系?昴日星官吗?"小短忽然想起《西游记》里的昴日星官,不由得脱口而出。不就是一个大公鸡吗?可那毕竟是神话故事,不会真的昴日星官驾临吧,看他的鼻子没有那么鹰钩啊。

"呵呵,主任说得很好,有一些关系,在中国的神话故事里,确实有昴日星官,实际上昴宿星是个很重要的星,古代的中国人用昴宿来定四时,在《尚书尧典》里就有'日短星昴,以正仲冬'的句子。昴宿星系是个很美丽的星系,我可爱的家乡。"M先生说话的时候眼睛向左上方看了看,好像要寻找家乡似的,眼神充满了深情。那么,阿凡达的眼神是什么样的来?眼睛也是外星人心灵的窗户吗?

"那,"小短一时找不到话题,该和外星人聊点什么呢?"您来地球多久了?住得习惯吗?"

"承蒙关照,地球很好,不过我也很怀念我的家乡。地球上分成了东方和西方,在西方的知识里,我们的星系叫七姐妹星,冬夜星空中,能看到七颗亮的星星,那就是昴宿星系,不过远远不止七颗,只是地球人肉眼看不见罢了。那里离地球很近,不过也很远,大约有四百四十光年远。"

"您一个人来的吗?"小短看了看M先生的身后,好像那里还藏

第十四章 一个访客

着一个人似的。

"不，不，我想地球上还有七位我的同伴，不过我们走散了。我们对地球研究了很久，才派出我们这个小分队来到这里，你知道吗，我们有着同样的祖先，我们都是天琴星人的后代，所以我们有相似的容貌，不过昴宿星人比地球人寿命更长，智慧发展得也更快，可以说是处在地球发展的高级阶段上。我很高兴看到地球人设立了这个接待办公室，虽然有点幼稚，但很温馨。"M先生双手交叉，尽量不表现出傲慢。

"你们怎么来到地球的呢？"葛晓璐按捺不住内心的好奇，开始发问了。

"迷你虫洞。那是一种很好的交通工具，不过地球人还远远没有认识到它的价值。"

"虫洞？是时空隧道吗？"晓璐皱起眉头。

"差不多吧，虫洞其实就是连接两个时空的弯曲通道。迷你虫洞呢，实际上是宇宙中一些极细小的洞穴，小到地球人的肉眼很难看见，我们也看不见，但它很广泛，存在于时间与空间的裂缝里。你知道吗，时间是有细微的裂缝的，这些裂缝隐藏在比分子、原子还细小的量子泡沫空间。我们正是通过迷你虫洞来到地球的，但是很遗憾，随即我们就弄丢了它，所以我一直在地球上待到现在。"M先生摊开双手，似很无奈。

"您的那些同伴呢？"小短比较关心人数问题，毕竟接待一个外星人与一个外星团队是不同的。

"迷你虫洞消失了以后，我们一共八个人被分散到地球不同的角落，我来到这个城市，而其他人呢？"M先生耸耸肩，"我也不知道，我也在寻找。"

"你们之间没有联络暗号什么的吗？"

"没有暗号，说实话，我们和地球人是如此相像，以至于我们混迹在地球人中，单从外表上连自己人都分辨不出来了，除了昴宿星语，我们懂得地球上的任何一种语言，在这里生活完全不成问题，而且，你知道，"M先生笑了笑，"在地球上很容易迷失自己。"

"你们来了多久了？"小短竟然隐隐感到一丝敌意，究竟要对外星人热情大方呢，还是要心存戒备，毕竟对他们了解太少了，而且他们在很大程度上要比我们先进，谁知道他们要到地球来做什么，说不定是为了消灭地球呢，应该尽快向上级汇报这次接待工作。

"啊，我想想，"M先生微微闭上眼睛又睁开，"四百年，还是五百年，记得我刚来到地球的时候，是万历十五年。"

"啊，"晓璐给M倒水喝，差点倒洒了，"你们在明朝时候就来到

第十四章 一个访客

这里了啊!"她觉得太神奇了,简直有点穿越的感觉。

"是啊,昴宿星人活一千个地球年没有问题。不过,经历了那么些朝代更迭,社会发展,对我一点意义也没有,地球人并没有怎么变化,还是老样子。这些年我走了很多地方,也没有找到我的同伴,当然,也没有找到回家的路。"

"您怎么识别出您的同伴呢?"小短顿了顿,"呃,我的问题是不是有点多了?"

"不多不多,毕竟是第一次见面嘛,我的同伴自有与地球人不同的气质,在你们的频率上是看不出来的,而我一眼就能认出来,频率不同。当然,这要在很近的距离内,要不然我应该很快就找到同伴了,可地球很大。"M 先生稍微思索了一小会儿,补充道,"频率,是最重要的。"

他来自遥远的昴宿星,还有七个同伴,花了五百年还没找到一个,五百年啊,孙悟空在五指山下都给救出来了,可信度有多少? 他们来地球干什么? 带着秘密任务吗? 天琴星的后代? 既然已经来了五百年,那到接待办做什么? 他来地球难道不需要护照吗? 在一个又一个的问号中,小短喝了口水,渴望有一股清泉从头顶上流下来。"恕我冒昧,您的那几个同伴,是科学家吗?"小短试探着问。

M 微微一笑,好像早就猜到小短有此一问,"他们中会有人成为科学家的,每个人都要在地球上有一个身份,我们需要科学家,甚至需要帮助地球人在物理学上取得跨越式的进步,因为我们需要找到或者创建一个迷你虫洞,我们需要找到回家的路。"M顿了顿,似乎在斟酌是否需要说得更明白,"我想,我们联合起来会更好更有效,所以我来到了你这里,现在是网络时代,可能会有我的同伴也看到外星人接待办的信息,如果也像我这样找到这里来,我想我们会非常感激你把我们联络起来的。"

"你们为什么不自己建个网站呢?"葛晓璐有点想不明白,建个网站也就是分分钟的事情。

"呵呵,已经建了啊,但是没有什么效果,毕竟你这里是联合国所属的,比较靠谱,多一个渠道,就多一分回家的希望。"M先生似乎思乡的情绪很浓,或许离开家乡越久,这种感觉越重吧,说得小短都有点想家了。

"我们对外星人有很多很多的想象,没想到竟和我们这么类似,如果退一步讲,找不到迷你虫洞了,那该怎么办?"小短直截了当地问。

"谢谢你的坦率,我们相像实际上是因为我们同在银河系联邦,有亲缘关系。我们只是密度不同的宇宙中同一个物种而已。我们出发来地球之前,也曾谈论过你说的这种情形,也有人会自愿生活在地球上,做一个快乐的而且是非常非常长寿的地球人,也是一个不错的

第十四章 一个访客

选择,当然,大多数人还是希望能借助于虫洞或者别的什么工具,回到昴宿星系。"

"你们也曾向宇宙中扔过漂流瓶什么的吗?"晓璐式的问题又来了。

"就我们的知识界限而言,也有很多未知的领域,宇宙如此之大,在星系、星团、星云外面,还有更广阔的空间,我们也有宇宙飞船在广袤的深空里探索,不算是漂流瓶,算是观察员吧。"

"呃,我的问题是不是太多了?"晓璐习惯性地吐吐舌头。

"没有啊,保持好奇是很好的事。我来地球很久了,有时候我也在想,地球人和昴宿星人的关系,在一定程度上就像是一个人和自我的关系,是一个映像,或是相似形。"

晓璐想再问几个问题,比如"你在地球上的身份是什么?昴宿星人也分男女吗?昴宿星人喜欢唱歌吗?"等,而M先生好像早就看到了她所想问的问题,摆出一副你来问吧我已经准备好答案的表情。而此时,门被推开了。

两个穿白大褂的人不请自到。其中一个对靠近门口的小短说,"您好!我们是第七人民医院的医生,这是我们的证件,这位是我们的病人,私自逃出了病房,给您带来的困扰请给予谅解。"

"七医?"小短有些迟疑,"精神病医院?"

"是的，"白大褂说，指了指 M 先生，"他一直自称是昴宿星人，目前正在接受我们的治疗，他是不是说他叫 M？已经活了五百年了？有七个同伴？要找迷你虫洞？还有，他喜欢吃海蚰蜓？就是这样，他对每个人都会这么说的。"

"海蚰蜓？"葛晓璐吃惊得下巴都要掉了，这个反差有点大了，一个神秘兮兮的外星人，马上成了一个精神病人！

"是啊，看来他还没有来得及说他的生活习惯吧。好了，不打扰你们了，我们要带他回医院去，多谢配合。你们这叫什么单位来？"

"外星人接待办。"小短有点心虚地说，甚至不敢直视精神科医生的眼睛。

"噢，怪不得，那他还来对地方了，哈哈！"两个精神科医生顾自笑了起来，他们再看小短和葛晓璐的眼神已经有点异样。

白大褂把 M 带走的时候，M 回头笑了笑，好像在告诉葛晓璐，"你看，这就是我在地球上的身份。"

人已经远去了，小短和葛晓璐好像还没从刚才的峰回路转中回味过来。

"老大，你说刚才是不是我们的幻觉啊？"晓璐有点怀疑自己，还掐了掐小短的胳膊。

小短揉揉胳膊，"不像。那两人的证件倒是真的。我分析啊，这

第十四章 一个访客

事真假难辨,有可能 M 先生的确是个精神病人,你知道,有的精神病人一直在假扮另外一个人,有的还假扮自己是个香蕉呢;也有可能 M 先生的确像他所说的那样,是个外星人,精神病人不过是他的一个掩饰身份罢了,而那两个白大褂呢,难道昴宿星人在地球上没有敌人? M 不会被劫持走了吧?哎呀,晓璐,你快点查一下七医的电话,问一下是否有这回事?"小短一边吩咐葛晓璐打电话,一边继续自言自语,"还有一种可能,那三人都是喜剧演员,在逗我们玩呢!"

经电话查证,两个白大褂的确是七医的医生,M 的确是七医的病人。说实在的,在 M 被带走的那一刻,小短竟感受一种深深的失落。不管是真是假,他的第一次接待可算是失败了,M 带来了多少丰富的资讯啊,如果他真的是外星人就好了,会不会外星人都会假扮成精神病人呢。宇宙那么大,小短也第一次感到接待工作那么复杂。

第十五章　两个访客

　　M的到访让小短陷入深深的思索，他该到大学里去补课了，外星人究竟存在于天文学层面，生物学层面？还是存在于心理学层面，抑或只在哲学层面？宇宙到底有多大，有多老，有没有情绪，会不会变化，无穷无尽的问题摆在人们面前，而我们对宇宙的认识是如此之少。外星人也是这样吗，和人类处在同一个智慧水平上，还是远远高于人类属于未来时空，抑或是远远低于人类。

　　有没有外星人？这是小短想了解的第一个问题。如果我们想要了解邻居家有没有人，只要敲开门进去看看就知道了，眼见为实；或者敲不开门，在门上听半天没有动静，可以初步断定家里没人，不过耳听为虚；抑或拿出红外扫描仪扫一下，人毕竟是个热源，可以通过仪器探测出来；再就是找一个嗅觉特别灵敏的小狗闻一下，人毕竟是有气味的。正因为人有这么多特征，所以可以很容易去识别。外星人就不同了，作为一种事物，我们对他完全不了解，包含什么样的物理性质、化学特性、生物特征等，一无所知，怎么去判别？有没有外星人抽象一点，成为外星人存在不存在的命题。如何证明外星人存在？

第十五章 两个访客

这很难,外星人目前还更多的存在于意识层面上。唯物主义认为世界的本原是物质,物质是运动的,运动是有规律的;而意识,只是客观世界的主观映像。如果外星人也是一种物质,就可以通过他的属性去认识他,可人们对他根本就不了解,所谓的主观映像也不过是人类的变形的形象罢了。物质实际上是不能被证明是存在的,但是如果你假设它存在,就能解释很多现象。既然说到存在,不知道外星人喜不喜欢存在主义,也就是存在先于本质,世界是荒谬的、人生是痛苦的,人可以自由选择。从主观意愿上来讲,小短希望外星人是存在的,不然人类在茫茫太空岂不太孤独?不过他也很欣喜地想到,既然证明外星人存在是极其困难的,那么,证明外星人不存在岂不更加困难吗?所以,还是不妨当作有外星人吧。

外星人在哪里?既然有,而且目前还是个未知事物,那他存在的地点就有很多可能性了,简直可以存在于任何地方。外星人可以像微生物一样生活在地下,像爱斯基摩人一样生活在冰原,像鲸鱼一样生活在海洋里,像普通人一样行走在步行街上,或者竟然像磁场一样存在你所知道的所有空间,可以存在于遥远的河外星系,当然也可能生活在昴宿星系,或者在某一个不知名的小行星上。这就像恩里科·费米提到过的那个悖论:如果外星人确实存在,他们在什么地方呢?那就暂且不管他们在什么地方吧。

外星人会不会来?这当然主要是看外星人的意愿。如果外星人也是生存在一个相对孤独的星球上,像地球这样,人类不是已经派出了寻找外星人的宇宙飞船吗?推己及人,外星人应该也会派出侦察队来寻找生命吧。但孤独是相对的,人类活动的能力有限,似乎永远也超越不了光速,如果外星人的智慧允许他们在宇宙间的任何地方来去自如呢?也有可能宇宙本身是一个非常热闹的地方,而地球仅仅是某一个非常孤僻的角落而已呢,比如地球非常广阔,但也有些地方是人类去不了或不想去的地方,比如大沙漠内部、原始森林深处、马里亚纳海沟等,地球会不会也是宇宙中类似的角落?外星人的到来,看来取决于他们的意愿和能力。

关于外星人的疑问越来越多,小短越觉得应该到大学里去回回炉,去上一下天体力学的课程,学一下心理学,或者别的什么有关学科,知识匮乏,业务不精,工作也干不好啊。他想向上级发个请示邮件,如果有可能的话,能到国外进修一下最好,毕竟目前在国内,外星人的文化氛围还不够浓厚。听说美国的华盛顿大学早在1998年设立宇宙生命学课程,开始培养研究地外生命的博士研究生了。当然,研究地外生命并不容易,必须先要了解地球上的生命是如何形成的,这就涉及天文学、大气科学、海洋学以及微生物学等学科的知识。小短可以浅尝辄止,如果能读个在职的学位的话,对将来的升职会有作用吧。要说在职学位,还是在本地的大学好拿,但是本地大学是学不到东西的,一进大学校门看到那些商店你就能作出判断。

第十五章 两个访客

小短坐在滴水观音前面,泡了壶茶,想着外星人的事情和自己的职业前途,正长吁短叹呢,响起了敲门声。

"请进!"小短赶紧换上职业笑容,虽然不是八颗牙齿,也好像嘴里塞了两个大枣。在接待办,礼貌是最重要的,不管是接待地球人还是外星人,首先要微笑,让来访者感受到你的诚意和热情。

推门进来的人像一个落魄的蓝精灵。他穿着一身天蓝色的卡其布中山装,衣服肯定年代久远了,有些发白,但不是经常洗,前襟还有些污渍,再加上一双棕色的老款军用猪笼鞋,全都是二十世纪六七十年代的装束。人比较瘦,衣服比较贴身,脸部没什么棱角,像一个磨刀石,也没什么表情,戴着一个厚厚的老式眼镜,眼神有些呆滞,头发有些花白而且蓬乱。如果再邋遢一些,再散发出一些气味,活脱是一个捡破烂的,或者从破烂堆里拣出来的。他双手都插在袖筒里,看上去有些拘谨,像一个老实巴交刚进城的农民伯伯。

"您好!请问您找谁?"这个人显然不可能是外星人,不会是来问路的吧,小短也摸不准,笑着问。

"外星人接待办?"来者语气生硬,像是在询问,但又不期待回答。

"是啊老人家,不过只是个挂名机构,没什么实际业务的。"小短想早点打发这人离开,不只是没有什么好感,他甚至有点惧怕。

"我是外星人。"蓝精灵不容置疑地说,好像谁反对谁就是他的敌人，而你可以想象做他敌人的下场。

"哦，"小短显然没有料到他会这么说，难不成又是一个隐藏在精神病院的外星人？外星人也讲究大隐隐于市吗？他觉得自己确实有必要修一下心理学的课程了。"请问有什么可以帮您？"

蓝精灵看小短没有赶他走的意思，好像也放松了下来，找个椅子坐下，小短赶紧去沏茶倒水。

"你知道人类是从什么时候开始寻找外星人的吗？"蓝精灵并不喝面前的茶水，只是盯着茶水看，他的样子很专注，好像是在很多年前就问自己这个问题，而现在也还没有得到很好的答案。

"呃，很多年了吧，具体的时间倒不是很了解。"小短实话实说。

"那是1959年的时候，科可尼和莫里森两个科学家在《自然》杂志上发表了一篇文章，他们认为如果地外文明的科学水平与当时人类的水平相当，应该能接收到地球人发射的无线电信号，那样就可以开展交流，那是在科学意义上开始寻找与外星人对话的可能性。之前的外星人，只是存在于人们的想象、广播电影和科幻小说里。"蓝精灵好像对人类的科技水平之低有点看不惯。

"请问您怎么称呼？您来自哪里？"小短问，并看着他的眼睛。

蓝精灵低垂着眼，整个人表现出一种漠不关心人类的气质，"我是谁并不重要，我也没有了名字，我是一个星际旅行者，到过很多地

第十五章 两个访客

方,在茫茫宇宙的海洋里,一颗颗星就像一个个岛屿,何止亿万万个,不同的星系散布其中,有椭圆的,有螺旋的,有棒旋的,有不规则的。地球人认为生命只会出现在能发出光和热的恒星周围的行星上,多么可笑!以宇宙之大,生命的多样性之广,必须抛弃地球思维才行。你知道吗,宇宙中最重要的参数是什么?密度,只有密度才能定义宇宙。目前宇宙的密度非常小,只有 9.9×10^{-30} 克每立方厘米,这其中,又有七成多是暗能量,两成多是冷暗物质,普通物质大概只占到百分之四,可怜的百分之四,可怜的知识水平。我掌握了密度的秘密,我通过黑洞在时空里穿梭,我浪迹宇宙,咫尺天涯,宇宙不是无限大的,也不是永远存在的,所以宇宙是真实的。我所感受的宇宙是会呼吸的,会做梦的。"

"那一颗颗星,我是多么熟悉啊,凌日行星、星际行星、蓬松行星、脉冲行星、冥府行星、沙漠行星、海洋行星、热海王星、迷你海王星、超级地球、无核行星、氦行星、碳行星、铁行星、聚星、联星、三合星、中矮星、白矮星、红巨星、变星、耀星、致密星、磁星,等等,它们就像我的孩子一样。黑洞,我也熟悉黑洞,超级黑洞,迷你黑洞,白虫洞,我爱时空隧道,我研究它们。"

蓝精灵顾自说着,小短的脑袋里又匆匆塞进去许多星体的概念。

"意义?你说我认识这么多星星有什么意义?宇宙有什么意义?存在又有什么价值?一切都是狗屁,我告诉你吧,就是这样,有什么用呢，我掌握了这么多，研究得这么深入，可结果呢，连一个副教授都评不上，为什么？"蓝精灵好像越说越激动，"为什么那些比我差的人都能评上，而他们会什么呢，无非是溜须拍马，无非是口若悬河，自吹自擂都行，真才实学一点没有，说得天花乱坠，项目拿了一个又一个，从来没见完成过，可现在就是这样啊，有什么办法呢？"

小短稍稍有点糊涂了，插问道，"您是说，作为外星人，您还需要评副教授吗？"

"外星人当然不用，可是我用，我当外星人之前用，现在不用了，你说评副教授有什么用，我掌握了那么多知识，研究得那么深入。"

"您是说，您原先不是外星人？"小短饶有兴趣，不知道这从普通人到外星人是个什么样的转变过程。

"我是天体物理学老师，就是X大学的物理系普通教员，不信你去打听打听，多少年前，我讲课的时候可是满坑满谷的学生啊。我当然不是外星人！可是，作为外星人，你知道！我可以通过黑洞，我进行时空旅行！时空旅行，去见我那美丽的未婚妻！"蓝精灵好像越说越激动起来，"啊，她是多么好的女人，可惜，唉，那么早早的就，为什么他们不愿意！为什么上天你对我这么不公！为什么我评不上副教授！为什么我依然深深爱着她！做梦也是她，时空旅行也是她！为什么我再也长不大！"蓝精灵的眼睛里闪出泪花。

第十五章 两个访客

小短真的糊涂了,面前真是个奇怪的人,有些语无伦次,莫不是精神受过什么刺激吧,外星人需要有超能力吗,怎样把他打发走呢?或许他真是一个天体物理学教授,如果不是外星人,是不是可请他做顾问?小短想了很多,可面对眼前可怜兮兮的蓝精灵,手足无措。他又没有名字,怎么称呼他都成了问题。

"那个,先生您也别着急,先确认一下,您是天体物理学教师吗?"

"是,没错!响当当的!"蓝精灵挺了挺胸,有点孩子气。

"您是怎么知道我们接待办的呢?"小短有些疑问。

"我天天上网,我是网民,我在咱们国家有互联网的第一天就开始上网了,你们不是在网上打广告了吗?"蓝精灵得意地说。

"那好,我们这里是外星人接待办,既然您不是外星人,呃,不过,我们可以请您做我们的顾问,在外星人接待方面给予我们指导,您看?"

"我当然是外星人!"蓝精灵好像有点不服气。

"我们知道,外星人都是有超能力的,比如能够预测未来,比如能够用目光把一个铁棍掰弯,比如拥有一两架飞碟,这些您有吗?"

"没有,我没有飞碟!"蓝精灵好像泄下气来,仿佛小短点了他的痛穴。"可是我是外星人!你们不能赶我走!你们要请我吃饭!我要吃饭!"

小短微笑起来,"没问题,请您到一楼职工之家,我们马上给您准备饭菜!"这两天正准备起火开灶呢,已经打发葛晓璐去菜市场买东西了,小短又在旁边小店里叫了两个外卖,踏踏实实请这个外星人吃一顿。

"我要一壶酒,50度以上的!"蓝精灵又提出要求。

"好的没问题。"小短赶紧打电话给晓璐,回来的路上再去买几个小二锅头,喝点就喝点,看起来蓝精灵是个有故事的人,说不定酒后吐真言,来龙去脉也就都搞清楚了。

酒菜置备齐全,小短、晓璐就陪着蓝精灵推杯换盏起来,他们是频频举杯,聊的也是漫无边际,可毕竟小短和晓璐酒量有限,而蓝精灵好像喝白开水一样。本来晓璐是不喝酒的,可经不住蓝精灵可怜兮兮的哀求,他近乎闪着泪光说"你喝一杯吧,你和我一生中最美好的那个女孩太像了。"没过多久,小短和晓璐就醉倒在案。蓝精灵又独自喝了杯酒,逍遥离去。

待清醒过来,脑子还有点晕。

"你是不是买了假酒了,怎么二锅头还上头呢?"小短有点责怪葛晓璐,可看葛晓璐仍然头晕眼花的样儿,只好作罢,暗暗下定决心,要加强规章制度建设,即使接待外星人,也不能过量饮酒。可反过来,如果真有外星人让你喝酒呢,看来这酒量还得多加练习。那么,那个蓝精灵到底是不是外星人? 在仍充满酒味的空气里,小短苦笑一下,

第十五章 两个访客

不过是另一个精神病人罢了。

小短有一种担心,怕这外星人接待办变成精神病人收容站,通过见识以来的两位访客,他有种不祥的预感。该怎样避免这种情况呢?他迟迟想不出好办法来。这天下午,他寂寥地坐在菠萝柚子大街31号大门口,看着来来往往的人,像是看着芸芸众生。他现在不愿意坐在办公室里,虽然有美女在侧,可他现在有些不喜欢那个奥威尔了,甚至有点惧怕那幅画像,而他又不敢擅自摘了,那可是袁博士留下来的,不能随便摘除。况且他这个外星人接待办主任还不知道干多久呢,说不定撑不了几天他就辞职了,还得留给下任的主任继续供着奥威尔呢,要是奥威尔能给解决问题也行啊,可他就是挂在墙上,干干地看着办公室里发生的一切,默然不语,似乎内心有很多箴言妙语,可就不说。还好现在葛晓璐还不知道小短的前期经历,也还没感受到奥威尔的这种沉郁,她还在办公室养了盆小花,说是能开两种颜色的花朵,可就是没记住花叫什么名字。他们会不会发生办公室恋情?小短有时候会喜滋滋的这么想。

小短还想着奥威尔的时候,葛晓璐走出来拍了他一下,"领导,今天是不是可以早点下班啊?"

"怎么,有约会啊?"小短笑着问。

"哈,我和春天有个约会,"晓璐故作灿烂笑容,"也没有啦,我想去做个头发。"

外星人接待办

"哎,你说外星人喜欢人类的什么发型?"小短好像要时刻把外星人挂在嘴边,才能提醒自己的工作性质。

两人正说着话呢,旁边走来一个人。这人五十岁上下,衣着考究,白衬衣上还打了个领结,笔直的西裤,锃亮的皮鞋,提着一个黑色方形公文包,像个书生。

"请问二位,这儿是菠萝柚子大街 31 号吗?"领结男彬彬有礼地问。

"没错啊,您有什么事?"葛晓璐答道。

"啊,太好了,这个地方还不好找,外星人接待办是这里吗?"

小短向葛晓璐使个眼色,意思是"你看来活了吧,还想早走呢,走不成了吧"。晓璐马上意会,露出热情的笑容,"没错,这就是外星人接待办,联合国常驻机构,请问有什么可以帮您吗?"她的职业性让小短都有些敬佩。"这是我们接待办的左主任。"葛晓璐又补充道。

"太好了太好了,终于找到组织了。"领结男一片欢欣,好像地下党接上头一样。

"我们到里面谈吧。"大门口肯定不是接待的地方,小短前面引路,到职工之家去,他想着要给这职工之家换个名字,不如叫接待室。

双方坐定,领结男先开了口,"主任,主管你们好,首先自我介绍一下,我叫宋一楠,当然,这是我在地球上的名字,我的掩护身份是一

第十五章 两个访客

名推销员,实际上我来自遥远的半人马星座的α星,也就是南门二星,非常遥远,我想你也是了解的吧,我的命运是一次发射失误造就的,就是一个很小很小的参数错了,导致我流落地球。我知道,我乍一说来自半人马你们可能不相信,这我完全理解,就像我第一次跟人家说我有超能力那样,几乎没有人相信。"他顿了顿,注意看对面两个人的反应。

小短心想他可能像蓝精灵一样,还会有大段大段的演讲,就示意葛晓璐给倒杯水。

"谢谢!不过我是不喝自来水的,我只喝雨水,雨水才有家乡的味道。"宋先生把杯子拿在手里把玩,然后从公文包里拿出一把勺子,"你们知道吗,半人马座的人其实是一种意识形态,不是普通意义上的物理人,意念,对于我们来讲是非常重要,我们用意念来做很多事情,我们就是意念本身,在半人马座,人只是一个投影,到了地球上我才成了这个样子,我内心非常明白,我的这个形象不过是个掩护道具罢了。你看看这个勺子,只是个普通的勺子。"

小短拿勺子看了看,的确看不出什么特别之处。

"你注意看,看我的眼睛。"领结男把勺子拿在手中,故弄玄虚地瞪大了眼睛,只盯着那勺子。大概过了15秒钟吧,奇怪的事情发生了,勺子居然变弯了!勺子柄还是直的,但是勺身已经向后仰了45

度,仿佛要摆出一个忧伤的姿势了。

"啊,太神奇了!"葛晓璐简直看呆了,"这是用意念做到的吗?"

领结男微微一笑,"没错,只是用意念。"

"半人马星人都这么厉害吗?"葛晓璐简直花痴状了。

"当然。在半人马座,意念就是你的手脚,就是你活动的全部。我很想念半人马座,我也在努力回去。你知道吗,我找到了一种回去的方法。"他又顿了顿,好像要想一下再往下说才稳妥似的。

"什么方法?"葛晓璐果然追问,只有小短一言不发。

"建造一个发射塔,我已经选好了地址,就在一个山顶上,看在这里是外星人接待办的分上,我就把全盘计划都说了吧,我已经建造了一半了,剩下的一半大概还有半年时间能完成,到时候我就可以回到半人马座了,当然,如果你们愿意,也可以随我一同去半人马看看,绝对是和地球不一样的风景。"

"发射塔?"葛晓璐问。

"是啊,发射塔是用特殊材料制成的,工程量不大,不过目前我遇到了一些困难,也是我不远千里来到咱们接待办的原因。"领结男咽了口吐沫,似乎要说重点了,"我资金遇到了瓶颈,你知道,推销员只是我的一个掩护身份,挣不了多少钱的,而建造发射塔目前还缺少一笔资金,资金缺口也不大,只有十万元。都说咱们接待办是外星人之家,善于帮助解决各种困难,所以我特地来请求组织,能否考虑一下我的困

第十五章　两个访客

难,助我早日回到半人马座?"领结男说完了,诚恳地看着对面的两位。

葛晓璐看看小短,露出"这外星人挺可怜的,回趟半人马座不容易,我们帮帮他吧"的表情。小短笑了笑,走到房间一角,那里有前几天请蓝精灵吃饭时置备的餐具,还没有收拾好,他拿出一柄勺子擦了擦,是个塑料勺,回到座位上。

"宋先生,您刚才那个意念真的很厉害,我还在回味中,您能不能用这个勺子再给我们演示一把儿?"小短把塑料勺递给领结男,然后像他盯着勺子一样盯着他。

领结男笑笑,"左主任真抱歉,我这超能力每天只能用一次,要不这样吧,等我明天再给你演示怎么样?"

"哈哈,宋先生,你不觉得那只是一个普通魔术吗?根本不是超能力!因此呢,我们觉得你也不是来自半人马座的。"小短说得斩钉截铁,语气不容置疑。

"左主任真会开玩笑,外星人怎么能作假呢?"领结男看小短不好说服,转向葛晓璐,"美女主管你说是吧?你也看到了,意念的力量多么伟大。"

葛晓璐也有点迷糊了,看小短胸有成竹的样子,还是按领导的意思办吧,她一言不发,欣赏起那个塑料勺子来。

领结男好像有点心虚了,"实际上呢,我的资金缺口也没有那么大,两万元吧,其他的我可以再想办法,毕竟还是回家要紧。如果回去以后还有机会再来地球,一定给主任多演示几遍,你看如何?"

小短简直要笑出声来了,只好忍着,"宋先生,实在抱歉,我们接待办呢今天也下班了,你看都五点多了,有什么事你看下次再谈如何,我们接待办的确没有资金,现在就连我们俩,都快要自谋生路了。"他摊摊手,想着怎么再进一步哭穷。

"是吗?"领结男眼珠一转,从包里又拿出一盒安利产品来,"那二位看看,这款安利蛋白粉如何?安利纽崔莱,姚明都做过广告的,全球营养素补充食品优质品牌。纽崔莱秉承'自然的精华,科学的精粹'理念,坚持了八十多年品质监控,绝对好东西,以源自先进工艺的大豆分离蛋白为主要原料,基本上能被人体完全吸收和利用。能够增强免疫力,缓解体力疲劳。如果你觉得不好,没关系,你可以卖给别人啊,从我这里拿货,成本价特价给你,你再转手卖给别人,赚的都是自己的,多好的买卖啊!"

领结男说得唾沫横飞,要往天花乱坠上走,小短赶紧拦住他,"算了算了,我们也不需要这个,您请回吧,我们这儿就要关门了!"说着就要往外送他。

领结男虽然不愿意,却被小短连推带拉地送出门外,"别介啊,咱买卖不成仁义在,低头不见抬头见的,生意做不成,可以交个朋友啊。"

第十六章 上访客

"我们得好好总结一下了,晓璐,你看,这几次接待都什么水平啊,一个精神病人,一个基本上精神病的大学老师,一个骗子,唉,失败。"小短定了个规矩,每天早晚开例会,布置一天的任务,总结一天的工作,这个早晨有点小雨,让人情绪不高,他泡了两杯咖啡,端给葛晓璐一杯。

"我觉得也是,领导有什么高见?"咖啡比较烫,晓璐用勺轻轻搅着,虽然办公室只有两人,她还是逐渐学会了要维护领导的权威。

"外星人脑袋上也没贴着标签,怎么鉴定识别就是个问题,来一个人说自己是外星人,再来一个又是,哪有那么多外星人,都伪装成地球人的模样?不现实。"

"对,一千个人眼里,就有一千个外星人。那些骗子们就有一千种伪装成外星人的方式。不过,老大,你也能用眼睛把勺子掰弯吗?"葛晓璐嬉皮笑脸地说。

"去,别打岔,我们这里讨论工作问题呢。我们这是接待办公室,肯定不是外星人收容所,也不是外星人心理辅导站,我看那些人都是来混吃混喝的，竟然还有来要钱的，是不是我们广告打的效果有点太突出了？可不打广告又不行，怎么样才能让真的外星人知道我们这里，而又屏蔽掉那些假冒的外星人呢？是不是还需要增设一个外星人认证中心？"

门"吱呀"一声被推开了，仿佛遥远宇宙传来的一声叹息。

走进来一个白衬衣的男子，拿着一个公文包，三十五岁左右，不过头发有些灰白了，面容疲惫，但见到屋里有人后又显出一丝欣喜。

"这位先生，您是？"葛晓璐先迎过去，而左小短下意识的后退了几步，他有些疑虑，近来被频繁来访的假冒伪劣外星人搞怕了，恐怕这个也不靠谱。

来人露出一个"大家很熟"的笑容，好像慰问似的说"这里是外星人接待办吧？"

"是啊，您是哪个星球的？"葛晓璐径直问。

"哦？"来人语调上扬，似有点意外，"怎么，你们还真接待过外星人啊？啧啧，不可思议！我可不是外星人，我是自己人，人民政府来访接待办公室的，也就是平常说的信访办。"为了表明身份，白衬衣从公文包里拿出一份文件，"这是介绍信，请看一下吧。"

葛晓璐接过介绍信看了，又递给左小短，介绍说，"这是我们接待办的左主任。"

第十六章 上访客

"你好,你好。"白衬衣握手寒暄,很是老套,看来是个老公务员了。

介绍信很简洁,像标准公文那样要言不烦,兹委派于长久同志前往洽谈合作接访事宜等,大红的印章盖着,想必没假。

"您是于主任吧,请坐请坐!"小短也客套起来,终于见到一个正经人了,不容易啊。于长久对于主任的称呼也不谦虚,就像是他虽然还没有提拔为主任,但理所应当应该成为主任那样。

葛晓璐也赶紧泡上一杯茶,终于来了政府的人了,就像游击队见到大部队一样。于长久抿了一口茶,稍微皱了一下眉头,把茶叶梗轻轻吐出来,"左主任,改天我来给你带包好茶!来来,先说正事。"

白衬衣简单道明来意,就是信访办每天都接待很多上访的人,当然这些人大部分还是有冤屈的,很长的时间里得不到解决,就想着告状,见高官,希望能找到一个解决之道;然而现在,法律制度还不健全,上访多半还是不能解决问题,就引起了许多上访者的极端措施,静坐的,绝食的,以死相逼;经济发展很快,也催生了很多社会矛盾,这些年上访数量不断上升,当然有合理上访的,也有无理取闹的,甚至还有上访专业户,以上访为业;毕竟上访造成很多不好的影响,地方官员常常追求上访"零纪录",表明政绩卓然,为了零纪录,就有了不少截访的,也有简单粗暴直接打回的。

"这也是社会发展到现阶段的产物吧。"于长久喝了一口茶,像政治老师一样说道。

"那你们的工作可是够难的!"小短不由得深表同情,也喝了口茶,他觉得茶还不错,尝不出低劣来,可能是他还没喝过好茶吧。

"谁说不是呢,回头我就跟我们领导请示一下,看能不能到你这来打打下手啥的,我们那活可不是人干的,你想啊,本来社会就这么复杂了,上访的人更是千奇百怪,复杂的人中最复杂的那一部分跳出来,送到我们办公室门口,你说累不累人,而且很多情绪激动,精神异常,着实不好处理啊,而上级又要求一定要微笑服务,热情大方,有时候真的很难笑出来。

"唉,不在这诉苦了,说正事,是这样,前两天呢,我们接待了一个上访者,这个人很奇怪,一直说自己是外星人,说要讨一个公道。什么原委呢,我也从老前辈那里打听了,是一个资格很老的上访客了,一个遗孀,当初分房子的时候分到一个团结户,三家同住一个大三居的房子,公用厨房和卫生间。后来不知道怎么,卫生间没有她的份了,被另两家占了。卫生间一共一平米,每家零点三三平米,这些年她就为这零点三三平米前后奔走,不知道跑了多少趟,所有的部门都跑遍了,但是因为手续不全,证据不足,没有办法给她找回来。也就是这两年的事儿吧,老太太的精神越来越不正常,后来就感觉是疯了,老说自己是外星人。这不,最近又到我们信访办了,蹲在那里不

第十六章 上访客

走。这可真是个大麻烦,老太太你还不好硬往外拉走,万一有个三长两短,再让媒体一曝光,那领导可就坐不住了,非得把我们信访办捏死不可啊。

"这不,我们头儿不知道从哪里打听到还有你们这个部门,外星人接待办,说实在的我原先都没听说过,这不正对路吗?一个自称是外星人,一个恰好是外星人接待办,所以,我们头儿特地派我来,看你们能不能给提供一下协助?"白衬衣前前后后说完,喝了一大口茶,松了一口气,等着小短的答复。

小短听了半天,最后算是明白过来了,让他们来给信访办解决疑难杂症啊,这可不是个好活,还是小心为妙,主意打定,他呵呵一笑,"于主任,你们的工作真的是艰苦卓绝,小弟真是相当的佩服!不过我们这个接待办吧,从上级部门,"小短顿了顿,他没说是联合国,那样子好像是拉虎皮扯大旗,"从上级部门给的职责范围来看,我们的确是接待外星人的,而这个外星人也很明确,就是来自地球外部的生命,这个老太太呢,说实在的,可能还是脑子这里有些问题,实在不能说是外星人,看来真不好意思了。"

"别呀,左主任,先别忙着拒绝呀,这事虽然有点牵强,不过也并非完全说不过去,我们都是职能部门,说不定哪天谁能帮到谁呢,不看僧面看佛面,就当帮兄弟一把也成啊。"于长久说得挺诚恳。

小短沉吟不语，他说得没错，即便是联合国派驻机构吧，强龙不压地头蛇，政府各个部门都是关联的，巴结还来不及呢，还是不得罪的好，可这精神异常者一个个往这里送，也不是个事儿啊，没办法，多一个就多一个吧，主意打定，抬头道，"于主任说得极是，我看这样吧，您可以先把人送过来，我们试试，不能保证就安抚住了，还是以安抚为主是吧？"

"正是，正是，那就太好了！谢谢啊！帮大忙了，我这就叫人把老太太送过来！真是仗义！"于长久面露喜色，如愿以偿。

信访办的警车"呜啊呜啊"的呼啸而来，小小的菠萝柚子 31 号显得有点局促不安。警车把外星人老太太扔下，白衬衣交代几句，随着警车又呜啊呜啊地走了。

老太太很瘦弱，头发花白，戴着一个厚厚的眼镜，不知道是近视镜还是老花镜；一身灰白色的衣服，鞋有些破旧了；左手的手腕好像摔伤了，缠着纱布，大拇指后面显出一小片淤青；她有些怯生生地看着这个地方，带着某种畏惧，又有些不屑。小短觉得她真和前几天的蓝精灵老头儿是一对儿啊，好像都是从一个比较遥远的年代来的，难不成他们这个年纪的人，多多少少到了精神异常的阶段？何以至此？是时代造就了这么多的悲剧吗，他们陷入了多么大的失落里，或许只有外星人能够拯救他们。

第十六章 上访客

"你好,阿姨,请里面坐。"葛晓璐笑着要把老太太请进去。

"你们人类啊,虚伪!"老太太不领情,倒板起脸来,仿佛刚进入外星人的角色那样,刚才她还是一个忧心忡忡的老太太,现在已成为一个目空一切的外星人了。精神异常者的内心世界,又有谁能懂得呢。"我不是你们的阿姨。"她说起话来有点南方口音,所以即使摇身一变成为外星人,也还是个温和的外星人。

"请问您怎么称呼?"葛晓璐赔着笑,问道。

"我没有称呼。我也不需要称呼。两位领导啊,我真的不需要称呼,我只需要一个零点三三平方米的厕所啊!我要称呼有什么用?"老太太忽又显得很悲伤,她看着脚下的地,仿佛那里能生长出一个厕所来。

"您好,能不能把您的要求说一下,看我们有什么可以帮您?"小短尽可能显得稳重沉着。

"这么多年了,我来到这个世界七十多年了,我的伴侣离开这个世界都快三十年了,我连一个厕所都没有了,这不是欺负我吗,欺负我势单力薄,欺负我举目无亲,欺负我孤儿寡母,欺负我没有本事!"她说得有点激动,但随后眼睛又垂了下去,变成那种与世无争的神情,"可是能怎么样呢,我只想要回我的厕所,你说一个外星人在地球上,能没有一个厕所吗?

外星人接待办

"我没有办法了,我跟你说实话吧,我是没有办法了,我怎么能是一个外星人呢?!我只是一个外乡人而已啊!可是我连自己的厕所都要不回来,人善被人欺啊,我多想自己是一个外星人,我没有疯,我也知道,你们帮不了我,你们比不上那些官员们,说一套做一套,把人糊弄走就行,我老了,我还能干什么,我还有什么用?人活一口气,树活一张皮,明明是团结户,可怎么能团结呢,明明是共用的厕所,怎么就没有我的呢,我想不通啊,我闹不明白啊,我老了,活不了几年了,我为这个事跑来跑去,也是想找个事情做,要不然呢,我天天待在那个九平米的小黑屋里?我男人做了那么多的贡献,可只剩下我了,全世界都只剩下我们孤儿寡母了,还有什么用,还能怎么办,我原先是一个设计师,兢兢业业,现在美术馆里可能还有我的作品,我的工笔画人们说还不错,我也能养活自己,可是有什么用,现在都没有地方上厕所,多少年了没有厕所,你见过没有厕所的房子吗,我不是说,我的生活有多么悲惨,我也知足,前两天我的手摔伤了,伤了就伤了吧,我已经是个老废物,老怪物了,有没有手又有什么区别呢。

"你们都是好人,还知道给我倒水喝,我谢谢你们,好人一生平安吧,我没有多少时间了,我老想着怎么样到另一个世界去,我对信访办的人说我只是一个外乡人而已,他们听成外星人了,就要把我拉到精神病院,我知道,精神病院里关了很多上访的,我是外星人也好,我也没想到,我这风烛残年,还能这么科幻。小时候,很穷,看着天上的

第十六章 上访客

星星,老觉得那里有人住着,比我们生活的要好。……"

老太太喃喃自语,声音越来越轻,仿佛一朵正在哭泣的枯萎的玫瑰。"他们都叫我是桂兰",她在最后说。

小短和葛晓璐都沉浸在她的讲述中了,许久才缓过神来。

"阿姨,我们真的想帮您,要不这样吧,我们这个接待办呢,还有些空间,不行您先搬这里来住住看?"小短看着她的眼睛,想请她点点头。

可老太太叹了口气,"不了,我能来到这里,和你们絮叨絮叨,也就罢了,我偃旗息鼓了,没有多长时间了,没有用,就这样吧,如果你们真能见到外星人,算了,见到又怎么样呢,请代我向他们问好吧。"

"我们真的还有地方,一个大点的房间,没有问题,搬来住吧。"小短恳切地说。

"小伙子,就这样吧,我得回去了。"老太太起身要走。

小短示意葛晓璐先出门,"我们打车送您回去吧。"老太太摆摆手,"不用了,不用了,我都是走的,刚才坐车坐得头晕。你们别管我了,好人一生平安吧。"

她瘦小的身体颤悠悠地飘到了门外,又往马路深处飘去。小短

外星人接待办

站在门口看了好长时间,心想:如果外星人都是这样,宇宙怎能如此凄凉。本来以为是个难缠的上访者,没想到是个悲戚的老人。他被老太太深深地感染了,默默地祝福她。这世上有多少的不公,多少的不平,可是能怎么样呢。

第十七章　接待动员

"老弟啊,真有你的,外星人老太太果然没再来信访办了,把我们最头疼的一个问题解决了,我们领导非常高兴啊!说改天要专门到你那里去调研调研呢。这样啊,什么时间你有空,我请你去醉八仙饭馆好好吃一顿。不过老弟啊,现在我这里还有几个麻烦活儿,就是几个上访的,比较难搞,关键也是脑子有点异常,恐怕也得麻烦你老弟出手相助才行啊,你一定得给帮帮忙!拜托了啊!"于长久又打来电话,当然是又把一些疑难杂症推了过来。小短感觉很不好,简直把这里当成精神病院了嘛,可真的精神病院他们又不敢往里送,只是看这里边缘又好欺负罢了。

就这样,今天一个,明天两个的,外星人接待办快要沦落成信访办分部了。送来这里的上访者一般怨气比较大,就好像他们一直沿着一条很狭窄很狭窄的道路走啊走,快要走不通了,快要窒息了,忽然,"哗"的一下,出来一个外星人,可以说外星人接待办起到了一个很好的转移注意力的作用,这些深陷在陈年旧事里的痛苦的人就些许舒展了一下眉头,仿佛觉得世界宽广起来。小短也不想忽悠他们,告诉他们说无法解决他们碰到的问题,不过可以给介绍一些他也所知不多的宇宙学知识,谈谈宇宙的广袤无边,人类的无限渺小。外星人也很可怜,已经成为一个被歪解被利用的概念,想不到还能为社会稳定和谐发展做出一定的贡献。

这天,信访办把蓝精灵教授送来了,蓝精灵一见如故地握住小短的手,"哈,没想到又见面了,小主任!"

小短有些茫然,"您去上访了?"

"是啊,"蓝精灵简直有点骄傲了,"职称问题,不上访解决不了,不过,上访也解决不了,没想到还能把我送这里来,你知道吗,我最近在研究宇宙爆炸,颇有心得!"于是,蓝精灵就喋喋不休地谈起了宇宙爆炸和生命演化及其与智能爆炸的关系,他觉得外星人很可能是智能爆炸的一个结果,科学技术的不断完善,不断加速,最终会把人类推向灭亡的顶端,或者是进阶的顶端,而宇宙中那些类似的星球,或许早就完成了智能爆炸,进化成了更高级的无生命的形态……

小短津津有味地听着,煞有介事地点头,盘算着如果这次蓝精灵再让他请吃饭,就坚决不能再喝酒了,这教授的酒量实在太大。不过看他谈论智能爆炸的神态,俨然一个誉满世界的学者,不给他职称实在可惜了。还好这次蓝精灵并没有留下了喝酒,他谈论智能奇点的时候,忽地一拍脑门说"哎呀,不对,我那个公式可能有点错误,不行,

第十七章 接待动员

我得回学校去再演算一下,走了走了。"说完就撤,小短都没来得及送。

小短回味着蓝精灵的话,觉得还是有些意思,正琢磨呢,接待办进来两个西装革履的胖子,然后于长久也从后面闪进来。

"左主任,你好你好,介绍一下,"于长久满脸堆笑,"这是外接办的左主任,这位是我们信访办的庞主任,这位是市委接待办的郭主任!"

"两位大领导驾到,有失远迎,有失远迎啊。"和信访办打了几次交道,小短也学会虚情假意客套起来。

信访办的庞主任中等身材,胖得比较明显,不过属于那种有亲和力的胖,脸上堆着笑,那笑容仿佛是生长在脸上的,已经成为脸的一部分,慈眉善目,说话和气,这样一个没有敌意就像爱喝啤酒的邻居老王似的胖子,当信访办主任真是再适合不过了。

市委办的郭主任也胖,但胖得比较谦虚,加上身材高大,只能说是魁梧得有点臃肿罢了,面容一本正经,摆出一个随时你和我谈问题我给你解决问题的架势,小短猜想他的面部绝对是有机关的,倏地一扭就可以从一本正经变成或谄媚逢迎或心满意足的笑。

小短先握了郭的手,再握庞的,他印象里市委的部门肯定比一般部门要高一头,市委接待办主任可是个不小的官了,怎么会突然来到这个小小的有些奇怪的外星人接待办呢。从上任一段时间的工作看，小短也比较明显感觉到自己这个部门有些另类，姥姥不亲舅舅不爱的，不过只要上面有工资奖金发下来，也就这么过下去了，如果哪一天那张光盘里的银行卡余额不足了，小短马上就改头换面，下海创业去了。

几个人坐定，葛晓璐像个服务员一样给大家斟茶倒水。她今天没有扎马尾，头发自由自在地披散着，再加上她这几天找了个兼职，晚上加班熬夜，有些黑眼圈，整个人显出一种慵懒之美，让几个男人都忍不住多看几眼。而郭主任似乎看的次数更多一些。

客套寒暄之后，郭主任表明了来意，"你们外接办呢，我早就听说过，一直没有机会拜访，庞主任呢，也多次谈及你们的工作，处理了很多棘手的案子。信访办还有一期工作简报是吧，特别提到充分利用其他组织和民间机构来化解和缓和社会上访现象，里面重点说的就是咱们外星人接待办。这期简报呢，也报到市领导那里去了，主要领导还是留下了很深的印象，这说明咱们的工作做得非常有显示度。当然了，庞主任那边也是想了很多办法，出了很多点子，使出了浑身解数，信访工作处理的也是妥妥帖帖。是吧庞主任？"庞主任连忙点头称是。

郭接着往下说，"说个小例子啊，到省府去开会，或遇到什么重大

第十七章 接待动员

活动,别市的领导都提心吊胆的,生怕有个上访的来闹事,出了幺蛾子,咱们市领导从来不担心,这说明我们的工作做得很到位,很给力!鉴于信访工作的出色成绩,市里也准备在年底的时候给予特别奖励,同时我们优异的信访工作,上面也是看在眼里,"郭用手指指天花板,小短理解的上面可能是外星人吧,葛晓璐看看天花板则感到莫名其妙,郭主任继续说,"这不吗,上面要派人来视察,层次很高,是位大员,市委市政府对这次视察非常重视,主要领导都要全程陪同的,最关键的呢,就是要做好接待工作。这件事情呢,市里还会专门开会来部署,今天先来了解一下情况,主要是由我们市委接待办牵头,因为这次大员主要调研上访信访的事情,所以信访办是主要配合部门,而我们外星人接待办呢,也要做好相应的准备工作,听说啊,小道消息,我和这大员的秘书有些交情,这次大员来可能要到左主任你们这里看看。不管来不来吧,根据市里的意思,这次你办要给予高度的重视,充分的准备,这次接待规格高,任务重,你们要密切配合信访办,在任务中呢多学习,多体验,也为你们将来对外星人的接待起到提高促进的作用。"

郭主任的话官味十足,让初入职场的小短感到了事情的重要程度,他甚至对将要到来的这个大员充满了敬畏,到底是多大的官啊,到底要多大的排场才行。只是他对郭胖子的"歪星人"的发音不敢认同,歪星到底是哪颗星?

外星人接待办

两个胖子走后两天,市里便通知左小短去参加了上级领导调研接待动员会,参会的部门很多,除了市委市政府的接待办,市以及各区的信访办,还有宣传部、公安局、卫生局、交通委、食品监督局、城管执法局、财政局、气象局等,当然还有御用大酒店、外星人接待办等外围部门,甚至几个街道办事处也参加了,包括菠萝柚子大街。动员会开了大半天,这个领导讲话,那个领导发言,再来个领导强调,最后就一句话:这次来的领导很重要,接待不好大家都别干了!

领导小组和工作小组很快组织起来,各部门抽调人手集中起来办公,落实一切可能的细节问题。小短也搬到市政府大楼里办公两天,其实说是为了提高效率集中办公,可实际上还是乱糟糟的,毕竟大家来自不同部门,彼此之间颇生疏,对整个活动的流程等理解得也不完全相同,还有一些老机关的人都是老油条,出工不出力,看着挺忙活,其实是混饭吃。办公大楼比起菠萝柚子大街31号气派得多,也庄严肃穆得多,虽然有些压抑,小短每次走进来还是感动一些光荣。一天他加班到晚上九点,从大楼里望出去,这个城市的万家灯火十分迷人,他有点搞不清楚自己到底在忙些什么,为了什么。不过到了第二天,又投入到这项有点无厘头的接待任务中了。

整个流程比办一个研讨会要复杂,每一个环节都被分解为若干个小细节,最难办的事情其实在于各级领导的协调,毕竟来的大领导只有一位,但是陪同的本地官员都要哪些人参与,如何排序,谁去机

第十七章 接待动员

场接,谁去车站送,走路谁在前面谁在后面,吃饭谁坐中间谁坐旁边,发言谁先谁后,发言稿怎么核对,早餐怎么吃,午餐吃什么,晚餐后面还要不要活动,每一件事情要做两个方案,都要有一个负责人。看似简单的一个调研接待,在领导小组和工作小组的运筹帷幄下,成功地变成了一个十分庞杂的工程。由简单到复杂,这是小短学到的重要一课。

各种发言稿的编写,交由不同层级的刀笔小吏去操作,最后由市里的"一支笔"去审核把关。宣传介绍视频和演示稿,交由市广播电视台去设计制作,务求大气精美。接待宾馆的房间设施有些陈旧了,抓紧需要更新。街道上需要竖起精神文明建设的各类旗帜,给人一种欣欣向荣和谐奋进的感觉。

随着准备工作的深入,一同参与的葛晓璐不停地向小短吐舌头,"这得花多少钱啊!"小短则见怪不怪了,"只要领导高兴,花多少钱那根本不是事啊。再说了,我听庞主任私下说了,这次这个大领导很可能还会再进步,身居要职,那时就和市里主要领导的升迁有很大关系了,要不然这次如此重视,领导们也是豁出去了。"葛晓璐还是觉得有点浪费,"还是我们外星办好,估计外星人来了,也不会搞这么复杂。"小短点头,"是啊,再说我们也没钱啊,除非外星人能决定领导们的升迁。"

模拟考试如期进行,主要领导前前后后走了一遍,各个要停留的地点都看到了;重点的街道还全体总动员,不同的地方设置了明岗暗哨,以保证活动的有序衔接,颇有点巷战的味道,这也得到了领导认可;对于几处地点卫生状况搞得不好,领导也大光其火,把相应的人狠狠训了一顿;最后领导还到酒店试吃了饭菜,觥筹交错,大醉而归,他在酒桌上总结说:"这次接待任务非常重要,现在是万事俱备只欠东风了,不是东风压倒西风,就是西风压倒东风,只是谁在用土琵琶弹奏一曲东风破,西边的太阳就要落山了,鬼子的末日就要来到。"看样子算是满意了。

第十八章　大员大酒

大员如期而至,警车呜啊呜啊的开道而行。

因为已经进行过模拟,调研前一天大员的秘书又详细过问了一遍,所以整个调研过程就像是按照剧本在走。先是到了下榻酒店,稍事休息,就开始晚餐,算是接风酒,当然是全市最好的星级酒店,全是昂贵的美味佳肴,陈年古酿,主要领导们悉数到场,毕恭毕敬地敬酒,恨不得为表达诚意一杯灌倒自己,大员倒平易近人,酒过三巡之后还能开几句玩笑,再来点京城的小道消息,把气氛调节得煞是和谐,欢声笑语。当然,酒不能喝多,他只是抿几小口,敬酒的要全干掉,因为他后面还要和主要领导们单独会晤呢,这也是早就安排好的。每个人会晤十五到二十分钟,大概无非是表明心迹愿效犬马之劳之类。然后大员就要休息了。

第二天一早大员要锻炼身体,早就安排好了陪跑的,不紧不慢出一身虚汗,主要领导要陪着吃早餐,各式特色小吃纷至沓来,大员吃得甚是满意。可以说头天晚上的酒只是摸石头过河,大家也不怎么熟悉大员,大员也对大家不怎么感冒,说话喝酒都是蜻蜓点水,试探性地点到为止，不过终究算是在一个酒桌上吃过饭了，俗话说得好，"握十次手，不如喝一次酒"，这不到了第二天，大家就显得熟络了很多。主要领导们围在大员身边，不住地称赞大员的身体真好，晨练的习惯真是健康有效，再就是不停地介绍这个那个的本地小吃，再掺杂一些小故事、俏皮话，一个简简单单的早餐也是吃得风生水起。

一切都按照剧本在走，时间也严丝合缝，大员也比较配合，让干吗干吗，给多少时间就多少时间，让下面的官员们暗暗点赞，真是理解下属的好官啊。从酒店出来，先是到专门接待高级领导的会堂去开会，会堂位于这个城市幽深的一角，林木茂密，曲径通幽，一片花香鸟语，景色宜人。调研会上，主要领导作专门报告，而且很破例的没有拿着讲稿照本宣科的讲来讲去，而是设计了PPT，当然这PPT是底下人花了无数个昼夜赶制出来的，也包含了小短不少的心血和脑细胞。主要领导本身口才不错，再加上PPT绘形绘色，一场报告让大员不住地点头，还很有兴致地问几个小问题，虽为发问，实为表扬。小短比较明白，实际上报告没有什么实质内容，就一个信访能讲出多少花儿来，可这经不住文人墨客的加工雕琢啊，几个笔杆子一整饬，重要意义有了，政治高度有了，政策方针有了，具体措施有了，实际成效有了，重要影响有了，可借鉴的模式有了，可改进之处也有了，而且都说得冠冕堂皇，头头是道，一些精致的废话把报告打磨得晶光锃

第十八章 大员大酒

亮。小短感受到,这就是官员系统的语言体系,它和老百姓的日常语系是明显不同的,两者简直是两条平行线,仿佛永远都不相交叉,永远都不想去理解对方。草民们无论如何也很难理解官方的晦言暗语,那些无论怎么说都很严格谨巧的字字句句,而官员们也几乎没有时间去体会老百姓说的那些市侩俚语家常话,他们两拨人在不同的语境里生存。其实接待外星人也何尝不存在这种语言的困境呢,那简直是第一困难的地方了,外星人怎么表达他们的来意,而我们又如何去展现我们的友好呢？如果语言不同,又没有翻译,万一双方理解存在误差,导致战争等不可思议的后果怎么办？

上午的报告会进展很顺利,大员在最后的讲话中又总结说报告有新意有亮点,值得学习,算是作了全面的肯定,而主要领导们也纷纷表示大员的讲话有高度有深度,高屋建瓴,对今后的工作有非常重要的指导意义。上午的报告会就在哗哗的掌声中结束了。午饭就留在会堂吃,厨师是高薪聘请的,有很多拿手菜,小短作为服务人员瞄了一眼菜谱,只记住了一道菜:鲜奶鲜鲨鱼唇。他怎么也想不出鲨鱼唇加上鲜奶是个什么味道,极致的血腥的唇,加上极致的温顺的鲜奶,水生和陆生,食肉和食草,鱼类和哺乳类,鲜艳的混搭。午餐也少不了喝点酒,但不能多喝,因为下午还要到办事机构去现场视察,所以就喝窖藏了十五年的波尔多葡萄酒,不过主要领导们都习惯了"白酒当红酒喝,红酒当啤酒喝",端起波尔多来也是一口闷的架势,大员还是保持了喝葡萄酒的优雅，摇一摇，品一品，让葡萄酒的香气充分地氤氲开，再吸到嘴里，啧啧称赞。

下午的现场调研实际上是走马观花，主要领导陪大员在一辆考斯特上，其中一个市领导可能因为连着几天没有睡好，中午也没有补觉，在车上不知觉地打起鼾来，旁边的同僚赶紧把他摇醒，这如果要让大员认为是庸政懒政那可就麻烦了。沿途看了看市容市貌，顺道到高新区去看了两个项目，虽说是顺道，实则早就有目的地安排好了，这两个项目还需要上面的大力支持，可有些环节稍微有些障碍，还正在做工作，如果大员视察一下，能给美言几句，说不定这事就成了。这么重要的领导来一次不容易，市里面也是想方设法把资源用足了。虽然调研的主题是信访，可在信访办总共待了也没几分钟，因为主要的情况已经在上午的报告里都讲清楚了，而且在市里走了这一路上也没看见有人打着横幅上书"打倒某某恶霸，还我公道"，也没有人穿着写满了莫大冤屈的白衣走来走去，也没有人聚集在市政府大门口静坐。在大员看来，没有这些现象，信访工作已经做得很好了。

因大员无意看得更多，进程提前了，离晚饭还有一段时间，该怎么安排，几个人有点忙乱，好在大员的秘书比较明白领导的心思，随口问市里领导："听说咱这里有个山上的石头特别好？"市领导一时有点被问蒙了，山上？石头？这和信访有什么关系？领导喜欢石头吗？

第十八章　大员大酒

怎么之前没有提起？领导反应很快，先支应着，转身用目光询问接待办郭主任，郭主任立刻会意，"对对对，没错，我们这里有个小山，山谷里有一片河滩，盛产鹅卵石，听说有不少在造型和图案上颇有特色。"因为郭主任接待过一个喜欢石头的外省朋友，打听了很多人才晓得这么一个去处，没想到今天还真用上了。

"是啊，那里的鹅卵石值得去挑拣挑拣。"市领导马上接过话头，"想不到您也对石头有如此爱好？"

"怎么，你也喜欢石头？"大员提起了兴趣。

"古人云：山无石不奇，水无石不清，园无石不秀，室无石不雅。赏石清心，赏石怡人，赏石益智，赏石陶情，赏石长寿啊。虽然我没有收藏石头，不过见了奇石美石经常是赞叹不已啊。"市领导就是读书多，马上变成了一个石头爱好者。

"哈，难得你也这么雅兴，我们一起去那里看看？"大员的提议意味着调研工作结束了，而后面的事情就更好办了。

几辆车浩浩荡荡地往山谷进发，虽说是河滩，其实地方不大，在山的深处，也很难找，人迹罕至，但河滩上的确铺满了很多石头，大大小小的鹅卵石，各式各样。大员兴致很高，露出了孩子般的笑容，这儿看看，那里瞅瞅，觉得这些石头真不错，蹲下来开始挑拣。这个石头的图案很好，有点像太公钓鱼，虽然不那么准确，但线条清楚，形态神似，活脱脱一个愿者上钩，只可惜钓鱼竿上那条细线，中间有些断开了，但瑕不掩瑜，真是一块好石头。那个石头的颜色很好，最下面是青色，往上逐渐变浅，显出清晰的层理，又有些韵味，像是一幅水墨画，模糊地描绘了一个蓬莱仙境。

人群里新来了一个人，是地质学院的郝教授，当然是组织上临时从学院里抽调来的，这个郝教授显然也是官员型学者，很是熟谙官场的这一套内容，领导们稍微一点拨，马上明白了自己该干什么。他逐渐凑到大员的身边，找个机会接过话头，开始谈论这个地区的地质构造，这条河的历史，这些石头的来历，这些石头的化学成分和物理性质等，娓娓道来，很有学者风范。大员听着频频点头，像是为教授的学识所折服。当然了，郝教授也不忘记适时的推荐一下自己的学院，希望争取得到更大的支持云云。

小短负责给大家背着矿泉水，远远地站在河滩外面看着，后来被郭主任招呼过去，说是大员捡了很多石头，需要一个袋子装着，于是小短回到车里去拿了布袋，跟在大员的左右盛石头。大员把石头放进布袋的时候，偶尔也会和小短搭上两三句话，比如问问小伙子你多大啦，在什么部门干什么工作啊等。当知道小短在外星人接待办任职时，大员笑了，"还真有这么个机构啊，我在报告里看到过这个部门的名字，还以为印错了呢。"

第十八章 大员大酒

太阳西下,石头也捡了满满的一袋子。大员把袋子拎起来,感觉有些重,要扔掉一些,主要领导赶紧劝阻,"哎呀,这扔了多可惜啊,好不容易选出来的,还是都带走的好。"

大员显得有点无奈,"老弟你是不知道啊,我也想都带走,可一是上飞机的时候超重,比较麻烦。"

主要领导赶紧拍胸脯,"这不要紧,跟机场打个招呼,不会耽误时间的。"

大员摆摆手,"不是时间问题,超重也不怕,关键是吧,我拎着这么大袋子石头回家,肯定又要被老婆训了,每次见我从外面带一大兜子石头回去就满脸不高兴啊;还有啊,我这家里也没地方放这么多石头了,已经占了整整一个房间了,再带回去,也只能堆在那里了,我还是再选选吧。"

见大员坚持,主要领导也不再劝了,帮着大员把一兜子石头倒出来,重新优中选优,专挑那些色泽好图案佳形状优的,可大员一个也不舍得丢。还是郭主任机灵,又找来一个袋子,把剩下的石头也盛起来说,"这可是领导选过的啊,我们先收着,有收藏价值,说不定到时候升值呢!"这把大员逗乐了,"你小子啊!"

收拾停当,车队又浩浩荡荡地回到市区,直奔酒店。

明天大员就要回京了,晚上这顿酒就是送行酒了,尽管大员一再要求晚餐来点民间的,吃点小海鲜喝碗面条就行了,主要领导们也点头答应着,可还是按着鲜奶鲜鲨鱼唇那个标准来,又是琳琅满目的一大桌子珍馐佳肴。大员虽然是口上连连批评主要领导们太破费太不勤俭节约太不艰苦奋斗,实际上因为捡石头颇花了些体力,委实有点饿了,正想大快朵颐一番。按照酒桌上的规矩,大家主次坐定,凉菜热菜已起,这宴席就算是开动了。

小短本来被安排在大厅里和司机们一块吃饭的,因为虽然外星人接待办是个名头不小的机构,而且在这次接待任务中也发挥了比较重要的作用,但是因为来的领导大,显然还轮不到小小的外接办主任上桌去吃饭。在郭主任看来,外接办的级别甚至连科级都比不上,尽管小短一度把自己当成处级看待,他理解接待办不就是个办事处,办事处的主任自然而然是处级吧,不过他对官场的等级森严还认识不够,对这些级别也搞不太清楚。被安排在大厅吃饭也没什么不好,正好还可以放开喝上两瓶啤酒,想必在那种大桌子上,正襟危坐,连打嗝放屁都是要受限制的。

可小短还没有喝两口,郭主任就急慌慌地跑过来,"小短,快来,别吃了,好事来了!快来!"

小短放下筷子,"啥好事?"

郭主任把他往包间里拉,"看我安排得没错吧,为什么让你去帮大员拎袋子,你看大员记住你了吧,说非得把外星人接待办的同志叫

第十八章　大员大酒

到桌上来吃饭,你得多大的面子啊! 快走吧!"

小短有点受宠若惊,赶紧陪着郭主任颠颠地跑进包间去,和京城领导喝酒的机会可不多,小短下意识地咽咽唾沫,想把自己仅有的那点酒量全部唤醒。

说实在的这顿饭吃得有点索然无味,但那只是小短作为一个旁观者的感受,而那些官员们则乐此不疲,简直兴高采烈手舞足蹈。一轮一轮地敬酒,一个接一个的段子,时不时地开怀大笑,他们早已锻炼得口若悬河,既能吧唧吧唧的吹牛皮拍马屁讲段子,又能咕咚咕咚的饮酒,个个功夫了得。

小短不敢冒昧,但也必须守规矩,待最后轮到他的时候,也是慨然端起酒杯走向大员。"我,我真心诚意的敬您一杯酒!"小短因为紧张都有点结巴了,"感谢您支持我们的工作! 祝您身体健康,万事如意!"他实在想不出什么词来了,刚才的领导们已经把祝福的话感谢的话都翻来覆去花样万千的说了好多遍了。

大员倒随和,"谢谢你,下午拎包也很辛苦,另外你的工作也很有意义! 我觉得你发展的空间还很大!"大员一两句话,让小短激动不已,没想到得到这样的肯定,不就是拎个包吗,早知道就扛着麻袋去了,发展的空间很大让人想入非非心痒痒,该是怎样的空间呢? 也许是激动得有点过,小短要一下子把酒干掉,可胳膊一抬，不小心把酒洒在大员身上了，"哎呀，对不起，对不起，我太不小心了。"

"没事儿！"大员毫不在意，"正好衣服该换了。"说着还凑到小短跟前，低声说，"小兄弟，说个正经事儿啊，要是外星人来了，或者有机会到外星去，别忘了通知你哥哥我啊！"这，这是怎么论的，堂堂一个大领导，居然和自己称兄道弟，小短更加受宠若惊，简直有点惊诧不已了，"保证，保证！我，我啥也不说了，都在酒里了。"说完一大杯白酒咕咚喝了下去。

大员抿了一口酒，拍拍小短的肩膀。小短红光满面地回到座位上。这酒的劲道太大了，仿佛全身的血液忽的一下涌到头上来，而全身的血液则被顶的"啪"的一下蹦出了脑门，在头上三尺开了朵莲花，又溅开了，他开始用脚呼吸。

正在捋顺脉搏的时候，新一轮的敬酒又开始了，小短很奇怪他们为什么喝不醉。主要领导们看大员和小短这么熟络，又拍肩膀啥的，也都对小短多敬重三分，暗自猜测不会这小子和大领导沾亲带故吧，可不能得罪，得供起来。一来二去把小短搞得晕头转向。郭主任更是连敬两杯，"你小子深藏不露啊，没想到和大领导这么近乎，佩服佩服！以后咱们兄弟抬头不见低头见，大家都多多关照，别的不说，在咱们这个地界上，没有咱们兄弟办不成的事儿！还有啊，兄弟，你那个秘书当真不错，有时间再给哥儿们引见引见啊。"

第十八章　大员大酒

郭主任刚走,大员秘书又来了,"兄弟,啥也不说了,我们老板看重你,以后不管什么时间,什么事情,到了京城,一定给我打电话啊,给,我的密电码。"说着扔给小短一个名片,小短醉眼蒙眬地看了一下,虽说是秘书,但也挂着秘书处副主任的头衔,可不是一般的秘书啊。小短当下就把手机号码记了下来,然后咕咚一口把酒干了。

在众人的轮番攻击下,大员终于也有了几分醉意,大家就显得更豪放了,直到大员的醉意再加几分,可谁也不敢把他放倒,火候要拿捏得恰到好处才行。一场大酒,欲语还休。

小短已经非常有自知之明的躲在了角落里,假装醉得不行了,实际上再喝一小口,他马上就可以吐个天翻地覆慨而慷。

第十九章　公厕品茶

终于散场了，小短不知道怎么出来的，好像是被服务员架出来的。大员和主要领导们被一长溜小车接走了，那一排黑色高档轿车鱼贯而入，又鱼贯而出，呼啸着来去。郭主任好像问了小短一句用不用找个车把他送回去，小短摆摆手说不用，他深知自己还没有到一定的级别，不可能配备专车，还是自己打车回去吧，可好像这地方离菠萝柚子大街也不是很远，不如索性走回去算了。打定主意，小短跟跟跄跄地往外走。

都说"酒后避风如避箭"，看来一点不假，本来迷迷糊糊的小短，想着凉风一吹，是不是可以清醒一些，可事实恰恰相反，小风一吹那个本已膨胀的脑袋，更加眩晕了。他扶着墙走了一会，实在是晕得厉害，感觉像是坐在宇宙飞船里那样，正在穿越疾风骤雨的小行星带，匆匆快速赶往一个新星球的途中，颠簸得厉害。他的身体一直在飞升啊飞升，可是脑袋却停留在地面上，真的是地面上了，因为他扶着的那面墙好像倒了，很温和地倒掉了，而他也不得不顺势倒下来，仿佛地面才是墙，他此刻躺在地面上。此时此刻，只有平行于地面，而

第十九章 公厕品茶

不是垂直于地面,才能收获幸福。可是就在他以为收获了满满的幸福的时候,突然胃部一收缩,那些幸福就全部哗啦啦的喷涌而出,还带着一股特别难闻的味道。他揩了揩嘴,苦笑道,"难道这就是幸福的味道吗?"吐过之后,感觉到整个人都轻松多了,也清醒多了,仿佛已经穿越了小行星带,而且马上就要着陆了。

小短挣扎着站起身,还略有所思的想啊原来幸福就是减法,可他要抓紧离开"饭罪"现场,他都快被自己的酒味熏倒了。新鲜的空气终于又被吸进来,他获得片刻的清醒。如果这个时候外星人来了,他会与他们交上朋友的,一个醉鬼是很容易和外星人交朋友的。他忽然很欣赏现在地球,柔和的风,柔软的道路,醉醺醺的人类,对未来的三心二意和对未知的一往情深。他仿佛站在很高的地方看这个蔚蓝色的星球,这就是他的家,就是他工作的地方。

小短走在大街上充满了善意,也很孤独。他好像一条腿长一条腿短,七上八下地走过了一条街,再走过一条街,酒精逐渐在体内散发,酒精像是一个小人在他的体内抓住他,逗弄他,承诺让他摆脱地心引力。他隐约记得菠萝柚子大街的位置,再需要拐几个弯就到了。没错,再往前,就是31号了。说实在的,在这种状态下想起袁博士、自己的工作、接待办这个大院,鼻头竟有些发酸,毕竟能让自己吃得上饭,有时还吃得不错,而且还能遮风挡雨,要懂得感恩啊,像做梦一样。

仿佛走了很长的路很长的时间,终于快到接待办了,他要踏踏实实地去睡一觉了,可是还有一泡尿他憋了很久,他记得旁边是个公厕来,果然在,不光公厕还在,连管理员车大爷也在。就这里了,他拐进公厕。

"车,车大爷,还没睡哪?"他打招呼,"我,我撒泡尿,你看,咱们做邻居这么久了,也没时间到您这里来撒尿,今天终于有机会了,我要亲自来,来一泡,表达我的诚意!"

"哈哈,你小子,喝多了吧,快去吧。厕位任选。"车大爷正在练书法,笑眯眯地看着小短,仿佛这是一个最好玩的醉鬼。

"没,没喝多,回来再和你聊。"小短一头扎进厕所,把内存释放掉。哗啦啦的响声像是发给外星人的密电码,他简直要在这种臆想的与外星人的交流中睡着了。可是有一点很奇怪,他进来的时候看见车大爷在练毛笔字,一个厕所管理员,深更半夜练书法不是很奇怪吗,可又显得如此正常。他这泡尿在纠结的情绪中撒完了,仿佛把醉意也撒掉了一半,脑袋倒异常清醒了。

"车大爷,还练字哪,这么晚了?"小短睡意全无,凑到车大爷跟前,只见他正在挥毫疾书,临摹的是王羲之的《兰亭集序》,"永和九年,岁在癸丑,暮春之初,会于会稽山阴之兰亭。车大爷写得不错啊,

第十九章 公厕品茶

已经依稀有点像书圣的样子了!"

"啥书圣啊,写着玩,就当是锻炼身体,来吧,小短主任,我刚泡了壶好茶,坐下来品一品,多好的夜晚啊。"大爷看看厕所外的天空,点点头,好像对这个夜晚的成色给了肯定。

"行啊,正好口渴了,您泡的什么茶?铁观音?"小短来到厕所的管理员室,小桌上倒是有一套精美的小茶具,想不到这公共厕所里,还有这等雅致之处,不仅有老夫子挥毫泼墨,还有这功夫茶道,真是不可小觑啊,这个公厕不简单。

"不喝铁观音,喝不来,口太重,你知道哪里的铁观音最有名吗?"

"当然是安溪铁观音啊,口重吗,正好提神醒脑呀,不是还可以抗癌降血压吗?"

"哈哈,都是信口拈来,安溪的铁观音最有名了,一点不错,当年啊,还是乾隆那个老小子给起的名,看这茶细观之下,茶叶形似观音脸重如铁,便赐名为'铁观音'了,你可知道铁观音有几种香型?"

"这我知道,难不住我,不就是酱香型、浓香型、清香型,还有什么来,米香型,还有一种想不起来了。"小短自信满满地说。

"哈,你那是白酒的香型啊,看来今天喝得不少,这铁观音只有清香型、浓香型、陈香型三种,我给你泡一壶清香型的吧,口感比较清淡,仔细品品,舌尖会感到一丝甜味。"车大爷一边说,一边熟练地把茶壶茶杯摆好,从好几个茶叶盒子里选出一个来,舀出一些茶叶放到茶壶里,洗茶、冲茶。

不大工夫,一杯汤水清澈、香气馥郁的茶就端在小短面前。小短吸溜着喝了一小口,的确是比较香,一品就是好茶,比自己泡的茉莉花茶好喝多了。"您不是不喝铁观音吗?"

"是啊,我泡壶老君眉,别的没有,我这里茶叶有的是,我老汉不爱饮酒,就喜饮茶。"车大爷取出另一套茶具,一五一十地新沏一壶。老君眉果然更是香气高爽,其味甘醇。

"想不到车大爷您对诗茶书画这么文艺的东西感兴趣,失敬啊失敬。"小短由衷佩服。

"其实也没啥,就是个爱好。你说我吧,守着个公厕,虽然是事业编制,事业也就这样了,不会再有什么发展,只好喝喝茶写写字,你可不一样啊,正是年轻有为乘风破浪的时候。年轻人嘛,要有上进心。你在的是个什么部门来,对对,外星人接待办,原先老袁在的时候我就经常记不住,这个接待办啊,也是个官差,所以呢,你这也算是走上了仕途,你知道在仕途上最重要的是什么吗?"车大爷品一口老君眉,故意不说了。

"上面有人?"小短试探答道。

"哈哈,只说对一半。一是要有钱,二是要有人。在仕途上攀爬的过程,就这么一条道,你想想好爬吗,不好爬,所以要有钱,有钱去铺路啊,铺好了路,再把钱收回来,有了钱了有了门路了,也就有了人

第十九章 公厕品茶

了,所谓有人啊,就是要站队,要有团体意识,在官场上,你一个人怎么可能对付得了一个集团呢,所以混在集团里才是安全的,也是容易再往上爬的。最重要的是上面有人,上面没人你怎么爬? 朝中有人好做官,就是这个道理。有钱,有人,可你初出茅庐,怎么可能做得到? 所以还是要慢慢来,小伙子,去寻找自己的金主,去偶遇自己的贵人,当然了,机会是留给有准备之人,有时候机会也是需要自己创造才行。"车大爷好像非常熟悉官场文化,娓娓道来。

小短简直有点瞠目结舌了,"车大爷,您老今天说的好高深啊!"

"哈,小伙子,哪有什么高深,想到哪里说到哪就是了,说起外星人,你知道外星人也有盗墓的吗?"

"什么?"小短瞪大眼睛,龙门阵直接变到古墓派了,还真搞不懂车大爷今晚的套路,这可是已经过子时了,难道是因为这个时间适合说说盗墓吗? 他连连摇头,"不知道,怎么盗墓啊,盗什么墓,鬼吹灯?"

"那可和鬼吹灯不一样,每个星球也是有演化的吧,宇宙也是有历史的吧,空间也在时间的范围内吧,不同的星际生命也有不同的兴趣爱好吧,兴许就有那么一批奇葩的外星人,专门喜欢到那些消亡很久的星球上去盗墓。和袁博士做邻居的时候,他跟我谈起过这个。盗什么呢,我猜想啊,有可能是文明的碎片。"

"什么是文明的碎片?"小短觉得自己的大脑已经被清零了。

车大爷微笑不语,好像要给小短留出悟道的时间,他喝口茶,站起身到书桌前,提笔又写了几个大字。见小短仍是满脸迷茫,就笑着指指茶具,指指文房四宝,说道"这就是文明碎片啊"。小短感觉车大爷忽然变得很抽象。

突然,女厕所方向发出"咕隆咕隆"的声音,一开始动静很大,不过很快就小了下去,然后变成一声嘶鸣,仿佛一声叹息。

"什么声音?有鬼?"小短摇摇晃晃地想站起来,可他体内的酒精显然让他不能轻易如此为之,虽然喝了铁观音,也没有冲淡多少。刚讲到盗墓,厕所里就发出奇怪的声音,纵使酒可以壮壮怂人胆,让小短单独进去看看还是有些不敢。

"我去看看。"车大爷起身走到女厕所。小短感到自己被晾在茶杯里了,念叨着车大爷赶紧出来,这个时候尤其需要一个伙伴,这倒让小短想起前些日子到外星人接待办的那些"外星人"们,或许他们中有些的确是真的也说不准,即使外星故事编得天花乱坠也好,那种急切寻找小伙伴的心情现在小短是体会到了。

厕所里面黑咕隆咚,车大爷也没开灯,继续传来叽里咕咚的声音,是在进行某个对话吗?

过了好一会儿,大爷终于出来了。"怎么样?"小短急切地问。大爷只是笑笑,擦擦手说"没啥,就是冒水了而已。来,继续喝茶。刚才

第十九章 公厕品茶

说到哪儿了?"

"说到文明碎末了。还有盗墓什么的。车大爷,我看时间也不早了,您也该早点休息了,外星人盗墓啥的还是白天说得好,我也该回去了啊。"小短把杯中茶一饮而尽,就要撤退。

"也好,也好,你慢点走啊,咱改天抽时间再聊。"大爷开始收拾茶具。

虽然公厕和31号大楼相距不远,大概只有二三十米的距离,中间是几棵树和灌木丛,可弥漫的夜色让小短害怕,但总不能在公厕里过夜吧,只好硬着头皮往回走。他小心翼翼,摇摇晃晃,一只猫从灌木丛经过,把他吓了一跳,手机都掉在地上。可说也奇怪,弯身拾手机却找不到了,天很黑,只好用手四下摸索,终于摸到一个硬物,抓起来就跑回到接待办去,他怕刚才那只猫再回来。

第二十章　礼　品

　　酒后的酣睡异常凌乱。小短第二天早早地醒来,比太阳还早醒了两个小时。头脑异常地清醒,昨天的经历好像塑造了一个全新的小短。他躺在办公室的沙发上,几个小时之前发生的事情却又模糊了,依稀记得大员、车大爷、盗墓几个关键词,从关键词逐渐扩展,才渐渐又清晰了许多。

　　车大爷说得对,一是要有钱,二是要有人。小短虽然也不想做一个庸俗的追名逐利者,可处在这样的社会和环境下,又能如何。有钱当然不能一蹴而就;有人呢,来访的大员不正是这样一个贵人吗?可惜今天早上就要离开了,不,离开之前,还有表现的机会。小短决定要送些礼品给大员,加深一下印象,说不定以后会用得上呢。一想到此,小短马上要给怎么办的丁小刚打电话,主题只有一个,借钱。需要帮助的时候,小短总是条件反射般的首先想到丁小刚,谁让他是怎么办的人呢。

　　要打电话的时候小短才发现,手机不见了。沙发下面放着一块石头,想必是昨天他被野猫吓了一下手机扔了,摸黑捡回来的却是一

第二十章 礼 品

块石头。小短挣扎着坐起来,天地好像还在旋转。他把石头拿在手里,重又躺下,还得歇会才能起来。

现在是黎明时分,离大员离开还有一段时间,可当务之急是没有什么礼品相送,总不能搬着办公室这个滴水观音给送去吧,滴水观音还不一定乐意呢。如果再狠狠心,把自己放在光驱里的工资卡给送去?那可是伤筋动骨自毁饭碗呀,再说那点钱大员还不一定看得上呢。小短抓耳挠腮,想不出好点子来。一翻身的时候,他看到地上的石头,这块石头黑不溜秋,还有些疙疙瘩瘩的,正宗一块好的绊脚石啊,实在没什么特色。可大员不就是喜欢石头吗?要不就给他送块石头?可现在到哪去找上好的石头,鸡血石?麦饭石?即使马上就可以买到,也没有钱啊。

小短最后咬咬牙想,干脆就送这块绊脚石行了。石头虽然是最一般的石头,可只要讲出不同寻常的故事来,带入不一样的背景,这石头的身份可就不同了。既然咱是外星人接待办,就把这块石头说成是陨石得了,天外来石,谁也说不清,也没有办法去确认,正是一个瞒天过海的好石头啊。若要问来自什么星呢?那谁知道,只好说是来自星际天体的碎片或是小行星,不能说是来自月球或火星,那是人类已经到达的区域,容易被拆穿。若要问什么来历呢?只好说是接待办祖传的,老主任收藏的宝贝,谁知道怎么来的,总不能说是在公厕外面灌木丛里捡的吧,或者说是从南极捡来的还更可信些。怎样证明这是一块陨石呢？实际上无法证明，只能寄希望大员不这么追问了。小短发现要撒谎还真不容易，需要很多谎言的背景去弥补。如果成为一个政客，成为一个满嘴谎言的人，那样的日子该有多么的不堪啊。

主意打定，小短挣扎着从沙发上坐起来。他先把窗户打开，好让新鲜空气进来，房间里的酒味散发一下，再匆匆洗漱，也顾不上吃点豆浆、油条了，得赶紧把礼品的事情搞定。石头是有了，可怎么也得包装一下吧，不能这么直接拿过去，但时间这么早，礼品包装店也没开门呀。小短四下寻找，看桌子上有个茶叶盒子，大小差不多，就把茶叶倒出来，把绊脚石塞进去，有点盖不上盖子，也只好这样了。拎着茶叶盒，小短到公厕外的灌木丛里找到手机，面对着菠萝柚子大街整理一下衣领，深呼吸两下，赶往大员住的酒店去。

在路上小短还想，这茶叶盒子装陨石合适吗？后来想起车大爷的话来，茶文化也是文明形式啊，这茶叶盒子本来就是装文明的碎末的，看来装这陨石一点也不别扭。来到大员的酒店，可小短不知道住什么房间啊，只好在大厅里等，但大厅里人来人往的，也不是个送礼的好地方。思来想去，小短觉得还是有必要跟大员秘书通个电话，通过秘书才能把这件事情办好。秘书的电话永远是通的，而且接听比较迅速，听起来昨天喝酒不是太多，基本上没什么影响。小短把大概

第二十章 礼 品

意思给说了下,请秘书帮忙处理。小短本来想亲自交给大员的,不过想来比较困难,再就是这石头的来历是虚假编造的,万一在大员面前紧张露了馅儿,那可彻底把事情搞砸了,所以还不如交给秘书,再由秘书转呈给大员为好。秘书也一口答应,让小短先把石头送到他那里去。

"咚咚"两下敲门,这个时候小短才想起来,求人家秘书办事,也没有给秘书的伴手礼啊,起码有两斤茶叶也行,可这样空手而来,这绊脚石不会被截留了吧?可现在门已经敲了,只好如此,小短闪身而入,"周秘书,你好你好,打扰打扰。"

"哪里的话,左主任你太客气了。"周秘书请小短坐下,看到了他手里提着的茶叶盒子,"这是什么宝贝?"

"陨石,"小短慌忙站起来,好像小学语文课上被老师点名答题一样,心中感到莫名紧张,有点像干坏事,声音都有些发颤了,"一个陨石,这不,看领导喜欢石头,就把我们珍藏的一个陨石献来,表表我们的心意。"

"哦,陨石啊。"周秘书好像并不感兴趣,"有放射性吗?"

"没有没有,"小短慌不迭地说,"可能是某个小行星的残片,我们检测过,没有放射性,绝对安全。"是啊,一个普通绊脚石,想来也不会有什么放射性,还检测过?小短有点为自己的信口雌黄感到难堪。

"那就好,我想领导好像还真没有收藏过陨石,可能感兴趣。"周秘书慢悠悠地说。

"点滴心意,点滴心意。"小短也不知道说什么好,石头已经交待了,开始琢磨怎样退场合适。

又闲聊了两句,周秘书还要收拾东西,小短便趁机退出房间,他大体溜了一眼,墙角里摆着些礼品盒,估计是市里领导们送的,可是得好好收拾收拾。

从客房部出来,小短有些困了,可他对石头还是不放心,如果能见大员一面最好了,要不然今天来送礼送行的效果少了一大截。于是他就在大厅门口的沙发上坐下来,佯装看报纸,时时盯着电梯口,如果大员出来,他可以快速地出现在其视野中。

困意阵阵袭来,有点像宿醉未醒的样子,可小短还是隔半分钟就抬起头来,看电梯里能走出什么高大上的人物。可是很奇怪,已经过了出发的时间,连个大员的影子也没见到,难道不走了?改时间了?还是从后门走了?小短搞不清楚,可也不想擅自离开前门去后门看看,只好跟自己说再坚持一会,说不定大员也还没睡醒呢。

到了中午,小短坚持不住了,守株待兔竟然没守到,他这个猎人颇有点泄气。没见到就没见到吧,只要把石头交了就行,相信大员会记住他的。回到接待办,美美地睡了一大觉。

第二十章 礼　品

次日,小短和葛晓璐召开了一个关于外星人接待办礼品问题的专题会议。小短在奥威尔面前来回踱步,"礼品是个大问题,重要的领导来访,我们连个像样的礼品都拿不出来,这样不行,但是送什么礼品好呢,太贵的吧,我们承担不起,太便宜的吧,又很掉价,还不如不送呢,关键是这礼品还要突出我们外星人接待办的特色,对,晓璐啊,这和我们接待办的文化建设是密切相关的,我们接待办啊,虽然目前还没有具体的业务,但是要时刻作好准备,这个文化氛围就很重要,不光是要送领导们礼品,就是外星人真的来了,也是需要一些小礼物以示友好嘛,这些礼品也就成了我们展示外星人接待文化的一个窗口,一个重要平台。话说回来,怎么才能既有新意,又便宜,还有扑面而来的文化气息呢?"

"要不,我们做一些马克杯?杯子上设计一些外星人形象的图案,或者宇宙场景?"葛晓璐手托下巴,像是想不出更好的主意了。

"马克杯,是个点子,不过有点普通了,再想想,还有没有其他的创意?"小短微微摇头。

"那我觉得可能还得分开考虑,从领导的角度看,外星人的东西是最有吸引力的,所以应该设计些外星元素丰富的;而从外星人角度看呢,则应多设计一些地球元素代表性的东西。"葛晓璐眼睛扑闪着。

"行啊晓璐,学会换位思考了,你说得很有道理!那我们就来讨论一下,外星元素什么最有代表性,而地球元素最有代表性的又是什么?"小短感觉要灵感迸发了,赶紧坐了下来。

"地球嘛,蔚蓝色的星球,做个地球仪就行了吧,钥匙扣? 也不知道外星人对我们地球了解多少。外星嘛,我觉得最重要的特点就是神秘,关键是设计一个神秘的外星人形象,印在杯子上也好,或者T恤衫上也行。"

"对了,"小短敲敲脑门,"我们接待办应该设计一个 LOGO 啊,人家大公司啊品牌啊都有自己的 LOGO,我们也应设计一个,文化的积淀就从 LOGO 开始,你不是有个同学吗,叫什么来着,黄笑宇? 能不能再找找他,帮着我们设计设计?"

"黄笑宇? 上次还没给人家钱呢。"葛晓璐吐吐舌头。

"这个只能以后再说了,我们继续分析啊,外星人所喜欢的,有可能是稀奇古怪的东西,也有可能是稀松平常的东西,外星人的喜好,谁知道呢,不过,我在昨天晚上认识到一件很重要的事情,外星人之间肯定也存在着政治,或者说,即使外星人在科学方面不存在,在政治方面可能也会存在。"小短想起了昨天在公厕的话题,深感车大爷的只言片语意味深长。

"这是什么辩证关系?"葛晓璐插话道。

"反正很复杂吧,政治呢,就是利益,有利有益,我们对于外星人还是作为人的一种来理解,所谓礼多人不怪嘛,有一点小小的见面

第二十章 礼 品

礼,肯定是有好处的,所以我们这礼品设计还真是非常的必要。你想想看,如果外星人喜怒无常,非常的情绪化,本来带着一肚子火到地球来,而看到我们的礼品却改变了主意决定与地球交好了,那你看我们这个小小的礼品,还有可能改变世界的命运哪!"小短讲得有些手舞足蹈了。

葛晓璐一直想问一个问题,外星人存在吗?可她又觉得没有问的必要,既然她从事这个工作,做好分内事行了,至于外星人存不存在,在什么层面上存在,在现实空间还是想象空间,于她又有什么关系呢?

正在小短喋喋不休时,手机响了,是周秘书的一条短信:"老大收下石头,很喜欢。"小短心中暗喜,没想到一块绊脚石也能瞒天过海,努力终得回报,大员以后再碰到小短估计就会另眼看待了,虽然他的工作是接待外星人,可加官进爵发洋财没法靠外星人,还得靠自己的打拼,现在算是迈出一小步了,小短内心隐约还有点激动呢,"走,晓璐同学,别想了,我请你吃饭,宇宙尽头餐馆,烤鸡翅!"

第二十一章　玫瑰之约

从宇宙尽头餐馆出来,葛晓璐抹着嘴无限满足地说,"真是天下第一美味烤鸡翅啊!"小短却另有一番感受,幸亏刚才只点了十二个鸡翅,如果再多点两个,那他身上带的钱可就不够了,请美女同事吃饭,总不能让人家付账吧。现在接待办的事业算是刚刚起步吧,虽然还没有正经业务,但也有了些许的影响力,如果要想把这个工作做好,把事业做大做强,没有钱是不行的,不只是多点两个鸡翅的问题,还有欠人家黄笑宇的钱呢,免费给设计一次两次行,再让人家白干估计也不现实,现在又要推出专属伴手礼,没有钱也实现不了啊。

让葛晓璐先回去之后,小短坐在海边猛思,怎样才能筹点经费呢,总不能像上次那样再办一个研讨会吧,虽然能够盈余一些钱,毕竟不能一年搞好几次。车大爷说得对,得有自己的金主才行。小短掰着手数身边的人,哪一个都不像金主。丁小刚?不行,估计他快连自己的工资都发不出来了。院总支书记?不行,原来借的钱还没还他呢。王觉悟?不行,出家当和尚天天吃素哪还有什么油水。张记麻辣烫张老板?不行,张老板虽有些小钱但对小短的事业认知度太

第二十一章　玫瑰之约

低。胡雪？数来数去，也只有胡雪了。

"哈,hi,干吗呢?"面对着渐渐升起的海上明月，小短还是拨通了胡雪的电话，他心中的情感以及想说的话，也都像那月亮一样显得朦朦胧胧。他发现自己的对话能力越来越差，那是否源于本身感受能力和理解能力的弱化？

"我在机场呢,刚从外地回来,你呢,你干吗呢小短?"电话那头传来的声音仿佛带着行李箱的轮子，听上去滑溜溜的。

"没,没啥,就在海边散步呢,这不,这不想你了嘛。"小短实在找不出其他更好的理由来了，总不能直接说借钱吧，当然，他也确实有点想她了，这一阵子忙着接待一些不三不四的假冒伪劣外星人和有头有脸的上级领导，有日子没见她了，她的笑容还那么妩媚吗？

"哈,算了吧,你在哪儿,我这就过来。"秋风扫落叶一般，她总是那么干脆利落，她就是那种丰满而又骨感的女人，那种高贵而又平实的女人，那种粉色的玫瑰。

"那这样吧,我们去喝一杯如何？在玫瑰星缘?"小短匆匆想了个地方，星巴克和骑士酒吧都不适合今天的月色，这座城市的咖啡酒吧一条街绵延很长，还有很多分支，主要的这条街上散布着形形色色的店铺，骑士酒吧靠近街的最里面，而玫瑰星缘就在街头上，靠近海边，露台外面就是大海，是情侣们最爱去的酒吧。

"好吧,玫瑰星缘,不见不散,我已经在出租车上了。"听筒里传来关车门的声音,胡雪挂断电话。

小短步行到玫瑰星缘,也不是很远,大概十五分钟就走到了,一路上他踢着一个青岛啤酒易拉罐,易拉罐和地面的碰撞发出哗啦啦的声音,像是在向小短倾诉一个不为人知的故事。他想着如何面对胡雪,这算是感情投资吗,或者他真的已经爱上她了,可他又反问自己难道没爱上她吗?她会成为他事业的助手吗?他们将会建立一种怎样的关系?他该怎样开口请她投资于他?

月亮已经渐渐隐去了,他挑选了一个露台上最靠海的位置,看着她从一片星光中走了过来,粉红色的短裙,走路就像是在跳舞,舞姿卓越。

"喏,看看这个吧,还真有外星人,都发现飞碟了,《参考消息》上登。"胡雪坐到小短对面的椅子上,把飞机上带回的《参考消息》报纸拿给他。

小短扫了一眼报纸,笑着说,"我今天不关心飞碟,只关心你。"

"呵呵,"胡雪莞尔一笑,嘴唇微微翘起,给了他一个隔空之吻,又向海边看了一眼,"很有情调啊你今天。"

"何止今天啊,喝点什么,红酒?"小短已经看过酒单了,实际上他想喝些啤酒。

"算了,来点啤酒吧,我还没吃饭呢,就在飞机上吃了点点心,再

第二十一章 玫瑰之约

来个意大利面吧,你吃了吗?"胡雪把包放好,把手机放桌上,算是终于坐定了。

"好吧,服务员,两杯青岛纯生,一份意大利面。"小短觉得他们已经很像相熟的情侣了,似乎并没有他来路上所想的那样陌生。

"你听这是什么歌?"点唱机里传出优美的旋律,胡雪静静听了一会,问小短。

小短也注意到这首歌,穿越苍穹,"Across the Universe,披头士乐队的经典老歌,你对披头士也挺有了解啊。"

"你应该更了解啊,这首歌还被宇宙飞船发送到太空呢。"胡雪笑着说。

"是啊,人们向太空发送过多少东西啊,披头士的歌曲,中国民歌,数学题,物理定律,不过我觉得,如果能向太空发送点啤酒就好了。"看服务员把啤酒端了上来,小短顺势说道。

"是啊,我想外星人也会喜欢喝啤酒的,喝啤酒的人朋友多嘛,会拉近我们和他们之间的距离。"胡雪端起酒杯。

"也会拉近我和你的距离,来,干一杯吧。"小短很感激她能顺着外星人的话题说下去,就像一个女孩会和喜欢的男孩谈论足球那样,实际上她可能对外星人根本不感兴趣,他和她碰了杯,一饮而尽。

因为心里有事情,小短觉得今晚的啤酒劲儿有点大,而胡雪呢,则由于旅途劳顿,也有点酒力欠佳,但他们都算是比较有酒量的人。边吃边聊,不知不觉已经干掉了很多啤酒。

"不是说来喝一杯吗,怎么成了喝一堆啦?"胡雪带着有点抱怨的笑,可又不自觉地举起杯子,"为了我们的相识干杯!"

前面他们已经分别为外星人,为披头士,为世界和平,为美丽月色,为诺基亚,为狮子座,为津巴布韦,为多巴胺等都干过杯了,不知喝了多少杯,而这些就仿佛都是一些支流,就像雪山上融化下来的水,还没有形成大河,在小短嘴里,还有石头一样的话语说不出来,他不想提钱,那仿佛一下子把他们的关系庸俗化恶俗化了,即把自己降低了,也把雪儿变矮了,那些话像坚硬的冰,又像灼人的火,在他的舌尖滚来滚去,滚来滚去,最后都被啤酒溶解了浇灭了,变成一个个气泡破碎了,他想不起来想要说什么了。"干杯!"小短又一饮而尽,奇怪地觉得这啤酒的度数又下降了。

胡雪把小短的杯子倒过来拿在手里,杯中残酒滴出三滴,"看,你没喝完啊,罚三杯,罚三杯!"或许声音有些大了,惹得旁边一座男女向这么看。玫瑰星缘本是个浪漫安静的地方,适合情侣们窃窃私语,的确不适合斗酒。

"三杯就三杯。"在喝到第二杯的时候,小短忽然觉得自己和现实世界之间缺少一种关联,一种致命的关联。时常这种突然的意识会

第二十一章 玫瑰之约

让小短感到茫然。那酒杯仿佛一只大虫子,可爱的虫子,张着充满笑容的嘴,但那笑容好像居心叵测,它吐出来的酒带着某种诱惑,像蛇的信子,转变成感情的溶剂,要把小短整个溶解掉,那些酒嗖嗖地往他体内逃窜,他和现实生活的那些关联,都在这种逃窜中被冲散了,消失了。不知是杯子在咬他,还是他在咬杯子,有一层生硬。

"我们走吧"。胡雪提议道。

"好啊,"小短有些摇晃地站起身,仿佛一个好端端的表白夜,却变成了醉醺醺的放纵之夜。在酒店门外的楼梯上,小短感受着晚风,风中飘过一丝花香,正是酒店门外种的一大片玫瑰,玫瑰星缘的酒吧嘛,没有玫瑰怎么成。小短悄悄扯下一枝醉醺醺的玫瑰,送给胡雪,"美得像雪,芬芳似你。"

"哈哈。"雪儿爽朗的笑声让那些玫瑰花都羞答答地垂下头。

两人九浅一深的在大街上行走,路过一个啤酒屋的时候,胡雪说,"好久没喝大酒了,再来点?"小短点头同意,又买了六斤扎啤,用塑料袋盛着,一人一个吸管儿。两人拎着酒坐到沙滩边的长凳上去,看着月亮,听着涛声,一人一口的嘬着酒。

"我想找你借点钱。"小短终于觉得自己有些迷糊了,双眼低垂,似乎马上就要睡着了,可海风一吹又立马清醒,仿佛刚刚从宇宙尽头餐馆出来那样,他是来找金主的,可不是为了喝大酒。

"不就是钱嘛,包在我身上。"雪儿好像真喝多了,毫不含糊地答应着,"要多少,有多少;有多少,要多少;多多少少,不多不少。"

小短把她揽在怀里,她就像一枝睡着了的玫瑰花。

"我的事业正在起步,从目前看好像正在起步,做事情呢,需要有资本,需要运作,你也知道,我除了年轻,啥也没有,我的这个工作呢,看上去虚无缥缈的,我还是很看重,虽然只是一些微不足道的事情,也希望能干好,你知道,这就像一个漂着的浮萍,我是那个浮萍上趴着的蛤蟆。"小短顾自说着,胡雪闭上了眼睛,说到蛤蟆的时候,她扑哧笑了,"哈哈,小蛤蟆,萍水相逢啊,你好你好!"

他俩重新握起手来,拥在一块,他的舌头去探索她的语言,她的嘴唇则搜寻着他没表达出来的细小心思。

海风虽然不很猛烈,却带着生硬的清冷。"我们去哪儿?"胡雪含混地说,"去我那儿?""好!"小短应道。

接吻以后,他们好像一直在飞翔,最后降落在胡雪的芬芳小屋里,一个临海的房间。月光照耀着海面,在宁静的月色和波涛汹涌的海面之间,小短像一条小船,感受到宇宙的颤栗。

第二十二章 调 研

"老大,我能请两天假吗?"葛晓璐在一堆纸袋后面探出脑袋。从胡雪那里筹到经费以后,外星办就开始了文化建设,设计制作了外星人接待专用的茶杯、杯垫、记录本、T恤衫、背包、布袋、钥匙扣、手电筒等,基本上眼前能见到的东西,都能打上外星人接待办的烙印。这不,又刚来了一批货,是葛晓璐设计的纸袋,因为请设计公司太贵了,就让晓璐随便画几个图案,没想到画得还相当不错,印在纸袋上非常有感觉。这段时间晓璐也是天天加班,就好像这个小小的接待办突然有了钱,有了生机,有干不完的工作似的。当然,这期间还要隔三岔五的接待几个真作假时假亦真的真假外星人,有相当一部分是骗吃骗喝的,再就是对社会不满的,人生失意的,感觉地球太危险待不下去的,不一而足。有一次竟然还来了一个小偷,一进来那双贼眼就滴溜溜地转,看有什么值钱的东西能顺走,当天夜里还破门而入,结果发现厨子里柜子里啥都没有,除了文件书籍,再就是一些茶杯钥匙扣什么的,气得小偷愤然留下一个纸条:这么差的条件,怎么能做好外星人接待工作?! 就像上级来视察给下的评语似的。因没有丢东西,也就没麻烦菠萝柚子的片警小王来勘查现场,他要是看了字条肯定笑话左小短。说实在的,这段时间晓璐够累的,耗费脑力体力不说,还得做好微笑服务,集前台、研发、搬运、售后各工种于一身,承担了大量的工作,着实让人心疼。

"好啊,有什么事吗?"小短也想给自己放两天假。

"我想出去玩玩,"晓璐坐下来,摆出一个讲故事的姿势,"我的几个同学啊,不是这里出差,就是那里出差,经常天南海北游山玩水的,就我老是不出去,跟人家在一块都没话聊,我想请假出去旅游,世界那么大,我想去看看。"

"哈哈,好啊,那安排你出差几天呗。"小短笑道。

"真的啊,老大你太好了!"晓璐要跳起来了,不过马上又抹去了笑容,换上不信任的眼神,"不会是出差去火星吧,我们外星人接待办,出个差怎么着也得到月球吧。"

"不是啊,我最近也在寻思这个事呢,不能只待在屋子里搞接待,一定要出去走走,多了解情况,虽然现在还没有条件到宇宙去,到别的星球上看看,起码可以到别的国家别的城市去看看,调研一下接待工作的发展现状,了解一下人民群众对外星人的认知和态度也好呀。"小短一本正经地说。

"哎呀,说得还真挺有道理的!"晓璐又笑了,"那去哪儿? 一切听领导安排!"

第二十二章 调 研

"这样吧,我看最近天宫号又要发射了,咱们不行就去那里看看?"出差毕竟不是游山玩水,小短还是心里有数的,天宫发射还能和工作挂上钩,向上级汇报的时候可以振振有词。"你上网查一下,看看我们官方渠道去调研要走那些程序?是不是有个天宫号发射办公室什么的机构,试着联系一下?"

"好嘞!"晓璐高兴地接下任务,把电脑上的设计画面关掉,打开好久没用的浏览器。经历一番苦心搜索,终于找到了一个天宫号发射办公室的电话,就要拨通号码通话的时候,小短在一旁比画着嘴巴和脖子向葛晓璐示意。晓璐捂住话筒,用眼睛咨询咋回事?小短笑道,"说话温柔谦虚点。"最近可能是老加班的缘故,小短觉得葛晓璐说话声音挺重,带着一种不自察的情绪。于是葛晓璐拿捏出一个甜蜜蜜娇滴滴的声音问,"喂,您好,请问是天宫号发射基地办公室吗?"

不知是葛晓璐甜腻的声音还是外星人接待办这个名字让电话另一端感到困惑,"真有这么个机构吗?"他再三询问。"好吧,要上观察台现场观看的话,请给我们来一份公函吧,我请示一下领导后给您安排。"他最后说道。

"我们发过公函吗老大?"葛晓璐所做的公务活动里,还没有出现过公函。

"这个我也没发过,不过我想应该不复杂,你到网上找一下,应该有很多模板的,照着写一个就行,行文好做,不过既然是公函,得有公

151

章啊,我们的公章在哪里?"小短一边想一边说。葛晓璐耸耸肩,意思是这事你问我合适吗?

"对对,我们是有公章的,"小短拍拍脑袋,他想起来袁博士给他留的信里面,好像盖了个红章的,他赶紧从抽屉里把那封缘起之信找出来,果然有个章躺在那里,"联合国外星人接待办驻华办事处",对啦,就是这个名字!平常都叫外星人接待办,而这个名字听起来才正经八百呢,有官方的意味。不过,名字是有了,可红章没找到啊。

"要不,我们用萝卜刻一个?"小短有点为难地说,他也想不出什么好办法来了。

"哈,啥年代了还用萝卜,"葛晓璐笑了,"不如直接找刻章公司刻一个,或者,如果你要求不高的话,我在 photoshop 里做一个不就行了?"

"这也能行?真有你的,"小短竖起大拇指,"那赶紧 PS 一个吧,我来起草公函。"

分工完毕,小短坐下来拟公函,输入法打出来的是"吊唁函",让小短哭笑不得。小短把名字改为"关于前往天宫号发射基地调研的函",觉得这个题目很是神气。简单描述一下理由,然后表示一下谦卑的态度,最后请接洽为盼。三下五除二搞定,颇自得地从头到尾读一遍。那边葛晓璐也把公章刻好了。整理好排版,打印出来,仿宋四

第二十二章 调 研

号字,大红的公章,还真像那么回事。

"晓璐啊,你先给对方发个电子版吧,纸件传真过去,然后在网上查一下基地附近有什么酒店可以住,舒适一点的。"

传真发过以后,没过半个小时,天宫号办公室打来电话,葛晓璐学着对方有些想发笑但又要表现得比较遗憾的口气向小短转述,"很抱歉的通知您,我们领导认为你们的机构并不是官方机构,决定暂不接待此次调研,请您谅解,再次感谢您对我国航天事业的关注和支持,谢谢!"

"这领导什么眼神啊!"小短有些忿忿。

"就是啊,我们不官方谁还官方,肯定是外星人的名头把他们吓住了,婶儿可忍叔不可忍!老大,你说我们还去吗?"葛晓璐有点劝慰小短的意思,逗比的样子让小短笑起来。

"我去!当然去!不接待就不去了吗,这是我们自己组织的调研活动,没有公务接待,我们可以私务啊,你还是看看天宫号几时发射,先订好房间和机票,我们一定要去看看,对了,再在网上商城上买个望远镜,看个清清楚楚明明白白的。"

"好嘞老大,要订机票吗?要不要这么奢侈?"葛晓璐有点兴奋。

"当然!"小短甩下话,愤然出门去看夕阳了。

第一次出差葛晓璐颇花了些心思准备,一大包化妆品是少不了的,航天器发射那么亮的光,只涂防晒霜不知道够不够,又带了个面膜。酒泉发射基地是不是风沙特别大啊,还得带个纱巾才好。旅游鞋和高跟鞋各带一双。墨镜一个。旅行箱里再也塞不下了,葛晓璐才把泰迪熊玩具拿出来放回床上。

订的是早班飞机,小短和葛晓璐分头出发,候机大厅集合。小短背着个双肩包等在安检入口,看葛晓璐拉着行李箱,提着一个包背着一个包走来,感到很好笑,不就出去两天嘛,好像要搬家似的。

"吃早饭了没?"小短关心地问。

"没,这么早,街上还没有早饭,再说飞机上不是提供餐饭吗?我不吃早饭也无所谓的,上学的时候就经常不吃。"葛晓璐笑道。

"哎呀,不吃早饭怎么行?走,看看那家店怎么样?"小短指指出发大厅尽头的一家咖啡简餐厅,带路走过去,"现在时间还早,我们已经过安检了,不用担心上不去飞机,要是上不去,广播会找我们的,还是安心吃点东西吧。"可走到店门前才发现,东西好贵啊,一杯咖啡都要三五十,一碗面条也要三五十,小短装模作样地看着,葛晓璐直咋舌,"这么贵啊,我看咱们还是不吃了吧。"

"是有点贵啊,超过我们的出差补贴了,用公款吃喝恐怕回去也报销不了。"小短面露难色。

"我们还是别吃了吧。"葛晓璐开始往回走,又忽然想起个问题,"哎,老大,我们的出差补贴是多少啊?"

第二十二章 调 研

"一天八十啊,和公务员一个待遇。"小短答道,其实接待办就他们两个人,财务的出纳和会计就一个人,补贴想说多少都行呢。

"哇,那还不错啊。"葛晓璐高兴起来。

"我们到这里瞧瞧吧,不行先买点零食垫垫,还真有点饿了。"小短拉葛晓璐进了旁边的小超市,转了一圈,买了两包泡面和四根火腿肠。小超市最外面是一排书,都是成功学教材,门口的电视上循环播放着某成功导师的演讲,"每一个人都会成功!成功的机会留给哪些人呢?留给有准备的人!"

两个人在热水器旁边泡好面,看了会窗外的飞机起降,吸溜吸溜的吃完面,心满意足地上了飞机。随着飞机的爬升,小短觉得自己的事业也在逐渐地爬升,他需要建设知识型接待办,创新型接待办,他要把接待办越办越好,总有一天他要坐着宇宙飞船到太空去,和那里的外星人好好聊聊,喝喝酒。小短感觉自己轻飘飘的,就像窗外的云朵。

赶到目的地的时候,天已经黑了。一天舟车劳顿,两个人都累成了狗。

"对不起,葛女士,您真的只预订了一个房间,没有以左小短的名字订房间,我们的工作人员不会搞错的,现在正是火箭发射期,其他所有的房间都订满了。"酒店前台面无表情地向葛晓璐解释。

晓璐有点懊恼地向小短说,"我明明是订了两间房的,应该没有错,可怎么,谁知道,唉。"

"行了,"小短宽慰道,"一间就一间吧,还节约经费呢,我想想办法。"他能想出什么办法呢,他巴不得两人住一间呢。可是他脸上一点也没显现出心中的暗喜。酒店前台的态度很明确,这整个城市你也休想再找出第二个空房间来了,而小短也不能睡马路啊。

客房不是很大,倒还整洁,只有一张床。"你睡床,我在椅子上将就一宿。"小短把背包放下,往椅子上一坐,摊开双腿,像是疲惫急了。

"别,怎么能让领导睡椅子呢,还是你睡床吧,我晚上加加班,把那几个没弄好的设计稿整理出来。"

小短爱怜地看着她,"别傻了,出差还加什么班啊,就这么定了,你赶紧洗洗睡吧,这都忙活一天了。明天还得早起奔发射场呢。"

发射前夕,夜好像很深沉,深沉中也有骚动,天上的星星亮晶晶。寂静得有些可怕,黑暗中只能听到轻微的呼吸声。"晓璐你睡了吗?""没有,你呢?""也没有。"好像注定是一个不眠之夜,两个人隔夜聊起天来,天南海北地聊,海阔天空地聊,跋山涉水地聊,望穿秋水地聊,聊着聊着,两个人聊到了一块儿。当四目相对,黑暗中凝视着彼此火热的眼睛,呼吸粗重,好像整个世界都旋转起来。

明明紧闭了门窗,却好像有旖旎的风吹过来;明明已是深夜,却

第二十二章 调 研

好像有缱绻的琴声传过来;明明四周全是黑暗,他们却好像躺在彩虹上。彩虹做成的小船,摇啊摇,一会儿碰到了礁石,一会儿又被卷入旋涡,一会儿又搁浅在沙滩上,细小的海草在水下拂着它,一张一翕的扇贝在旁边嬉笑着。

荡漾之际,葛晓璐忽然睁大眼睛,"我感到,感到外星人在看着我。"那样子好像有点惊恐。小短从来没像此时此刻这样讨厌外星人。

第二天去看发射的时候,当然晚了,两人起来的时候火箭早就上了天。葛晓璐再看小短的时候有点羞赧,而小短则报以真诚的微笑。听说发射又成功了,小短也有成功的感觉。天宫号已经在天上遨游,他俩就在发射基地逛逛,附近也没有风景名胜,就是转转市区超市,看看别样的风土人情,吃一下本地的特色小吃。他俩也没有牵手,不像是恋人,也不像是同事。怀着雀跃的心情,葛晓璐还是谨慎的蹦蹦跳跳,显现出在外地旅游的新奇与欢乐,小短则笑眯眯地看着她,不知是爱怜,还是又打啥鬼主意。

回去的火车上,葛晓璐睡着了,脑袋不自觉地歪倒在小短的肩上,小短的心脏突突地跳,他也觉得奇怪。

第二十三章　改造工程

"晓璐啊,你说,我们这次去调研都有什么收获?"小短泡了杯黄茶,看茶叶在玻璃杯里起起伏伏,葛晓璐还在整理桌子。

"啊?"葛晓璐好像没什么准备,想了想,又红着脸低下头。

小短有点不好意思了,"啊,我是说我们应该有什么收获,这不得向上面报告一下嘛,作个调研总结。"关于他和葛晓璐的关系,他也不知道往哪里发展,顺其自然吧,她就像一朵盛开的荷花,那么漂亮,亭亭玉立,小短觉得自己既不是旁边的荷叶,也不是莲蓬,也不是泥里的莲藕,或许他只是吹过的一阵风吧。他有点发呆,像一阵凝固的风。他是喜欢她的,但是喜欢是不是爱呢,说不好,她身上的香气和胡雪身上的不同,更清淡,的确像荷花。他是喜欢荷花的,却也喜欢玫瑰,想着葛晓璐的小家碧玉清新脱俗,脑中又现出胡雪的风情万种妩媚动人,不知如何是好。

"嗯,"葛晓璐又想了想,"天宫号是不是有点像我们的迎宾车?驾着天宫号去接送外星人?"

"哎呀,脑洞大开,还是你脑袋瓜灵,这次我们调研的就是外星人

第二十三章 改造工程

的接送站问题呀,我们接待办,不搞好迎来送往怎么行,这实在是我们的入门功课!主题有了就好办了,天宫号的发射场,相当于我们的火车站,坐动车到天上去,如果不是乘坐天宫号前来,你说外星人会用什么交通工具?飞碟?那我们是不是还要找个类似于直升机停机坪式的场地,预留贵宾飞碟的停车位,还得安排一个泊车员吧,重要的客人要到太阳系外面去迎接,再重要的就要飞到银河系外面迎接了。哎,晓璐,你会开飞碟吗?"小短一通畅想。

"飞碟?我会看影碟。"葛晓璐吃吃笑着说。

"看影碟也行,就陪着外星人看影碟,人家外星人大老远来一趟,总不能只是吃吃喝喝吧,要有文化活动,如有条件我们应该建个单独的影院,影碟得好好选选,《人猿星球》?《E.T.》?《星球大战》《阿凡达》《星际迷航》?《十二只猴子》《星河舰队》《盗梦空间》?真没有合适的题材呢,科幻影碟估计外星客人不怎么感冒,要不换点本土特色的?《地道战》?我们得搞个课题研究研究,外星人到底喜欢看什么影碟。听说现在要搞好接待,一些特别优秀的接待办都会给来宾作个全面的调查,饮食口味如何,起居习惯如何,文化偏好如何,喜欢抽什么烟,爱好哪些娱乐,都一清二楚,这才能做到宾至如归,接待得才能妥妥帖帖,我们的路还很长啊,调查外星人?不好办。"小短边说边摇摇头,自我解嘲地笑笑。

"外星人也是人啊,也得有人性,你说我们的这套价值观世界观,现行的道德标准法律体系,是在宇宙中普适的吗？估计不能,所以接待外星人还是需要全新的理念。任重道远啊,领导不是讲得好嘛,既要仰望星空,也要脚踏实地,你看看,就是说给我们听的啊,仰望星空,看着我们的接待对象,但还是要一点一滴的把具体工作做好,虽然我们有生之年可能接待不了一次外星人,也要把接待的礼仪,接送站的细节都考虑好才对。"小短踱着步,喃喃自语。

葛晓璐接不上话,静静地看着小短,甚至带着点仰慕的角度,看他走来走去,思来想去,为的是要把工作做好,把外星人接待好,就像一个农夫苦思着怎样提高自家土地里白菜的产量。他转身的时候,她又想起那天晚上他在她身上的耸动,不觉莞尔,避嫌似的把这画面快速切换过去,她也不知道事情要如何进行,她是喜欢他的,不然也不会让他得手,可她从来没想过爱,好恼人,她索性不去想,继续设计外星人吧。

小短喝多了茶,往厕所跑。二楼的厕所因为只有一个厕位没有分男女,自打葛晓璐来了以后小短就每次都跑到旁边的人民公厕去,接待办的厕所留给葛晓璐专用。这是一个阳光明媚的上午,厕管员车大爷正泡了一壶茶,眯着眼听收音机里的京剧。自从上次公厕深夜品茶之后,小短对车大爷另眼相看,觉得他那深深的皱纹里隐藏着什么神秘的气息,他对车大爷当然是尊敬的,有时候还有向他敬礼的

第二十三章 改造工程

冲动,可他也只是个厕所管理员,难道真的是大隐隐于厕的世外高人?谁知道呢,反正除了他,还没有另外的人给小短提过什么文明碎片的事情,厕管员关心什么文明碎片?或许是前任袁博士和他聊天的内容,他只是贩卖一下而已?

"呀,小短,一大早就跑茅房?"车大爷睁开眼,笑眯眯地看着小短。

"茶喝多了,我得先去释放释放。"小短一头钻进厕所,有点憋不住了。

"正好,我这壶老君眉啊,刚沏上,快点出来陪老头喝一碗。"车大爷调低了京剧的音量,从茶具里又拿出一只盖碗来。

膀公子泄了私愤之后,小短整个人都舒畅了。虽然调研的总结还没写好,但也不急,陪老爷子喝会茶,说不定还能有什么新思路呢。小短就坐下来,满脸堆笑,"上次喝完您的老君眉之后,我回去再喝别的茶就没味道了。"

"哈,你小子净瞎说,喝茶喝的是一份心情,你喝得没有味道,肯定是情绪上不对吧。"车大爷一边冲茶,一边说道。"前几天你们接待办闭门谢客,咋回事啊?"

"嗐,这不是出去学习了一趟嘛,调研调研,看工作有没有新思路,但也没调研出什么新想法来。"小短嘘了一口茶,好像还在想工作思路。

"实践出真知啊,想法都是在工作中干出来的。"车大爷点拨道。

"是啊,哎,您老说说,这外星人上不上厕所?"小短看这公厕收拾得干净整洁,也没有异味,想必车大爷也花了不少工夫,忽然想起外星人如厕的问题。

"这个嘛,"车大爷微闭双眼,思索一番道,"想来是要上的,只进不出,那是貔貅啊。"

"对啊,您老把这厕所管理得这样好,有什么秘诀吗?"

"你问题不少啊今天,有啥秘诀,就是没事喝喝茶,擦擦地而已。别看我这个小厕所,也是一个民生建筑啊,现在咱菠萝柚子大街逐渐有了些名气,游客也逐渐多起来,我打了个报告给街道办了,想把这公厕改造一下,增加几个厕位,再就是准备上一个温水冲屁股的马桶,整得高大上一点,那我这公厕可就不一般啦。"车大爷面露得色。

"那可就是五星级厕所啦!"小短竖起大拇指,"温水冲屁股的马桶可不便宜,您这个改造工程得花不少钱吧。"

"肯定得花不少,已经跟街道办说了,街道也打算支持,去筹钱了,说不定还得要大街上的各个单位都支持点呢,你们接待办肯定少不了,就你天天往我这厕所跑,还不得多赞助点啊。"

"哈,我们是清水衙门,纯净水衙门,您老不是不知道,自己都不

第二十三章 改造工程

知道往哪里要钱,真不知道怎么赞助啊。"小短摊摊手,的确感到为难。

"是啊,没有钱寸步难行啊。你看我这小厕所要搞好都不容易,别说你们了,所以还是得想办法,动脑子,看看怎么能捞点钱来,有了经费,工作就好开展了。"今天的车大爷和那晚的车大爷有点不同,从文明碎片中回到现实来了。

"正要请教您老呢,您看我这接待办有什么点子没?"小短不失时机地拱拱手。

"嘻,刚才不是说外星人也上厕所吗? 你不行也找街道说说,我这里给你留个外星人厕位?"

"哎呀,好主意,虽然我们是接待办,可接了外星人去哪里啊? 直接去市政大厅? 总得有个歇脚的地方,有个上厕所的地方啊,您老这个主意好,我们一定要预留一个外星人厕位,也表示对外星来客的尊重啊。你说这外星人厕位得怎么设计啊?"小短文思泉涌。

"那就看你了,我这里只提供空间。没见过猪跑,还没吃过猪肉吗?"车大爷还是喝自己的茶去了。

"对对,我看了那么多的外星人资料,还看了那么多的科幻电影,好像从来没看到过外星人上厕所啊,E.T.里没有,阿凡达里也没有。看来这个外星人的吃喝拉撒睡大家关注得太少了,外星人的形态不

163

同，设计一个完全贴合的厕位可能还不现实，他们需要抽水马桶吗，还是要温水冲屁股的那种？需要厕纸吗？他们排泄的是固体？液体？还是气体？还是以某种能量流的形式，或许我们只是提供一个放电装置就行了。"小短越想越多，唾沫星子都要出来了。

"事情就是这样，"车大爷微微颔首，"要有个由头，有了由头，就好办了，从小到大，从点到面，一点一点就把事情干起来了，当年老一代革命家不是说嘛，星星之火，可以燎原，干工作也是这样啊。火烧得大，政绩大；火烧得小，政绩小。"

小短回味着这星星之火的含义，火星上的火星儿？他感到有个巨大的华丽的事业摆在自己的面前，就像一个神奇的波斯飞毯，他要踮着脚爬上去，跳着高爬上去，连带把晃晃悠悠的人生放上去。

回到接待办，小短召集葛晓璐召开了紧急研讨会议。

"晓璐啊，你说我们这接待办大不大？"小短仍在若有所思。

"大？我看不小，头儿，我们调研总结还没写完呢？"葛晓璐四下看看，不知道小短说的大不大是什么含义。

"嗯，说起来是不小，上下两层，还有个院子，一楼的职工之家还可以利用，但是作为一个高水平的外星人接待中心，还是嫌小了，太小了，你看啊，外星人来了之后，住在哪里，在什么地方吃饭，哪里可以上厕所，哪里娱乐，要不要购物，开不开发票？这些都是问题。"小

第二十三章 改造工程

短点点头,"调研报告先大概写一下就行了,现在我们要做个接待办的改造方案,对,就放在调研报告的后面,作为我们调研成果之一,我们要对接待办进行改造。"

"改造?"葛晓璐皱皱眉头,这让她想起劳动改造,好像两人犯了什么错似的,她脑子里又想起那夜的影影绰绰。

"对,我们要改造成一个像模像样的接待办,不能说本国本星最好的吧,也要是本区本省最棒的,让外星人一来到地球首先就想到我们这儿,要改造得低调奢华有内涵,从厕所、餐厅、住房、客厅、会议室、休闲室、茶室、家庭影院,你说还需不需要KTV?外星人唱不唱歌?"不等葛晓璐回答,小短继续说,"还要有个小的购物中心,外星人万一要买点东西捎回去呢,看看还差什么?桑拿室?"

葛晓璐有点不知所措,刚刚还在谈调研,现在怎么忽然来了个这么大的规划?她犹疑着,"这得花多少钱啊?"

一句话定住了小短,"对啊,可是一笔不小的支出!"他挠挠头,钱啊钱,没有钱可是寸步难行,望洋兴叹,可这么个大工程,远非胡雪等小商人的财力所能承受。"不过先不管那个,有想法才能有办法,有压力才能有动力,先做规划做方案,做到胸中有丘壑,然后我们再来慢慢地想办法,当年的抗日战争和解放战争,不也是从无到有,从小到大,从游击战麻雀战到百团大战吗?星星之火,可以燎原,只要我

外星人接待办

们先做起来,总有一天这个目标会实现的。"小短胸有成竹踌躇满志的样子让葛晓璐很感动,忽然觉得这是一个值得托付的男子。有理想有目标,并且愿意为了目标坚持不懈的努力,她的面前仿佛也打开了一个壮丽的事业,一个金碧辉煌梦幻般的外星人接待办。

第二十四章　提　案

　　把外接办改造成世界一流接待办的想法让小短好几天睡不好觉,时不时就激动得爬起来,再修改一下改造方案,或许厕所的设施不合外星人的要求呢,或许外星人照镜子不是照平面镜而是凹透镜呢,想得全面点还是好。就是这么一个复杂详细的改造方案,需要提交到哪里去?政界?商界?学界?还是三界合一,统统要造出声势?太难了,需要多大的精力才能把三界都搞定啊,但归根结底,还是需要个好的规划书。

　　费了九牛二虎之力,经过一个星期的通宵加班,一份洋洋洒洒翔实丰富图文并茂的规划书面世了。那天清晨,太阳的第一缕阳光拂过葛晓璐的额头,左小短站在窗前有些眩晕,他回头看看晓璐,四个熊猫眼一对视,不觉笑了,"真他妈有创业的感觉啊!"小短狠狠地把一支烟摁灭在窗台上。加班以来,他试着抽了几支烟,倒真能起到提神醒脑的作用,也算是一个精神刺激吧。阳光中的葛晓璐显得很明媚,他忍不住要去亲一下,可连日来的加班加点让他身体麻木动弹不得。事实上也不需要这么紧赶慢赶,可左小短觉得这个事情不能拖,越拖越没戏,只有往前赶,多付出努力,才有可能成功。

一本规划书在手,小短放了葛晓璐一天假,他自己也在办公室里四仰八叉地躺倒。看着天花板,枕着规划书,他眯着眼还在思考。所谓当局者迷旁观者清,这规划书应该找人来提提意见,硕士博士的学位论文还需要人来盲审呢,这规划书让人评评还是有必要的,但不能是同行,以免泄露了商业机密,可这外星人接待办,哪里有什么同行,如果说联合国行星合作怎么办办公室还有那么点竞争关系的话,不给丁小刚看就是了。可找什么人来看呢?

思来想去,小短觉得还是王觉悟比较靠谱,在大学的时候,有什么疑难问题,小短总是第一个去找王觉悟的,不过这厮自从遁入空门,皈依了佛祖,不知道还有没有当年的精明和悟性?按照他的说法,他可是要在佛门里掀起一阵风云的,还想着要当和尚总代理、方丈经纪人呢,也不知道现在混得怎么样。主意打定,小短拨通了王觉悟的电话。

"觉悟?是我啊,左小短。"电话响了一阵才被接起,听筒里还传来诵经的声音。

"啊,小短,你怎么打电话来了,我这正忙着做法事呢,你有啥事?"还是王觉悟那熟悉的声音,油腻腻的,一点也没有因为入了空门而变得澄明清澈。

"看来你和尚当得不错啊,还做法事?有点像法海了啊。"小短挪

第二十四章 提 案

揄道。

"什么法海啊,我这是正儿八经的法事呢。佛曰:有话快说! 有屁快放!"

"这是佛家的话吗?"小短有些笑恼,"那我长话短说啊,上次打电话不是给你说过吗我到了一家外星人接待办工作了,工作还算顺利吧,这不最近呢,我带队搞了一份规划书,就是外星人接待中心的规划书,设计了一个接待外星人的全面详细的方案,我觉得你既入了佛门,造诣肯定高到不知道哪里去了,想麻烦你从宇宙的角度来给我看看这个方案合不合适?"

"阿弥陀佛,"王觉悟好像还在顾自忙着,"什么,规划书,好吧,你发我 QQ 上吧,不说了,法事要结束了,我回头给你电话。"

到晚上的时候,王觉悟真打电话过来了,同学间的情谊果然值得信赖。

"我说小短啊,我跟你说,白天那场法事做得真是酣畅淋漓啊,你知道我现在多少斤了,150 斤了,天哪,不可想象啊,我现在成了一个脑满肥肠的和尚,想当初我是多么苗条啊,要说吧这寺庙里的生活也还可以,平常吃斋,偶尔也可以偷吃点肉,现在我是喝凉水也长肉,好在可以出来做做法事,既可以拿点外快,又可以运动运动,什么是法事? 其实也是个体力活,念叨念叨,再走两圈,我卖力气啊,我现在还

外星人接待办

是驻寺和尚,上升空间大着呢,已经和方丈比较熟络了,正忽悠着方丈把我们寺庙申请为非物质文化遗产呢,我看这事八成可以成功,只要能交给我来运作,里面也还有些油水呢。我今天在外面住,不用回去睡,正好可以和你敞开聊聊呢,你放心,我话费可以报销。对了,你白天找我啥事来?"

"说半天没说到正事啊,我给你发了个文件,我们接待办的一份规划书,你看了没有?"

"看啥规划书啊?发我 QQ 上了?我密码早忘了,白天那是忽悠你呢。这规划的事情啊,根本不用看,佛曰:不入法眼。"

"你小子,哪有这么多佛曰啊!"小短有些生气了,那可是好歹一个多星期整出来的厚厚一本啊,在他眼里竟然啥都不算。

"我跟你说吧,"王觉悟接着说道,"以老哥我这些时日的经验,你这个规划书只要做到两个字,确保无虞。"

"哪两个字?"

"一个是大,一个是小。"

"别卖关子了,快给我说说。"

"佛曰:不可说,不可说。"王觉悟又卖起关子来。"滚!"小短恼道。

"这个大呢,就是场景要大,要恢宏,有气势,意义要远,要广阔,

第二十四章 提 案

开阔,辽阔,你是什么来,宇宙接待办嘛,那更应该大,要大到没边没沿才行,让人摸不到头脑更好。把你现在的规划书再更上一层,再登高一步,才好。我们佛门弟子看来,四方上下曰宇,往古来今曰宙,宇宙要多广阔有多广阔,到星际间,蕴涵有情世间与器世间的无穷无际。你不仅要在空间上规划到没边没沿,时间上也要规划到遥遥无期,一句话,就是往大了忽悠。还记得霍尔顿·考尔菲德吗,要弄成'宏伟'的'假模假式'的东西才行。现在的人啊,都浮躁,容易打鸡血,你就往大了说,大得让人心潮澎湃,心花怒放最好。哎呀,让我喝口王老吉。

"这个小呢,就不用我说了吧,以你的聪明才智应该能猜到,是要注重细节,规划书吗,大处有意境,小处有细节,就够了。怎么做细节?也不用那么多啦,几个就行。说什么?你不了解外星人怎么接待外星人?佛曰:'三界唯心,万法唯识',人就是佛,佛就是人,同样的,你就是外星人,外星人就是你,你还不了解怎么接待自己?你这规划书是给谁看的?又不是给外星人看的,外星人能看得懂吗?还不是给政府官员老爷们看的,外星人能看懂老爷们看不懂有个屁用。你的规划书啊,如果能让老爷们觉得对自家厕所的布局和设计有借鉴意义,那就妥了,跟你说吧。"

"哎呀,觉悟啊,听了你这些话,有点醍醐灌顶的感觉。"

"灌什么顶啊,灌酒行了。"

"也行,你那里出好酒,给我寄几瓶来。看不出,你小子学习佛法还是有心得呀。"

"阿弥陀佛,出家人不打诳语,我给你寄几瓶好酒去,货到付款啊。"

又胡扯了半个多小时,小短心满意足地挂了电话。可回头仔细一想,虽然王觉悟给出了很好的意见,在操作层面上却没有什么帮助,那一大一小具体怎么改呀,也还是没什么头绪。知易行难,王觉悟也是站着说话不腰疼,旁观者而已,具体改的工作还是没有进展。

小短思来想去,想起郝教授来,就是上次大员来调研陪着捡石头的那位。郝教授的渊博学识让人敬佩,而且是官员型的学者,对于学术以外的内政外交也很是了解,溜须拍马、觥筹交错样样精通。像这种专家型的人物还是很有用处的,值得结交,小短当时也向他套过近乎,互相留了电话。以郝教授的学识和影响力,如果他能为小短的这份规划书出出力,站站台,那事情做起来就会顺利多了。主意打定,小短就把规划书仔细打印好两份,装在蓝色文件夹,要到地质学院去拜访。

毕竟是要去请人家帮忙,总不好空着手只扛着脑袋前往,小短出了大门又折返回来。买点水果去吧,又不是看病号;买点烟酒,也不知道喜欢什么样的。小短取了点钱,到超市里买了两斤茶叶,他把发

第二十四章 提 案

票开好,准备回头打个报告,从公款里报销了。开发票的小姑娘看着"外星人接待办"这样的单位名称老大的不乐意,以为小短是在作弄她。小短则一本正经地告诉她:我这单位是真的接待办,就在菠萝柚子大街,你不信可以去看看啊。

地质学院大楼是个古典建筑,小短走近了才看清学院的牌子,全称原来是"行星与地球科学学院",地质学院只是个俗称罢了。因为和郝教授电话约好了,小短就径直到他的 226 办公室。教授正坐在电脑前玩四国军棋,看到小短进来,连忙把电脑屏幕切换到一篇 word 文档,并装出很忙的样子,对小短说,"哎呀,左主任你来啦,先请坐先请坐,我先打完这几个字啊。"

小短笑着坐在门口的沙发上,把两斤茶叶放在脚边。郝教授又打了几个字,才走出来给小短倒上水。"左主任你本来不必亲自跑一趟嘛,发个电子邮件过来就行了。"

"那怎么行,教授您也别叫我主任了,小左就行了,我也刚工作没多长时间。"

"嗯,小左你年轻有为啊,上次见面就觉得你工作能力特别强,人又精神。"

"教授您谬赞了",小短一边说着一边把打印好的规划书递到教授手上。"是这么回事,我们作为接待办呢,上次您也看到了,领导还是很重视这块工作,所以最近我们搞了个规划,初次搞,没什么经验,您老不管是在学术界还是政经界都德高望重,所以想请您帮着翻翻看看,您高屋建瓴,给指点指点。"

郝教授翻着规划书大体看了看,"哎呀,这规划书我看不错,有深度,有亮点,已经是我见过的规划书里写得很棒的了。"

小短听了也美滋滋的,不管教授的话是真是假,一个礼拜的加班总算没白熬。"哪里哪里,还请教授给仔细得看一下。"小短又跟教授聊了些登月登火星此类学术方面的事情,教授打开话匣子,像对本科生讲课似的给小短补习了一些行星际的知识。小短听了一会儿,和百度百科上的差不多,生怕他喋喋不休讲起来没完,就借口还有事想离开。

临起身的时候,小短把两盒茶叶递给教授,"小小心意,请教授不要嫌弃。"郝教授假装推辞了一下,就收下了,让小短把规划书的电子版发到他邮箱,就送小短出门。

郝教授果然是学者风范,两天以后就给小短回了邮件。用修订模式把规划书改了不少,不清楚的地方还加了批注,圈圈点点,很是用心,就像给学生改论文那样。小短很高兴,心想那两盒茶叶果然没白买。

第二十四章 提 案

综合了王觉悟和郝教授的意见,小短和葛晓璐又忙活了一个晚上,总算把一份立意高远、内容翔实、文通句顺、装帧精美的规划书彻底做好了。

在忙活规划书的同时,小短也一直在考虑规划书"提交到哪里去"的问题。改造工程不是个小工程,而且目前还看不到盈利点,一般商人估计不会感兴趣的,投资还是得来自政府,所以走衙门渠道必不可少。可外星人接待办在衙门口里是个偏远部门,哪有什么门路啊。小短翻着办公桌上的名片盒,虽然开张了没多久,可各式各样的名片倒也收集了不少,一个名字让他眼前一亮,于长久,对啊,就是他了,信访办的,前段时间可是给信访办解决了不少问题呢,桂兰老太太、蓝精灵教授,哪个不是外接办帮忙给劝解的?那话怎么说来着,"不看僧面看佛面",是得找找于主任了。

毕竟小短给信访办解决了不少问题,可信访办也是个相当于子虚乌有的部门,没什么实际权力,不过替小短出出主意还是可以的。于长久告诉小短,财政是有钱的,但财政的钱是要按照预算来花的,预算虽然是政府编制的,但是需要经过人大来审查和监督的,所以要想花财政的钱,如果不是大领导发话,首先就是要编到预算里去,怎么编到预算里去呢,你直接去找财政局是不行的,要么是要找上面的去递话;要么就要有人大代表拿出提案,一旦有提案就是要解决的问题,那多多少少财政会支持一下的。

"这么说来,需要有人大代表的支持?"小短若有所悟。"对啦,就是这个意思。"于长久拿起杯子喝茶,然后又不停地用杯子盖拨弄茶叶梗,那意思是要送客了。小短得到了想要的信息,赶紧道谢出来。

第二十五章　经　费

"人大?"在每日例会上,小短和葛晓璐讨论改造方案的经费问题,晓璐扑闪着两只大眼睛,"我倒是有个人大的同学,能成吗?我们俩上高中的时候可好了,是闺蜜呢。"

"拜托,是人大代表,不是人民大学啊,能不能有点政治头脑?"小短用手指了指葛晓璐的脑袋,后来又换成抚摸。葛晓璐吐吐舌头,"下次吃火锅的时候多点些猪脑子补补。"

"人大代表可是不好找啊,我们直接去办公室说明情况?好像不妥,还是得有熟人介绍才行,要不谁知道你是谁啊,可上哪去找个认识人大代表的熟人去?再说我们这议题也有点偏门,哪个人大代表会感兴趣呢?"小短不住地挠头。

"要不然我们发个寻人启事吧,就像广发英雄帖似的,全市那么多人大代表呢,看谁能揭榜替我们说话?就在网上发也行。"葛晓璐出主意。

"这又不是小孩过家家,市人大代表也可以,要是能有全国人大代表就更好了。"小短顾自寻思着。还是找胡雪帮帮忙吧,她认识的人多,说不定有代表呢。主意打定,他就专程去了趟胡雪的芬芳小屋。

"这个事情并不难,我认识一个人,省里的人大代表,你把提案给我一份吧,我找时间拿给他,估计能成。"胡雪呷了一口咖啡,云淡风轻地说。

"嗯,谢谢!"小短感激地看着她,目光里的深情渐渐凝聚,要发出光来。

胡雪摆摆手,"不用谢我,等你的接待中心建好了,给我留个地方就好了,呵呵。"

胡雪的帮助实实在在,她当天下午就联系了贾代表,约好晚上一起吃饭。定在最好的餐厅,小短作陪。在海景玻璃窗前等贾代表来的时候,小短有点小激动,不知道今天这位是什么样的人。胡雪则坐在桌前继续浏览那本规划书,看得出她很感兴趣,就像嗅到商机那样。

门开了,进来的是一个中年男子,五短身材,面泛红光,目射精光,一进门就热情地和胡雪拥抱了一下,"胡妹妹你太客气了,又不是什么大事,吃碗拉面就行了,没必要到这大酒店啊。"

"哪能啊贾哥,您那么忙,请你吃个饭多难呀,能来我们就很感激

第二十五章 经 费

啦。您要想吃拉面啊,这里也有,正宗的兰州拉面呢。对了,给您介绍一下,这位是左小短,外星人接待办主任。"

"什么办?"代表没听清楚。

"外星人接待办。"胡雪妩媚地笑一下说道。

"还真有这么个机构呀,久闻大名啊,今日一见,左主任果然人中龙凤,不像我,就是个扫大街的。"贾代表握了握小短的手。小短只是讪讪地笑着,一时不知怎么接话。

"您说的哪里话呀!"胡雪笑道,"扫大街那是多少年前的事情了,"她向小短解释,"贾大哥原先在环卫系统工作。现在可是省人大代表呢。"

三人寒暄之后落座,胡雪知道贾代表爱喝红酒,专门带了一瓶朋友从法国带回来的高级葡萄酒,果然代表放鼻下一闻即大赞"好酒!好酒!"酒是好酒,菜自然也不错,精致又可口。一开始,尚处在熟悉阶段,小短就和代表有六没六的聊着,胡雪从中起承转合。待酒过三巡,菜过五味,有必要把正事说出来了,要不然再喝下去有人喝多就麻烦了,小短拿出规划书,把要改造外星人接待办的事情一五一十地告知代表。

"应该的,应该的,没错没错!"代表一边品着葡萄酒,一边吸溜吸溜的吃着兰州拉面,看样子他是真心喜欢吃拉面,菜还没上齐就坚持要先把拉面上来,"早就该改造了,作为一个接待办,那么寒酸能行吗?往好听了说,那是我们勤俭节约艰苦朴素,不铺张浪费;往不好听了说,那可是丢我们地球人的脸啊,你那里是接待谁的,外星人呀,那里可是地球人的门面,不好好改造改造能行吗?我看不行!一定要改造好,要做成百年工程,虽然说外星人指不定什么时候来,可我们就是要不打无准备之仗呀,硬件软件都做好了,来了也不至于慌乱不是?"

"是是是,您说得太对了!"小短不住地为代表添酒,胡雪则恰合时机的为其搛菜。

代表拿着规划书翻了两遍,拍着小短的肩膀说,"你这个规划书,是个提案的好材料,你哥哥我是一定要把这个本子提给人大的,不过我也有两个建议啊,"他看看小短,又瞅瞅胡雪,卖了会关子,喝口酒才接着说,"一个呢,你这个方案里面啊,都是友好的东西,不是咱以小人之心度君子之腹啊,凡事要考虑两面,还应该有敌对的内容,那万一老外来者不善呢,是吧,你得有防备措施,要有一招制敌的手段,换言之吧,这个内容要和国防需求、和地球的行星安全结合起来,那说服力可就不是一般的大了啊!"

"哎呀,哥哥您说得太对了,您肯定当过兵吧?"小短拍了下大腿,笑着问道。

胡雪代答说,"贾哥当了六年兵呢,就在兰州。"

第二十五章 经 费

"那不值一提啊,我是炊事兵。言归正传啊,第一个呢,是要和安全问题挂钩;这第二个呢,我看你这预算啊,编得有点少,够干嘛的啊,力度不够,得加点!"

"都听哥哥您的,我先敬您一杯!"小短仰脖把一大杯红酒干了,红酒当啤酒喝,真有点暴殄天物。

胡雪忙把两人的酒添上,不经意地说,"这还少啊?"

"少!依我看啊,起码要再翻一倍才行。"代表底气十足地说。

三人相谈甚欢,代表也越发高兴,不断地拍胸脯打包票。临走的时候胡雪又把两瓶酒给他提上,他迈着四方步走了。

贾代表倒还靠谱,吃完喝完以后没过几天,真把外星人接待办改造的规划书作为提案上报到人大了,而且走的是绿色通道。期间他也联系了小短一次,语重心长地说:"小短啊,你这个接待办呢,有新意有创意,我是很看好的,也会努力地促成此事,改造完之后可别忘了给我留个地方啊。另外呀,申请经费这个事情不是那么简单,以老哥的经验,人大提上去也才是完成第一步,后面还需要发改委审批啊,需要财政局审批啊,手续还多得很,所以也不可掉以轻心啊。"左小短满口地应承着,也意识到前面的路还很长。难免有些泄气,不过想想葛晓璐陪着自己熬了多少个通宵才做出这个规划,她的黑眼圈;胡雪又费了多大劲帮着自己把这个规划报上去,她妩媚而疲惫的笑,他才体会到什么是骑虎难下，人在江湖身不由己。这事已经不是他想不想做的问题了，已经付出了这么多努力，就必须走下去，而且最好能成功。

发改委的审批着实不易，左小短前前后后跑了不下十趟，不断地说明情况，补充材料，拜访这个领导，再拜访那个领导，可发改委忙得很，手里待审批的项目多得很，而且都比小短的这个小小的外星人接待办改造项目大得多，吓人得多。那些经办人员看到外星人接待办的名字，无不表现出额外的兴趣，但办事情的时候也只是"呵呵"了，并不会加快速度。催办的时候呢，只是说"领导正在研究"。也不知道要研究到猴年马月才能确定，好在这个改造项目早开工一天还是晚开工一天没什么妨碍，小短也就只好干等着。正所谓"阎王易见，小鬼难缠"，小短听了胡雪的话，对这些小鬼也不能轻视，该打点的打点，该上贡的上贡，总算办得顺利了些。等各个环节都差不多了，就缺个领导签字了，领导却说为了稳妥起见，需要先和财政局商量商量。

财政局是什么衙门啊，个个都是财神爷，就外星人接待办改造这点小钱，根本不看在眼里，所以任是办事的人火急火燎，他们只是微微睁开眯着的双眼，假模假式地笑笑，或耸耸肩，或摊摊手，没有办法。就是你上下打点吧，打点的那点东西就像打水漂那样，倏地就沉到水下去了。这几乎是最后一道关口了，财政局通过了，那就按照提案拨款，这里不通过，前面的一切都是鸡孵鸭蛋——白忙活。

第二十五章 经 费

小短像是在走很长很长的路,一眼望不到头,路上连个休息的地方都没有。他有点口干舌燥,可仍然要不停地赶路,至于这条路通到哪里,什么时候能到达,路尽头有什么,都顾不上关心了。财政局这一关像一个大大的土坡,他快筋疲力尽爬不上去了。他坐在地上歇口气儿,拨通了王觉悟的电话,不为讨主意,只想诉诉苦。

"哎呀,这才哪到哪呀,"王觉悟听完左小短痛陈革命历程,笑道,"你呀,Too young too simple,你以为做成一件事那么容易吗?你以为这都跟你上大学一样啊,晃荡晃荡无所事事地也能拿个毕业证学成出门?省省吧,就像我做和尚,你说轻松吧,可以不为GDP作贡献,衣食倒也无忧,按说一心只问禅道就行了呗,可现实不是这样啊,寺庙也复杂着呢,要干的事情多着呢。唐僧要取经,还得经过九九八十一难呢,别说你改造个楼房,建个高楼大厦了。"

王觉悟一番话,让小短心情好了不少,暂时抛开了那些衙门口的委屈,"对了,觉悟大师,你上次不是说要写一本经书吗?叫什么来?《一本正经》?对吧,写得怎么样了?"

"唉,别提了,不怎么样,我本来,想要写成一个思想深刻、认识精妙、境界无与伦比的解读佛经的材料,也算是我入沙门以来的一些读经心得吧,可写着写着,最后快写成武侠小说了。算了吧,还是不写了,这个《一本正经》啊,没什么写头,我有了新的打算了。"

"哟,你不断地推陈出新啊,什么新写头,不写一本正经,改写一本歪经了?"小短打趣道。

"一本歪经嘛,也是个主意,先放到我的经子库里啊,我呢,也和你一样,有一些心路历程,不过比你聪明一点点,我跳出来得早啊,早已深刻认识到理想和现实的差距,意识到人生不如意事十之八九,你看看,多么痛的领悟啊,所以呢,我想写一本书,名字取好了,叫痛经。"

"哈哈,"小短已经笑岔气了,"你这本经书,可以归到寻医问药的书架上。"

和王觉悟一番打趣,让小短轻松不少,而且觉悟也出了个主意,虽然他搞不清楚怎么样突破财政局这一关,但每个人身边肯定有高人,还是多请教高人为好。小短想来想去,也不知道谁是高人,最后想到了车大爷,自从那晚厕夜谈话以后,他越发觉得这老头儿不是一般人。于是他就拎着一包茶叶,到公共厕所去找车大爷问路了。

车大爷正喝着一壶正山小种,咂着嘴说,"你这个事情呢,已经作了不少努力。做事情呢,有时候是自下而上,有时候需要自上而下。君子生非异也,善假于物也。所以啊,你得看看上面有没有人,如果上面有人来推动呢,那事情就顺利多了。"

小短思来想去,觉得车大爷说得很有道理。可上面哪有人呢,现在小短认识的最大的官员,也就是上次来的那个大员了,可终究只是

第二十五章 经 费

浅交，人家肯不肯帮你是个问题，但也总比没有门路强啊，好歹也是送过礼，算是有一份情谊在。小短打定主意，就拨通了大员周秘书的电话。电话响了十五声，才听见周秘书压低的声音仿佛从神秘的洞口传来"谁呀？"原来大员在开会，小短不好多说，只说等会再打过来。周秘书却好像听出了小短的声音，走出了会场，通话声音也大起来，"原来是左主任啊，好一阵儿没联系了。"要不说周秘书就是厉害呢，隔了这么长时间，还能清楚地记得小短姓什名谁什么来路。小短就把心中的想法向周秘书讲了，声称要亲自把方案书送到帝都去，再备上份薄礼，希望大员能给稍微点拨一下。

那周秘书多精啊，马上听出来小短什么意思，"这有何难，等会儿这里的大会散场了，我跟领导先说说，领导对你这边的事情一直也很关心，我估计会过问的。你也别麻烦往这边跑了，方案书啊不行发我一份电子版就好，或者寄一份来，我待会儿给你发个地址。"过了一会儿，周秘书把地址发短信过来。小短明白，这并不是让他寄一份方案书过去那么简单，很明显你要是有什么薄礼啊，也可以寄到这个地址来。于是小短就张罗着去给大员以及周秘书准备礼品，看来礼品不到，大员也是金口难开。

礼物寄过去大概一个礼拜，发改委竟然破天荒地给小短打电话让他过去一趟。小短心中暗喜，看来是大员发话并且起作用了。发改委的一个邵处长非常热情地接待了小短，与上次小短见他时那种

外星人接待办

冷冰冰的态度判若两人。他亲自为小短泡了杯茶,说,"哎呀左主任啊,真是不好意思,眼下委里面要审批的项目太多了,有些耽误了外星人接待办的项目实在是过意不去,但外星人接待是个特别重要的事,一定要特事特办,加快审批速度。前面审批进度有些慢了,你老兄也要多包涵呀,我们这天天加班加点,就是项目多如牛毛。不过你放心,我们委领导也说了,一定要为外星人接待办服好务,市里的领导也很关心这个项目,我们呢也派专人推进这个事情。你们提的那个改造方案,委里面也研究过了,一是需要一块地方,二是需要钱。目前发改委已经选好了一个地方,就在你们接待办不远,也在菠萝柚子大街上,8号院,你一定知道吧,原先是个练歌房,后来老板跑路了,这个房子本来也是政府的资产,空了一段时间了,我们看挺适合改造成外星人接待中心的。关于经费呢,市里的领导也专门给进行了协调,财政局也表示钱很快就会到位,我估计过两天财政局的同志就会联系你。改造的一些其他手续,像工程方面的啦,还有环境评价啊什么的,我们都会派人跟踪推进,这个您就放心行了。作为重点项目,我们也希望能尽快实施,让上面放心。"

邵处长说"上面"的时候,用手指指天花板,露出了你知我知的笑容。小短自然是百般感谢,邵处长倒有点受宠若惊的样子,并且非要留小短吃饭。小短找个借口溜掉了,那个前倨后恭的样子让他很不适应。

第二十六章　新中心

菠萝柚子大街8号院有31号的两倍大小。主体是一栋四层小楼，原先是练歌房，一进门是个大厅，里面有三十六间大大小小的包房，迷你房，小型房，中包，大包，顶楼还有个超大包，可以容纳好几十人一起唱歌。两侧是两个二层的小楼，左边原先是饭馆，右边是茶楼，中间的大块空地作为停车场，有十二个停车位。小院的大门现在关着，大招牌上还写着"星海恋歌中心"。这个中心已经关了有半年多了，听说是老板涉黑，被打击了，不知所踪，就荒了下来，之前可不是这番景象，这里可是很热闹的一个院，每到晚上都是灯火通明车水马龙，生意相当红火。这里又能吃饭喝茶，又能唱歌跳舞，不管是商务接待，还是公务安排，都喜欢到这里来，虽然消费很高，但来的也都不是缺钱的主儿啊。

在那个一半是明媚一半是忧伤的早晨，小短指着8号院对葛晓璐说，"你看，这就是我们奋斗了大半年得来的地盘，你我呕心沥血废寝忘食容易吗？"

一缕惨淡的阳光掠过小短的脸庞，葛晓璐觉得他的侧脸真是挺有型的,这个倔强的男子显得有些憔悴,"是啊,你都瘦了。"

小短深深看了眼葛晓璐,越发感慨,"你也轻了。不过我们终于有块地盘了,事业算是有基础了,有了地了,心里啊就有了底儿了,你说我这心态是不是有些像农民啊,不过道理就是这样,没有地,没有庄稼,吃什么喝什么呀,对吧。我们在这块地盘上,把外星人接待中心好好建起来,唉,你说我们这么劳心劳力的是为啥呀,远在几万光年之外的那些三孙子们知道我们的这些辛苦吗?"

"哪些三孙子?"葛晓璐眼睛里打了个问号。

"不光三孙子,还有三孙女呢,就是那些外星人啊,"小短笑道,"我们辛辛苦苦把接待办搞得这么好,他们也不懂我们的付出,来了只管享受我们的劳动成果就行了。算了,我们付出不求回报,要表现一下地球人的高风亮节胸怀大度。等接待办改造好了,我得打报告给上面,问一下这接待外星人收不收费啊,要是收费,得狠狠收一笔。不过就是不知道外星货币是什么样,和地球的货币怎么个兑换法?"

葛晓璐专注地看着左小短,就喜欢听他不断地憧憬外星人的世界,这让她想起堂吉诃德那个老骑士,又想到唐老鸭,接着想到全聚德,再到烤鸡翅,然后就觉得自己有些饿了。

"我们的方案得改了,原来我们不知道是这个大院,设计得还太粗了,现在要按照这个大院的布局来重新规划一下。经费虽然不是

第二十六章 新中心

问题,但是大拆大建还是不可取,主楼和侧楼的大致结构就不动了,只能在局部进行改善。首先一个,我们得把这'星海恋歌中心'的牌子换掉。"小短扭扭头笑道,"哎,晓璐,你以前来这儿唱过歌吗?"

晓璐忙说,"没有没有,好贵的地方,我们穷学生,哪能来得起啊。"

"那倒是,女大学生也有穷的。"小短笑着点点头,"你说换成什么招牌好?直接是'外星人接待中心',是不是有点让外星人见外的感觉?比方我们到了一个外地的招待所,也没见过哪个宾馆打出'外地人招待所'的牌子啊。要不简单点,叫'接待中心'?也好像不妥,那样杂七杂八的人就都来了啊。'E.T.接待处'?还是'外星人接待办公室附属招待所'?太长了点。对了,我记得帝都有个什么来,外专,外国专家大厦。我们不妨也搞成外专,外星人专家大厦,也差不多吧?"

"太空驿站?"葛晓璐想到一个名字。

"不错,"小短赞道,"有点太空堡垒的感觉了,但细想想呢,驿站吧,会不会给外星人不受重视的感觉?大老远跑来一趟,就住个小小的驿站?怎么着也得是个大酒店才好吧。太空大酒店?星空联盟酒店地球分店?但细想想呢,会不会给外星人太奢华的感觉?万一这外星人也有反四风的要求呢?这名字不好取,轻了不妥,重了也不妥。要是不改呢,还叫星海恋歌中心?你看,这原来的名字也很科幻,星际海洋,星海啊。"

"但细想想呢,"葛晓璐接话道,"也不妥,原先这店名可是涉黑呀,现在我们涉外,性质不一样了。"

"哈哈,"小短拍手道,"对对对,不一样了。我看这招牌就叫'不一样'行了,可以下边再注行小字儿,外星人接待中心,这样也不错。我们往里走走看啊。"说完拉着晓璐的小手进了主楼。

"一进大厅是不是得有四个大字?"主楼的大厅空间很是不小,葛晓璐建议道,"让外星人有宾至如归的感觉。还可以搞一些多媒体的设备,投影啊,屏幕啊,丰富多彩一点。"

"嗯嗯,不错。"小短边看边说,"另外呢,既然是接待中心,我看最重要的还是这接待的房间,一定要考虑周全了。我们先想好方案,具体的呢还得请专业的建筑设计机构来做。我想啊,这外星人多种多样,虽然我们没见过,但电影电视文学作品中也接触不少,得有虫族吧,有机械族吧,水族、火族、大型族、小型族、长尾族、短尾族、带翅族、龙族、人形族、半兽族、狮族、天狼族、灰人族、泰莱塔族,等等吧,不一而足。"

"老大,你说这虫族的房间怎么设计?"葛晓璐走进一个迷你包房,问道。

第二十六章 新中心

"唉,没有现实经验,我们也只能闭门造车拍脑袋了。"小短边拍脑袋边说,"肯定不能像现在的宾馆那样有床有桌椅柜子电视冰箱的,虫族嘛,是不是得弄点草丛?它们不睡床吧?对,铺上地毯,做成草地似的,放上一棵假树,几块假石头,还要放上几个蝈蝈吗你说?"

"放上好,这样一个特色房间,外星人不来住,我都想来住几天了。"葛晓璐说。

"以我浅显的游戏经验看,虫族也是多种多样的,不都是像蝈蝈像蚂蚁那样,也有的像蚕,有的像蝉,有的有铠甲,有的有触角,有的住在巢穴里,有的住在蜂窝里,有的住在孵化场里,还有的很具有攻击性呢,能用毒刺进攻,也能喷洒强酸性液体,还有吞噬者,能直接把对方整个吞到肚子里去,就像白细胞吞噬病毒那样,想想都觉得恐怖。"小短打过几次星际争霸的游戏,边回忆边发挥,"所以对待虫族的接待还是要谨慎,如果有攻击性强的客人,我们在房间里是不是还要设置一个捕杀装置?我记得那个人大代表还说过呢,一定要和安全挂上钩,我们原来的方案里面也补充了不少安全方面的问题。就算以小人之心度君子之腹吧,防小人不防君子,不怕一万就怕万一,我们还是得做好充分的准备才行。

你想想啊,如果我们接待的那个外星人是个刺客呢,或者是个间谍呢,或者就是个前期的闯入者,是敌人呢,还不能上了外星人的当,必须留一手。如果没有防备,我们反而成了外星人入侵地球的帮凶,那就麻烦了。当然,捕杀装置要秘密设计秘密实施,绝对不能让外星人看出来,知情人也应该越少越好,谁知道我们周围有没有外星人的间谍呀。你说是吧?"

小短的话让葛晓璐猛然觉得这外星人接待办是个烫手的山芋,不禁忧心忡忡地点点头。"你不会怀疑我吧?"她迷茫地看着小短。

"哈哈,"小短笑了,"你倒先承认了,快说,你是哪个星座的?"

"处女啊。"葛晓璐说。

"我看你早就不是处女了。"小短坏笑道,边摸了晓璐一把。

"别闹,说正事呢。"晓璐红了脸,转换话题道,"光虫族的房间就这么复杂,而我们总共的房间数也不多,不能都给虫族吧?"

"那当然了,"小短点头道,"给虫族留三个房间行了,大中小各一个。其他的每个星族也留两到三个房间,个性化设计,到时候也可以调剂使用,那个超大包房可以多用,即用作大型族的房间,也可以临时改为大通铺,如果来一堆小矮人呢,还应该保留KTV的功能,万一外星人有唱歌的需求,也好满足一下。"

两人在主楼里上上下下走了一圈,每个房间都看了一遍,也都畅想了一下外星人住在里面的情形。出了主楼,进到左侧的二层小楼,原来是餐厅,因荒了许久,只剩下一些破桌子凳子了,倒是有一个吧台,里面的柜子里还摆着几瓶洋酒模型。

第二十六章 新中心

"老大,你说外星人都吃什么呀?"葛晓璐问道。

"外星人想吃的可多啦,蒸羊羔儿、蒸熊掌、蒸鹿尾儿、烧花鸭、烧雏鸡、烧子鹅、卤猪、卤鸭、酱鸡、腊肉、松花小肚儿、晾肉、香肠儿、什锦苏盘儿、熏鸡白肚儿、清蒸八宝猪、江米酿鸭子、罐儿野鸡、罐儿鹌鹑、卤什件儿、卤子鹅、山鸡、兔脯、菜蟒、银鱼、清蒸哈什蚂、烩鸭丝、烩鸭腰、烩鸭条、清拌鸭丝儿、黄心管儿、焖白鳝、焖黄鳝、豆豉鲇鱼、锅烧鲤鱼、烀烂甲鱼、抓炒鲤鱼、抓炒对虾、软炸里脊、软炸鸡、什锦套肠儿、卤煮寒鸦儿、麻酥油卷儿、熘鲜蘑、熘鱼脯、熘鱼肚、熘鱼片儿、醋熘肉片儿、烩三鲜儿、烩白蘑、烩鸽子蛋、炒银丝、烩鳗鱼、炒白虾、炝青蛤、炒面鱼、炒竹笋、芙蓉燕菜、炒虾仁儿、烩虾仁儿、烩腰花儿、烩海参、炒蹄筋儿、锅烧海参、锅烧白菜、炸木耳、炒肝尖儿、咳咳咳咳。"小短一口气没接上,咳嗽起来。

葛晓璐都听呆了,鼓掌道,"太赞了,没想到你还有这一手啊,还能报菜名!"

"嘻,小时候父母非逼着去上兴趣班,我就报了个相声兴趣班,老师啥都不教,就让天天背这个去了。我们国家舌尖上的文化可是不浅,估计外星人来了也会一饱口福呀。"

"那我们先按照中式餐厅的方案来设计?"葛晓璐问道。

"我看行,"小短转了一圈,又道,"光有饭菜还不行,应该再立上几个充电桩,我估摸着有的外星人可能不吃饭,只是补充一下能量就行了,他们的能量利用方式可能有差异,不过我想高级别的外星人应该能把我们的电能转化成他们需要的能量。"

"还是你想得周到。"葛晓璐见这餐厅也不小,"不如我们再买上几个机器人来当服务员,现在新闻上不老是说机器人已经快普及了吗,让机器人来服务,也符合我们外星人接待办的风格呀。"

"这个主意好,可以放到预算里。多买几个,各式各样的,要有特色。"出了餐厅,又到右侧的二层小楼转转,小短觉得茶楼没必要再改造了,主要是经费也差不多够数了,就回到院门口,重新审视这整体布局。

两人正站在8号院门口商量呢,有人过来打招呼,"喂,这不是左主任吗?"来人一身天蓝色的卡其布中山装,一双棕色的老款猪笼鞋,正是蓝精灵教授。

"哎呀,蓝教授,您老怎么到这儿来了?"因为和蓝精灵见过几次面,知道这教授不好惹,忙笑着打招呼。

"蓝教授?"蓝精灵疑惑地问道。

"哎呀,你瞧我这口音,"小短方才想起并不知道他姓啥,蓝精灵不过是自己给他取的绰号罢了,忙纠正道,"是老教授啊,蓝,老,不分啦。"

"没错啊,我就是姓蓝呀。"蓝精灵一本正经地说。

第二十六章 新中心

"呀,那刚才没叫错啊。"葛晓璐忙打圆场。

"不,叫错了,"蓝精灵正色道,"应该是蓝副教授,我职称还没上去呢!"

小短也想起他因为职称问题上访的事情,知道知识分子喜欢较真,看他满面尘灰烟火色的样子,也怪可怜的,"您老这是要去哪里?"

"去外星人接待办啊,刚从你们那里回来,吃了闭门羹,没想到你们躲到这里来了!"

"那正好我们来聊聊。"小短觉得蓝精灵虽然比较固执,但毕竟是天体物理学老师,对宇宙及外星人方面了解得不少,正好关于这个接待办的改造征求一下他的意见,便将这接待办的想法一五一十地向他说了。

"这个事情真是有前瞻性,有战略性。"蓝精灵听完,赞道,"这体现了地球人的一种友好。从宇宙社会学的角度来看,你知道黑暗森林法则吗,那是相当残酷的。当然我们也承认,生存是文明的第一需要,但就一定要你死我活吗?暴露了自己就一定会引起战争或被消灭吗?不同的文明之间为什么会因为不了解而憎恨、敌视,为什么不能试着去相互了解,去和谐发展呢?这的确是个问题。人之初,性本善,还是性本恶?两个相互陌生的人,一旦见面就一定要相互厮杀一定要想着先把对方搞死吗?我觉得肯定不是只有这种可能。以我的看法，人之初在本善还是本恶方面也是飘忽不定的，受到各种边界条件的影响和限制，还要看给怎样一个初始条件。"

小短和葛晓璐听得睁大眼睛，努力跟上蓝精灵的思路。

蓝精灵放慢速度，继续说道，"什么是初始条件？也就是说，假如有一方首先表示出友好，那么事情可能就会向着好的一面发展；反过来，如果有一方首先表现出敌意，那么事情可能就会向着坏的一面发展。我觉得友好的情况应该是多的，表现出友好，达成共识，和谐发展，一个光明的世界。你知道，在社会学领域中，绝对的光明是可以想象的，但绝对的黑暗则无法想象。所以我说，外星人接待办这个事情非常有意义，他首先向外星人表示出一种友好，这个初始条件很重要，这个出发点很重要。"

小短听着，暗自盘算那些秘密的捕杀装置还要不要设呢？万一外星人也不是傻子，他们的超能力一下子就能把那隐藏的捕杀装置看清楚呢，那这表面上的友好而暗地里的敌意岂不穿帮了，后果岂不更严重？

"你要问我对这大院改造方案的意见呢？"蓝精灵接着说道，"我觉得起码应该有个停机坪，或者把那楼顶改造一下，外星人可不是开汽车来这里吧？"

"有道理！"小短连忙表示赞同，"一个停机坪恐怕还不够，还得再

第二十六章 新中心

大点地方,也不知道外星人的飞碟到底有多大。"

"应该不会太大,我们的太空舱也不大嘛。"

送走了蓝精灵,小短忽然感到内急,可跑到大楼里上厕所的时候发现,那个厕所真是糟糕透了,太影响来地球的心情了。锈迹斑斑发黄的淅淅沥沥滴水的小便池,污秽不堪散发着臭气的蹲位,让人1分钟也不想待下去。小短匆匆方便完,赶紧逃跑了。在回接待办的路上,他特意跑到车大爷那里取经,探讨一下这外星人的厕所应该怎么建。

"车大爷啊,我准备聘您老为我们接待办的厕所设计顾问,您看如何?"小短自己倒了杯茶,笑道。

"顾问个屁,不就是上厕所吗,上下水能通,保持整洁卫生就行了呗。估计外星人也不会喜欢脏兮兮的环境。"车大爷不屑地说道。

"您这公厕都改成温水冲屁股的马桶了,我们那外星人接待办的是否该更高级一点啊?"

"高级?怎么高级?用激光冲洗屁股?还是用微波或超声?兴许外星人根本就没有屁股哩。"

"那倒也是。"小短寻思一下道,"看来我们的厕所应该分类,一些是给地球人用的,最普通的;一些是给普通外星人也就是感觉比地球人高级一些的,也用高级一些的设备,温水冲屁股的,还有气流冲屁股的,听说市场上也正在研发,我们可以先买来试用;再就是预留一些厕位给特殊外星人用的,也不知道他们怎么上厕所,只留下上下水的通道行了,增加个废液收集装置。对了,车大爷,我听说有些外星人会利用人类的马桶收集地球人的信息,你说这事靠谱吗?"

"啊,你怎么听说的?"车大爷微微一怔,问道。

"我也就那么一说,都是胡掰的,怎么,您也觉得有这事?"小短见他对此事似乎欲言又止,继续问道。

"唉,宁可信其有不可信其无吧。"车大爷微微叹口气,闭上眼睛道。

"我就说吗,这马桶里能有什么信息? 看来我们这厕位上还得安装上反窃听装置呢。哎,车大爷,"小短又想起个事来,知道老头儿是假寐,接着说道,"我们那个8号院,原先是个练歌房,听说还有不少特殊服务,您老看,这外星人需要特殊服务吗?"

"啥特殊服务?"车大爷睁开眼睛道。

"就是说,那外星人要不要找小姐?"

"我看是你想找小姐了吧!"车大爷笑道,"好好的正当经营那个大院行了,别搞乌七八糟的东西。"

"是是是,我为外星人考虑得太多了。"小短也笑道。

第二十七章　落成典礼

　　新方案制定好之后,找来设计公司进行设计,再通过招投标,找来一家施工公司。虽然说是招投标,实际上也就走走形式,发改委的那个邵处长很早就打过招呼来,授意了一家公司,之后的招投标基本上就这家公司在走流程了。因为发改委的从中协调,财政资金到位也很快,工程进度也不慢。不出3个月,改造工程就搞个差不多了。

　　又到夏天了,不觉已经为这接待中心改造的事情前前后后忙活了一个春秋,小短坐在公共厕所门口,和车大爷喝茶聊天,心中颇多感慨。仰望星空,夏夜的星空似乎格外繁荣,星星们挤挤挨挨,或眨着眼睛,向小短抛来媚眼;或三三两两说着悄悄话,仿佛在商量着什么时候到地球来;或者偶尔有一颗流星,像匆匆赶路的行者,不知道也落到哪里去。天上的银河在夏天好像也到了丰水期,河水满涨,百舸争流。只有面对星空的时候,小短才认真地思考自己的事业,可一认真想到他的事业在天上,不觉又很寂寥。

　　"车大爷,你说我这一年忙忙活活到底为了啥?"工程接近尾声,不用靠在8号院了,小短这一段时期就经常来找车大爷聊天,他觉得在这里喝喝茶,听车大爷摆摆龙门阵,挺放松的。车大爷摆的龙门阵有模有样,偶尔还能冒出一两句醒世恒言,出一两个妙招好主意,当真是多听有益,只可惜这喝茶聊天的地方在厕所门口。

"为了啥?还不是为了你自己?又没有人逼着你忙忙活活,你看我,天天守个厕所,多么逍遥快活。"车大爷摇着蒲扇,摸着胡子道。

"是呀,说是为了外星人显然也不靠谱。你说,这算事业吗?"

"算,当然算啊。连我这都算事业,你那更算了。我这要不算事业,怎么会给事业编制。你也一样,知足吧,这就是事业,好好干就行了小伙子。你这工程不是快结束了吗?新的接待中心要开张了,总得有个仪式吧?仪式很重要的。依我看啊,有两个事情很重要,一个是仪式,一个是程序。做事情要有个章程吧,也就是要有个程序,这个程序对了,事情就好办了,很多时候就是因为程序不对,搞乱了,事情就变复杂了,程序正义是最大的正义。再就是有个仪式,就像天子登基,还要有个盛大的仪式呢,基督徒都要画个十字,古人的各种祭典,都仪式庄严,就是让人有个认同感。这套程序和仪式,就是一种安全感。"

"啊!"小短恍然大悟状,"怪不得我老觉得没有什么安全感呢,原来是缺少了程序和仪式。对对对,您老说的对,得搞个落成典礼。开工的时候就没搞,包工头建议要搞来,我嫌太麻烦就没弄,包工头最后还是在院门口放了两挂鞭炮,噼里啪啦的也很热闹。这下子快完

第二十七章 落成典礼

工了,一定要搞个仪式。"

确定要搞个落成典礼之后,小短又开始忙活起来。葛晓璐也被分配到制定一个初步方案的任务。

"不行啊,明显感觉人手不够,现在事情越来越多,我们两个快忙不过来了。"晨会之后,小短看葛晓璐面带忧色但仍伏案工作的样子,叹道,"得再招聘一个人来帮你。"说实在的,这段时间一直忙来忙去,小短有点忽视自己这位唯一的下属了,她比新来的时候成熟了,也更好看了,自从那次出差得手之后,虽然又得手了几次,但终究感觉两个人的感情进展不大,就像两只站在不同电线上的小鸟,在那里聊天说笑,还没有那种想要垒窝筑巢的感觉。她倒也没有追着小短说让他承诺让他"说我爱你",可女孩子扑闪的大眼睛里总有某种期盼。

"真的啊,那太好了老大。"葛晓璐笑道。

"不止一个人啦,你看我们的新接待中心就要启用了,那里还需要一大批人呢,对,得搞个招聘会,招一些服务人员。"

"那还不简单,让胡雪姐姐给派几个人来不就行了,人家不也是连锁店吗?"

"对啊,还是你小妮子聪明,我怎么没想到!"小短摸摸头,似乎对小妮子这个称呼比较满意,"接待中心那些人只能是服务人员,我们是管理人员,定位不一样的,8号院那边要市场化运行,我们这里的31号院还要继续发挥作用。"

小短打电话给胡雪,要谈谈8号院运行的事情,"要不我到你那里去吧,见面还能谈得细些,电话里三句两句也说不清楚。"半个多月没见胡雪了,还真有点想她,以及她温柔的后背。

"我到你31号院去吧,正好要去那边办点事。"胡雪说。

不出半小时就到了。胡雪今天穿着一个职业套裙,高跟鞋,没穿丝袜,头发也扎起来,看上去就是很干练的一个白领。葛晓璐赶紧热情的打招呼,倒了杯水。"胡姐姐,你今天真好看!"

"哈,别恭维我了,女人最大的资本是年龄,最好的风貌是青春,我都多大了啊,还是你青春无敌呀,水灵灵的。"胡雪接过杯子,笑道。

两个女人坐在小短面前,让他觉得有点紧张,又有些说不出来的隐秘的高兴。他想起葛晓璐的青涩和胡雪的风情,正浮想联翩之际,被胡雪打了一下,"短主任怎么还发怔呀,不欢迎我吗?"

"哪里哪里",小短赶紧缓过神来,"短主任?"

"哈哈,"葛晓璐道,"我们主任一看到胡姐姐这样的美女就看呆了。"

"好吧,怎么成了短主任呀?"小短笑笑,"我还以为是外星人特使来了呢,心想这特使怎么这么漂亮啊,有点像我认识的雪总呀。"

第二十七章　落成典礼

"哈,算了吧。"胡雪坐下,拿出笔记本电脑打开,"我来的时候又去8号院看了看,之前也有所了解,现在看改造得也差不多了,要运行起来需要的人可不少,礼宾部、客房部、餐饮部、茶饮部、外联部、康乐部,等等。"

"还有交通部,"小短看胡雪电脑上已经有了比较详细的方案,补充道,"我们还设计了停机坪呢,万一外星人来飞碟也好有人指挥指挥。"

"要不买个无人机?有飞碟来的时候帮着引导,没有飞碟的时候还可以挂些广告做点宣传什么的。"胡雪说。

"那太好了,无人机哎,还可以自拍。"葛晓璐拍手道。

"那这些人都去哪儿弄呀,现到劳务市场上去找恐怕来不及了,还得培训吧,还得试用吧?"小短面露难色。

"问题不大,"胡雪往后拢了拢头发,越发像一个职业经理人,"我的店里可以先抽调一批,选一些业务素质过硬的过来,先把8号院运行起来。我那边可以再招一些新人,先在那边实习,等培训好了也送过来。"

"那敢情好!"小短赞道,"只是你付出的是不是太多了?"

"呵呵,"胡雪一笑,显出商人的精明,"我可是要股份的哦。"

小短沉吟片刻道,"我看行。这样吧,以后31号院作为行政中心,8号院作为接待业务中心,两个中心分开运行,互相支撑。行政中心这边也需要增加人手,业务中心那边,不知道你堂堂一个连锁酒店的大老板肯不肯先帮我管理一下?"小短看向胡雪,眼神中透着请求。

"这个没有问题,等业务都成熟了,可以再让我的一个副总或新招聘一个人来接手。"胡雪应道。

"那敢情好!"小短说,"还是交给自己人放心。"说完立马又觉得好像说多了,忙看了葛晓璐一眼,晓璐正要去倒水,好像没在意他在说什么。胡雪倒是莞尔一笑。

"那好!既然这么定下了,我们要先把落成典礼的事情搞定。"小短重新坐下来,安排典礼事项,"万事开头难,典礼搞得好,就有一个好的开始。主要是搞出一点动静来,把各级领导也请过来,算是外星人接待办的一个正式亮相,也有很好的宣传作用。看看都需要请哪些神圣啊?"

"请一下贾代表吧,"胡雪插话道,"争取经费的时候他可是帮了不少忙。"

"是啊,必须请,"小短说,"还有信访办的于主任,接待办的庞主任、郭主任,晓璐你记一下啊。""好嘞。"晓璐答道。

"最好能和庞主任沟通沟通,看他能不能把市领导请过来。"胡雪出主意。

第二十七章 落成典礼

"不错！如果主要领导能够出席，这个典礼就更有意义了。还有那个地学院的郝教授，发改委的邵处长，财政局的姜处长，听说这个姜和那个邵是姑表兄弟呢，还有我们所在区的各个领导，街道上的各个领导，对，街道办的邢主任，社区医院的刁医生，片警小王，哎呀，警察这块得好好请请，光有小王还不行啊，得看看派出所或者分局能不能请过来。"

胡雪插话道，"除了警察，还有城管呢，这一片的城管局也要请上一请，我可以帮着去联系联系，除了城管，还有工商啊，税务啊，检验检疫局啊，卫生局啊，边防局啊，消防局啊，环保局啊，计生办啊。"

"等等，"小短纳罕道，"环保局？"

"是啊，你这个工程开工之前不是做了环境影响评价了吗？运行起来以后也说不定会扯上环境问题，现在讲究生态文明，所有的企业都不能破坏环境，所以尤其不能得罪环保局啊。"

"这样啊，那计生办呢？"小短继续问道。

"现在人口政策还没有放开，计划外生育可是对党员干部有一票否决权的。别看计生办是个清水衙门样，本事可也不小呢。"

"唉，好吧，"小短只好点点头，忧心忡忡的说，"这些人都要请到，没办法，这都有多少了，三四十个了吧，杂七杂八再一加，五六七八十号人，排场是有了，恐怕我们这小小的接待中心吃不消啊。寅吃卯粮，现在这还没开始营业呢，不会今天开业明天就关门吧？"

"不会吧?"葛晓璐也睁大眼睛,"那我不是要失业了?"

"呵呵,那可不会,"胡雪笑道,"万事开头难嘛,开业都要搞得隆重一点,也有个好的彩头呀,今天撒出去的,明天就又收回来了。趁此机会把那些头头脑脑阎王小鬼们请来,日后的很多事情就好办多了。这就叫功夫在诗外。"

"哈哈,还是你厉害,"小短充满爱意的看了胡雪一眼,"原来我们在作诗呀,这不早说。既然是摆场面,那还得再多请几个,比如Shanda院士,这都是比较有影响力的,还有搭讪网的网管魏梭,应该再联系几个媒体的朋友,纸媒的还有网媒的,这个,晓璐啊,你就去联系一下吧。"

"好嘞。"葛晓璐欣然领命。

"对了,差点忘了,还有怎么办的丁小刚,我们兄弟单位,怎么能不请啊,还有袁博士,可是直接上级呀,这事虽然汇报了,但举行典礼还是要正式邀请一下,我这就写一封邮件,不知道联合国总部能不能派人来,那就牛大发了。"小短搓搓手,一副要大干一番的样子,走到电脑前坐下,"我们各自分头行动吧!"当然,在行动之前,小短还是好好算了一下经费预算,财政拨来的款项用于工程已经差不多了,实在不好匀出一部分来办典礼,可实在没有办法,他觉得只有把一部分工程尾款先压着不给,等典礼办完了再说,现在不都流行欠款吗,再说这也是实在没有办法啊。

第二十七章　落成典礼

经过周密的准备,落成典礼在 8 月 8 日这一天隆重开始了。老天也比较讲究,这一天碧空如洗,又凉风习习,难得的好天气。锣鼓喧天,鞭炮齐鸣,挂着小彩旗的无人机低空盘旋。各级领导各界朋友都到场了,场面很是热烈。小短拿着数易其稿的演讲词,手有些发抖。先是市领导致词,再是区领导讲话,然后小短表态,接着一个剪彩仪式,各级领导排成一排,各持一把锋利剪刀,把大红彩带剪开,8号院里响起阵阵掌声。舞狮队舞得特别卖力,像吃了摇头丸似的。

剪彩之后,小短和业务经理胡雪领着大家参观新的接待中心。一行大字"不一样",下面一行小一些的字"外星人接待中心",招牌下面是一个大大的外星人模型。这是后来补加上的,既然是外星人接待中心,嘉宾里面又没请到外星人,只好搞一个模型出来,用的就是阿凡达的造型,是葛晓璐请同学黄笑宇的广告公司做的,效果还不错,当然黄笑宇看在葛晓璐的面子上,造价也不高。来宾们果然对这造型赞不绝口,一个劲地说"不一样啊果然不一样。"来宾们对各式各样的房间都很感兴趣,尤其是见多识广住惯了各星级酒店的大领导们,觉得这奇奇怪怪的小房间还挺有意思的,不时问问这问问那,煞有介事地提上一两个建议,小短就唯唯诺诺地点头称是。

参观完之后,众嘉宾被安排在大院左侧的"新世界"餐厅吃饭。菜肴当然还是普普通通的菜肴,不过菜名都略作了更改,比如猎户座小牛肉,双鱼座剁椒鱼头,天炉座烤蘑菇,巨蟹座蒸螃蟹,白羊座葱爆羊肉，宾客们都饶有兴致地挨个尝尝。机器人服务生在餐厅里来回穿梭，具有自动躲避系统，不会碰到桌子或客人身上。吃客们只是听说过机器人餐厅，没有真正体验过，都觉得新鲜。

小短和胡雪挨桌敬酒。财政局的姜处长也来了，看上去对这个接待中心很满意，拍着小短的肩膀说，"左主任你真是大手笔啊，这个接待中心搞得有模有样的，非常新颖，不管有没有外星人来吧，都给人眼前一亮的感觉，就是外星人不来，接待一下我们这些地球人也不错嘛。"

"是是是，欢迎姜处长以后常来啊，这中心搞得好，还不是因为有您这财神爷的支持嘛。"小短也学会了讪笑，皮笑肉不笑地应道。

"瞧你说的，这不是我们应该做的吗，再说这也有人大等各级机关的支持呀。哎，左主任，你这接待中心有发票吗？"

"啊？"小短被问蒙了，他还没想过发票的事情呢。

"正在税务局办理呢，过几天就能办好了。"站在一旁的胡雪忙说。

"嗯，这位是？"姜处长色眯眯地看着胡雪。

"这是我们的运营经理胡雪。"小短介绍说，"在宾馆运营方面是很有经验的。"

"怪不得这接待中心搞得这么好，原来是有美女相助啊。"姜处长

第二十七章 落成典礼

笑道,"关于我们中心经费的问题,我想饭后和左主任再聊上一聊。"

"那敢情好!"小短把酒一饮而尽,虽然他可不想和这什么姜处长再聊了,可人家掌握着财政大权啊,要想饿不死,还得抱人家的大腿。

宾主尽欢,酒席在一片喜庆的音乐声中结束。大小车辆把各位领导都接走了,8号院算是正式开始运营。

不过姜处长留下了,还有他的表兄弟发改委的邵处长也没走。小短在大院右侧的茶楼里找个包间,泡一壶上好的正山小种,请两位大处长喝茶,胡雪作陪。

"左主任啊,我们就开门见山,"姜处长抿了一口茶说,"财政方面呢,还有一笔经费,我们考虑再三,决定追加到你这接待中心来。"

"那敢情好!"小短喜上眉梢,赶紧给财神爷斟茶。"肯定是姜处长和邵处长从中斡旋,不知费了多少劲,两位领导真是对小弟我太厚爱了。"小短现在也已是八面玲珑,见人说说人话见鬼说鬼话了。

"哪里哪里,这个局里有自己的考虑。给你们这笔经费呢,一是要你们扩大经营,拓宽经费支出渠道,比如你那个停机坪,就可以搞得再大一些嘛,别让外星人觉得我们地球人小家子气,对吧?"姜处长喝口茶,语速有些放缓,"当然,我们也希望呢,你这里能加强国际合作交流,这外星接待工作没有国际合作怎么行,要多走出去,请进来,在交流中提高,要有世界眼光,世界眼光放在你这里还小了,要有宇宙眼光,太空胸怀啊。"

"接待外星人的钱比较好花,"邵处长诡秘地笑笑,"在项目方面呢,我们发改委也会大力支持的。"

"没想到两位领导对我们的工作这么了解,这么支持!我无以为敬,暂以茶代酒,敬两位哥哥一杯。"小短一饮而尽,连茶叶都咽了。

杂七杂八聊了一会,茶喝了三泡也没什么味道了,姜、邵就起身告辞。姜处长猥琐的捏着胡雪的手,说,"胡总,留个联系方式呗。"胡雪大方的把电话号码留给了他。

待众人都散了,就剩下小短和胡雪,守着一片喧嚣过后的寂寞。小短觉得有点像做梦,刚才的典礼啊什么的都好像在哪里经历过,今天只是重演了一遍。

"那两人葫芦里卖的什么药?"小短拉过胡雪的手,心疼地揉握着。

胡雪叹口气道,"你没听出来啊,这是在点化你呢,拓宽支出渠道,就是要我们这里成为他们的小金库,你以为经费是白给你的啊,以后他们出国啊什么的费用都得从你这里报销,不是外星人的钱好花吗,来个查无对证,那样最好了。"

"原来是这样啊。"小短恍然大悟,"我说不能有这么天上掉馅饼的事啊。听锣听声,听话听音,还是你厉害啊。"

"他们的胃口也都不小,对我们不一定是好事,但躲也躲不开,给

第二十七章 落成典礼

多要些经费也是好的。我安排人给这两位老爷先送点礼去,让他们把经费尽快的打过来,先来点实惠的再说。"

"不要把你也送出去了啊。"小短慌道。

胡雪脸红了一下,"瞧你说的,你姐姐我在江湖上是白混的吗,对付这俩狗东西还能游刃有余呢。"

"好吧,我也游过来吧。"小短顺势靠到胡雪身上,软玉温香,风情缱绻不提。

第二十八章　模　拟

"不一样"接待中心开业以来,很是轰动了一阵子,尤其是那个机器人餐厅,前去就餐参观的人络绎不绝。再打听到那些接待外星人的客房也对地球人开放后,很多人也想着先睡为快,都要去感受一下外星人在地球上的出差环境。倒是那个茶楼,因为没什么噱头,去的人很少。

"经营状况良好,账面上已经有盈余了。"星期一的一大早,胡雪向小短报告开业一个月来的业绩。在8号大院的接待楼上,小短在一层留了两个房间,把东头的101和把西头110。101是个大点的房间,用来做办公室。110原是个迷你包房,小短准备用来休息,反正他还没有买房子,居无定所,就先住在这里。因为刚开业,8号院的事情较多,31号院那边就很少去了,葛晓璐留在那里值班,每周的周一、周五还是要到8号院来开例会。

小短笑逐颜开,"这多亏了你啊。经营这么好,是不是要搞个庆祝会?"

"那倒不必了,"胡雪笑道,"这才只是开头呢,大家都图个新鲜,

第二十八章 模 拟

新鲜劲儿过了之后还说不定,还得看以后的情况,现在庆祝为时太早。就像男人碰到一个好看的女人,一开始也是觉得新鲜,总往女人那里跑,跑得多了,也就厌了。"

"哈哈,那得看什么样的女人,像你这样的,跑再多也不会厌的。"小短说着要搂住胡雪的细腰,女人蛇一样地扭开了。

"去去,说正经的呢,要想长久地经营好,必须不断地有新招数才行啊。"

"新姿势?"

"去去。"胡雪嗔怒地打了小短一下。

"好吧,等会晓璐来了,我们开个会讨论一下。集思广益呀。"小短泡上一杯茶,打消一下昨天晚睡的困意。他这两天老是失眠,感觉梦境像一个巨大的黑洞,如果他沾在枕头上一睡着,就要被那黑洞吞噬了去,他不敢做梦,就不敢闭眼。凌晨 3 点多迷迷瞪瞪睡着的时候,还能隐约感受到黑洞的冰冷,就像宇宙的冰冷那样。尽管他不希望宇宙是冰冷的,想象中的宇宙应该是光明而温暖的,可是那广袤的黑漆漆的偌大空间,温暖和光明能栖身何处? 沧海一粟罢了。所以他刚一睡着就盼着醒来,他把灯开着,把窗帘也拉开,睡神还是眷顾了他,怜惜地把他揽在梦的怀里。

"你把晓璐妹子怎么了?"胡雪问。

"没怎么呀,"小短有点纳闷儿,他好久没动过她了呀,或许这段时间太忙了有点忽略她了,两人自从越过线之后,有点像在朝鲜半岛对峙的中美两军,不进不退,感觉反正又不是在自己的领土上。

"那上次来我看她怪不高兴的,你是不是欺负她了,怎么能晾在31号那边?"

"哎呀,说得也是。你那里有没有好的客服人员?现在我觉得8号院这边才是主业呢,可31号也不能丢,要有好的客服人员给我推荐两个,到31号那边值值班,不管有没有外星人吧,客服人员有个好的态度就行。晓璐也能脱身到这边来锻炼锻炼。"小短边寻思边说。

"那行啊,改天我找两个好的客服给你派过去。"

葛晓璐左手拿着一份肯德基鸡肉卷,右手一杯热咖啡,用脚踢开101的门,像风一样进来。"呀,两位领导这么早,我来晚了。"

"不晚不晚,我们也刚开门。"胡雪拉过葛晓璐抱了一下,她觉得这个妹子真心不错。

"谢谢胡姐姐,你们吃早饭了吗?我这刚从肯德基买的,一起吃点吧。"

"晓璐啊,以后你到这边的餐厅来吃点早餐行了,还方便。"小短请两个女人坐下,"刚才我和胡总还讨论呢,下一步想派两个客服人员到31号那边去,你就全时到这边来,一是8号院的工作比较忙,二是接待办那边来访者也少了,你这个高材生留在那里委实有点浪

第二十八章 模　拟

费啊。"

"行,听领导安排。"晓璐嗖地喝了口咖啡。她今天穿了一身运动装,头发扎在脑后,显得特别清纯。

"你来的时候我们正在讨论经营问题,"小短示意葛晓璐继续吃,"这一个月来呢,业绩还不错,客流量也还可以,但以胡总敏锐的商业观察力,认为我们有必要百尺竿头更进一步,趁着公众的新鲜感还没有消失,不能偃旗息鼓,而要接二连三的制造影响。"

葛晓璐仰慕地望望胡雪,偷偷竖个大拇指给她看。

胡雪笑道,"还是叫我胡雪吧,什么商业观察力啊,都是胡说的。"

"胡说胡有理呀,"小短笑着接话道,"所以我们今天开会讨论一下,怎么样才能造成持续的影响呢,要上头条？还是搞个什么活动？三个臭皮匠,赛过诸葛亮嘛。"

"你才是臭皮匠呢,我和晓璐可都是香皮匠。说实话我们的定价不是很低,不管是住宿还是餐厅,因为我们的定位比较高嘛,利润空间还是挺大的,要不搞个满月大酬宾？局部搞一下降价？"胡雪提议。

小短摇摇头,"我觉得降价不是个好办法,最后迫不得已才能降价,现在锦上添花,还不到雪中送炭的时候。"

"嗯嗯,作为香皮匠,我觉得我们的用户人群能不能再扩展下？我觉得应该看一下这一个月来的主要的客人是哪些,是不是成年人和青年人居多,能否再扩展一下儿童群体？小孩子一来,大人不也来了吗?"葛晓璐吃着肯德基鸡肉卷说。

"有道理,有调查分析才能找准对策。餐厅里的机器人,能不能打扮得再卡通一些,或者分分类,有的炫酷怪异一点,有的卡通可爱一点;住宿的房间能不能找出几间来做成儿童套间?"

"没问题。"胡雪道。

"我昨天在网上看到一个小新闻,说是美国的一个什么小镇又拍到外星飞碟了,还附了几张照片,不过都很模糊。"晓璐擦擦嘴,吃饱了。

"不会又是小镇青年的恶作剧吧?"小短笑道,"为什么总是小镇青年?外星人从不光临大都市吗?哦,原来是这样,我说为什么我们外星人接待办不设在帝都,而设在我们这样的二线城市呢,看来外星人不喜欢大都市啊。"

"飞碟有多大?我们的停机坪能放下吗?"胡雪问,在她眼里没什么外星人,都只是顾客而已。

"那可看不出来,肯定是还不小。"晓璐说。

"我们的噱头就是外星人,可偏偏外星人不到我们这里来。"胡雪摊手道。

小短摆摆手,"可不是噱头啊,我们是正经八百的外星人接待中心,我可是带事业编制的啊,唉,也是,希望在我的任上,外星人能来一次。你说要不要改天我到寺庙里烧烧香拜拜佛?"

第二十八章 模 拟

"哈哈,外星人又不信佛,你烧香拜佛他们也不可能知道啊。既然真的外星人不来,我们何不找个假的来?"晓璐眼睛扑闪扑闪的。

"就你脑袋转得快。我看行,搞个模拟接待,来个假想敌,我们作好全面的准备,演练一番,也不枉苦心设计了这么些空间。"

"好是好,谁来当外星人?"胡雪看看其他两位,"反正我不当。"

"这就要发挥大家的想象力了,谁也没见过外星人什么样。"小短说。

"你们说外星人有没可能像是中国古人?我记得小时候跟爸妈去参观秦始皇兵马俑,觉得那些雕像真是奇怪极了,好像和我们不在同一个星球上似的。"葛晓璐单手托住下巴,回想道。

"穿越?"胡雪说,"那也行,我们就接待一只兵马俑,不过得是活的兵马俑才行啊,大雕像怎么接待呀。"

"一只?"小短道,"还一头呢?外星人穿越到地球来,结果穿越成兵马俑了?写成小说倒还可以。但我们这里兵马俑可能不是最佳方案,说不定文物局还来找我们麻烦呢,怎么能把国宝用于商业目的?再开阔一下思路?"

"嗯,兵马俑太大个了,换个小的,"葛晓璐眼珠子转起来,"小的,不行接待一只草履虫吧?够小的。"

"我们都戴着显微镜去接待?"小短嗤笑道,"不靠谱不靠谱啊。"

"新奇而又可行,的确不好找。"胡雪也没主意了。

217

"你们先脑力激荡着,我出去抽根烟,也激发一下思维。"小短从抽屉深处找出一盒香烟,又找到台灯下的火柴盒,推门走出去。

来到院子里,小短点燃一支烟。自从他学会抽烟后,觉得这烟简直有点像智慧棒,你咻咻地把烟抽进去,仿佛智慧也跟着进去了一样,那些个烟灰,不过是智慧的灰烬。一般情况下小短不怎么抽烟,等需要思考问题了,或者加班特别乏累了,或者喝醉了,才抽上几支,让脑袋空一下,身体飘忽一下。

院子里空荡荡的,住宿的人还没有起来,吃饭的人还没有来到。天气并不晴朗,薄阴着。风乍起,吹乱了小短的思绪。听预报说今天好像有大到暴雨,不会这么早就下起来吧。小短站在停机坪上望向天空,一只鸟也看不见。

在风的旋转中,有一个塑料袋被刮了起来,随风舞蹈。那塑料袋是白色的,有些破旧,它不断地跳跃着,像一只猴子;一会儿又腾空飞了起来,像个展翅的大鸟;或者不断地打着转儿,像个陀螺。它一会儿转到了小短的脚下,小短正要踩住它,它却又忽地飞走了,自在飞来飞去,像个蝴蝶。它想要和小短说说话吗?它是否在很久之前为小短盛过东西?它是因为梦想而跳跃吗?它在作一首小诗吗?它有什么东西要表达?

小短看着塑料袋的舞蹈,有些发怔。它被什么力量控制住了吗?

第二十八章 模 拟

是不是需要他的解救?看它跳舞的样子,是痛苦的还是快乐的?他应该怎样去解救它?拿住它?把它烧掉?啊。它是不是一个外星人?它来到停机坪是要找能带走它的飞碟?谁说外星人必须是个物体?难道不能是一种化学成分,比如聚乙烯?那些聚乙烯都是外星人也说不定呢。

小短猛嘬了一口烟,把烟气藏在胸间,仿佛蕴含了力气。如果聚乙烯是外星人,那丙烷呢?那盐酸四甲基对苯二胺呢?它们会怎么想?这个塑料袋带来很多迷思,小短幽幽地吐出一个烟圈,像是打了一个问号。

风有些大了,塑料袋鼓胀着,顾自在风中飞舞,那袋子呈一个女人头形状,披着长发,整个停机坪仿佛变成了她的身子。随着她脑袋的舞动,整个停机坪甚至整个8号院都舞动起来。小短感觉自己不是站在大地上,而是站在一艘船上,随着太平洋的波浪起伏。整个大洋的风都吹来了。那女人环绕在他的身边,喃喃自语,有一阵想要去靠近他,亲吻他,或者啃咬他。小短不知道是躲开还是迎上去,兀自不动。有一会儿风小了,那女人也轻轻叹了口气,匍匐在地上,脑袋低垂,像要乞得小短的怜悯,看她在这个世上生之多艰,多么微薄又不可降解。她乞求他的拯救,是要让他一脚把她踩住吗?她不想再继续风中流浪了?还是她在风中感到饥寒交迫,需要找个温暖如春的家?她的归宿永远是一个垃圾桶吗?他该如何救赎她?风呜咽

外星人接待办

着,如泣如诉。这是一只看不见的手在安排他和这个塑料袋对话吗?那只看不见的手在哪里?有人膜拜风神,有人膜拜雨神,难道这是一个塑料神?

正当小短为那只塑料袋疑惑不解就要飞升到外太空时,"喵呜"一声猫叫把他拉回到现实。

这是一只黑猫,通体黑色,四只爪子上也没有杂毛,尾巴尖也是黑色的,只有一双眼睛不一样,是绿色的。它的毛很长,眼睛又圆又大,身材健硕,身姿倒还轻盈。它跳到停机坪来,然后昂着头,一小步一小步地走向左小短,眼无旁骛,那姿态就像它是个林中之王,别说这8号院,就是整个菠萝柚子大街,也只有它这一个王者。它就像一个所向披靡大胜而归的将军一样走过来,像一个征服了整个森林和草原的雄狮一样走过来。这一只黑色的精灵,一个黑色的元帅。风已经小了,那个惨白色的塑料袋像一个病弱的老妖一样飘向黑猫,黑猫却"喵呜"一声低吼,说也奇怪,那塑料袋径自飘走了,飘离了停机坪,飞出大门去。

大猫还在向小短走来,小短竟有些心虚了,按道理他是不应该害怕这一只小猫的,现在却隐隐有些惧意。黑猫走到他的脚边,坐下来,抬头看着他,摇摇尾巴。小短在考虑一脚把它踢飞将会有什么后果。

第二十八章 模　拟

"呀,这是哪来的小猫啊?"葛晓璐走了出来,看见小短旁边有只黑猫,立刻奔过来蹲下,抚摸着小猫的脑袋,"真可爱。"

胡雪看小短有三支烟的工夫了还没有回去,也走出来看,望着小猫说,"大概是一只流浪猫吧,前几天好像还看见它来,不会是饿了吧?"

葛晓璐拿起小猫的爪子握握手,"你好啊,喵星人。"

"小心它抓你啊。"小短警告说。

"才不会呢,猫最温顺了,是吧,小喵?"她放下黑猫的爪子,"你先等一下啊。"晓璐起身回到101办公室,把刚才吃剩下的肯德基鸡肉卷拿出来喂猫。这黑猫在女人面前恭顺的很,完全没有刚才走向小短时的那种霸气了。它低头舔舔爪子,开始吃那点鸡肉卷。

胡雪也走过来蹲下摸摸黑猫,"慢点吃,等会再去餐厅看看有没有鱼,让你解解馋。"

小短看两个女人都出来了,把拿在手里准备抽的第二支烟放回烟盒里,凝视着吃鸡肉卷的这只馋猫,问葛晓璐,"你刚才说什么,喵星人?"

"是啊,喵星人,这你都不知道?"葛晓璐鄙夷的说,好像为喵星人鸣不平。

"这不是说到曹操曹操就到嘛? 我们要找一个外星人来模拟接待,这喵星人不正是我们要找的对象吗?"

"啊,还真能把它当外星人吗?"葛晓璐站起身来,离远了疑惑的看看那黑猫,"喵星人只是它在地球上的昵称啊,好像不存在一个喵星球吧?"

"你现在不能证明喵星球存在,也不能证明它不存在,是吧,所以把它当成外星人是一点问题没有的。"小短辩道。

"可是猫自古以来就有啊,只是不断被人驯化了而已。"要把一只猫正式的当成外星人,葛晓璐还真有点想不通。

"那也可能是它们早就从喵星球到地球上来了,谁说外星人不能在地球上进化?"小短底气十足地说。

"我看没什么不妥。"胡雪说道,对于他俩这种学术性质的讨论,她从来不感兴趣,现在要的是一个装模作样的外星人,一个噱头而已,她再清楚不过了,一只猫也未尝不可,说不定还能打动部分爱心人士和动物保护志愿者到这里来消费呢。

"行啊,那就这么定了,用这只猫来模拟一下外星人接待。"小短拍拍手说道,又拍拍皱着眉头的葛晓璐,"行啦,只是一次模拟而已,并没有开除这只猫的地球球籍呀,有什么想不通?让这只猫在我们接待办好好待几天吧,感受一下我们的工作力度!"

"好哒。"晓璐开心得笑起来,把猫抱在怀里。"那么,这只外星人既没有调研来访的公函,也没有提前电话通知,既没有搭乘外太空的飞碟,也没有乘坐我们地球上的交通工具,就这样倏地一下,突然来

第二十八章 模 拟

到我们接待办了,欢迎光临!"

小短也伸出手来摸摸这只猫,感觉毛并不柔软,像粗硬的头发,"猫先生风尘仆仆而来,恕未远迎,失敬失敬啊。欢迎来到地球。"

那猫倒也配合,冲小短"喵呜"一声,算作了应答,又埋头到葛晓璐的怀里。晓璐乐道,"说不定这只猫已经潜伏地球很久了呢!"

"嘘,"小短示意她别再说了,如果这猫能听懂呢,既然是外星人,料想也有多语言能力,当着面还是只说些冠冕堂皇的客套话为好。

胡雪看他俩一本正经的样子,有些想笑,但觉得又很可爱,既然是模拟,就要当成是真的,不然就没意义了,于是说道,"请这位贵宾是先到餐厅用早餐,还是先到接待室?"

"先用早餐,贵宾肯定是饿了,不是还有鱼吗,让厨师做一点,看贵宾是喜欢生鱼片还是熏鱼干,把菜单给它看一眼,看有没有喜欢吃的什么,对了,告诉餐厅,以后菜单准备一份只有图片的,你看,这一模拟,就发现我们存在的问题了,有可能外星人看不懂啊,有图片就好点。"小短见那猫比较亲近葛晓璐,就说,"晓璐你就辛苦一下,陪贵宾用餐吧,吃完了再到接待室,我和胡总去准备一下。"

"好哒,"葛晓璐高兴的说道,如果接待的都是小猫咪这样的外星人,她真是爱死这份工作了,"老大,吃完了还给它洗洗澡吗?"

"先不用了,等在接待室会谈之后吧,贵宾会在我们这里住上几天,有的是时间洗澡。"

第二十九章 猫　王

　　接待室是一楼的 105 房间，整个房间布置成蓝色，意思是我们处在蓝色的地球上。中间一张会谈桌，用于宾主两方的洽谈交流，每个座位前都有茶杯和麦克风，但房间不大，麦克风也就没什么意义，是留给那些声音非常微弱的外星人用的，桌子中间是个地球仪。左侧的墙上挂着几幅图片，画的是浩瀚的宇宙，星云，宇宙中的银河系，等等。右侧的墙上挂着地球的照片，四大发明，世界地图，等等。会谈桌的东侧有一个幕布，天花板上的投影仪可以把要展示的影像等投射在上面。在房间的一角放置了一个电脑和音响设备，用于扩音和播放影音。

　　那黑猫吃饱喝足以后，被葛晓璐抱到接待室。左小短和胡雪已经等在那里了，投影幕布上已经打出了"热烈欢迎喵星人代表莅临地球指导工作！"的大红字样。站在接待室角上的会议服务员小梅看到这情形忍不住想笑，被胡雪瞪了一眼，只好咬住嘴唇强忍住。

　　葛晓璐把黑猫放在宾客的位置上，可那猫并不老实坐着，在会议桌上走动起来。饱餐一顿后，它又迈起霸王步，昂着头，一股王者之

第二十九章 猫 王

风。绕桌一周,巡视一圈之后,才回到葛晓璐身边坐下。葛晓璐忙将一捋它脖子上的毛,让它安静下来。

小短本来要致个欢迎词的,把宇宙之浩渺说一下,把两个星球之相遇不容易说一下,把地球人民之热情说一下,可看那猫爱理不理的样子,也就没了兴致,简单地说,"欢迎猫先生光临地球,我们作为联合国指定的外星人接待办,有责任有义务把您在地球上的生活照顾好。"

看那猫没什么反应,小短扭头对胡雪说,"这喵星人是不是得有个名字啊?"

"嗯,应该有,"胡雪双手叉在一起,"不过它好像是一只流浪猫,不知道原先的主人有没有给它取名字。不如就叫小黑?"

"小二黑?"葛晓璐笑着挠了挠那猫的脖子。小猫被她抚弄得很舒服,一动不动地趴在那里。那猫完全不知道自己已经上升到了外星使者的地位,现在有这么个漂亮的小妞儿给它按摩,它只想眯上一觉,可对面的两人还在叽叽咕咕,实在睡不着。

"不妥不妥,想来外星宾客不会取这样不严肃的名字,"小短挠挠头,"不如叫薛定谔?"

"啊?不死不活猫?"胡雪叫道,那猫也一个激灵站起来,抖抖身上的毛。"它这是认可还是反对?"

"薛定谔伴谬猫，"葛晓璐安抚着小猫又趴下来，"嗯，我看这猫和我们大学里的那只猫倒还有点像，那是只学术猫，经常去听课，什么都听，哲学、高等数学、线性代数，最喜欢听的是量子力学，听得津津有味的，有的同学都听睡着了，它还在瞪着眼睛听呢，所以老师也很喜欢它。我们同学都叫它量子猫呢，也是黑色的，不过我们那量子猫比这个小黑要胖，毕竟学校食堂的饭菜还凑合。"

"要不大名叫薛定谔，小名叫小二黑？"胡雪笑道。

"只是我们给取得一个代号罢了，贵宾又不会告诉我们它的名字，有没有人能懂猫语啊，那就好办了。"小短看看四周，觉得没有人能懂猫语。

"等等，"葛晓璐像发现了什么，她给小猫做着全身按摩，摸到右后爪的时候，在脚踝上摸到一个细细的银质脚环，脚环被毛遮盖着，着实不易发现。"哎呀，这儿有个脚环，看来是有主人的呀，我看看脚环上都写了啥，还是银的呢，太细小了，看不太清楚，嗯，是一圈英文字，E-l-v-i-s P-r-e-s-l-e-y，这是啥意思啊？"

"Elvis Presley？"胡雪道，她的英文比较好，"埃尔维斯-普雷斯利，是猫王的名字呀。"

"什么猫王？"小短问。

"就是那个摇滚巨星啊，歌迷们称他为猫王。"胡雪解释道。

"嗯，猫王，摇滚，看来这只喵星人不简单啊。"小短皱皱眉头，他

第二十九章 猫 王

对摇滚不是那么狂热，但还是喜欢那种声嘶力竭纵情狂舞的音乐。

"不过也有可能只是猫的主人喜欢猫王的音乐，所以才给它戴这只脚环吧？"胡雪分析道。

"不管怎么说，贵宾算是有名字了，埃尔维斯，的确像个外星人的名号。"小短笑道，"虽然是模拟吧，但我觉得很有可能外星人已经隐身到这只猫身上了，猫王的名字在它身上也不是偶然的。怎么和它交流呢，喵呜？"小短学了声猫叫，把两个女人逗笑了。

"那么，埃尔维斯，您从哪里来？"小短向喵星人抛出了第一个问题。他说话的时候，黑猫看了看他，好像要确定那声音是从他这里发出来的，等他说完了，它也就扭过头去，样子有些傲慢。

"看来它对这个问题不感兴趣。"胡雪说，她觉得这场和猫的会谈虽有点游戏的感觉，但看到左小短严肃的模样，又感到人生不过是一场游戏，所以微笑起来，"或者它根本听不懂。"

"那么你觉得呢，它来自何方，半人马座？"小短看着那猫，好像看着整个星空。

"我觉得好像来自隔壁的骡马大街，那条街上我见过有其他流浪猫。"胡雪认真地说。

"嗯，也很有可能，我总感觉这猫只是一个假象，肯定有外星人隐藏在它体内，你注意看它的眼睛，多么深邃啊。"小短盯着黑猫的眼睛看，那眼睛绿莹莹的，像是两汪贝加尔湖水，平静的水面没有涟漪，但谁知道那水面之下有多么深，湖底多么遥远。那两颗瞳仁，有可能就是两个连接着外太空的微小黑洞，当那猫直视你的时候，似乎有一种要把你吸到黑洞里传输到另一个太空的力量，黑洞里是巨大的无休止的旋涡。

"哎呀，真有外星人在里面？"葛晓璐停住抚摸小猫的手，缩了回来，好像生怕不小心惹怒了那外星人似的，"老大，不要搞得这么恐怖呀，怎么感觉灵异起来了。异形吗？"

"哈哈，只是推想啊，没有什么异形，这不是模拟吗，你看这猫还是挺乖的，即使是外星人吧，也是友军，不会是来消灭我们的。"小短笑道。

"那要不我们登个寻猫主人启事，拍个照片附上，到骡马大街等各处电线杆上贴贴，说不定就找到它的来处了。"晓璐出主意。

"我觉得可行，"胡雪附和，"说不定它的主人倒是个真正的外星人，这猫不过是个信使罢了。"

"你说得没错，"小短点点头，分析道，"我也在想，它也很可能不是一个真的外星人，而只是一个代言人，这就有两个问题，为谁代言？代什么言？先来看第二个，代什么言，要解决这个问题，首先要搞清楚用什么语言来代言，这只黑猫堂而皇之来到我们这里，自然是说猫

第二十九章 猫　王

语,那猫语是一种宇宙语言吗？我们人类的足迹还只是到过月球和火星,对宇宙的了解少之又少,完全不能推翻猫语是一种宇宙通行语言的假设。既然我们不能了解猫语,那代言还有什么意义,又怎么知道带来的口信是什么含义？想想吧,当初,人类为了能到天上去,要修建那能通往天堂的巴别塔,为了阻止人类的计划,上帝就让人类说不同的语言,使人类相互之间不能沟通,巴别塔的雄伟计划才因此失败,人类也自此各散东西。这宇宙中是否也有一个上帝？为了不让各个星球上的人相互串通,给予他们各自不同的语言,让他们相对而坐但不能交流,甚至不能相识？会有这种可能吧？所以我们还是要尽力的去理解那喵呜喵呜的声音里蕴含了什么意义。

好,再来看第一个问题,为谁代言？从脚环上的信息看,埃尔维斯,猫王的名字,或许它是为了猫王代言？你也知道,猫王可是去世好多年了,那么,猫王是真的去世了吗？还是说猫王本身就是从外太空来到地球的,不然怎么会创造出那么多让人痴狂的音乐？或许他并没有消失,而是转化成另外一种形态存在,比如,转化成一个脚环？或者转化成一只戴脚环的黑猫？都有可能。如果是为猫王代言,那猫王想要告诉我们什么？让我们帮他返回外太空？帮他恢复原形？让我们再买一张他的唱片？或者他并不想告诉我们什么,只是到这里来看看。如果不是音乐史意义上的那个猫王呢？如果这猫只是猫中之猫万猫之王呢,它为整个喵星人代言,它要告诉我们喵星球上发生了什么事件吗？喵星球在哪里，有多大？是不是地球上所有的猫都来自那里，还是仅仅这些黑猫才来自该星球而那些白猫就不是了。喵星人之间是否存在斗争？哎呀，疑问太多了，而这些疑问都无从解开。"小短最后摊摊手。

胡雪和葛晓璐不由得暗自惊叹，这左主任也太有想象力，这么芝麻丁点事就能说出这一大通道理来，里面竟然蕴藏了那么多的可能性，这只猫看来还真不能小觑。那猫似乎也不想听小短的长篇大论，从桌子跳到椅子上，再跳回来，然后开始耍弄身前的麦克风玩。麦克风头上有一个小的海绵套，被它用爪子勾下来，摆在面前来来回回的搓弄，像在玩一个线团。

"看它的样子，还是个调皮的外星人。"胡雪说，同时示意那服务员小梅给大家倒点茶水，想来小短已经说得口干舌燥了，可小梅也听得呆了，还沉浸在左主任那一系列的可能性里，胡雪只好自己起身倒水。

"先不管那许多了，再问问它。"小短喝了口水，好像脑洞大开一发而不可收，他又转向正在摆弄话筒套的黑猫，"那么，埃尔维斯，您因何造访地球？"小短向喵星人抛出了第二个问题。可这外星人一点反应没有。

"这个我知道，"葛晓璐举手笑道，"是为了消灭吱星人。"

第二十九章 猫 王

"吱星人?"胡雪和小短都疑惑的看着晓璐,她有点得意起来,"就是老鼠啦,老鼠不吱吱吱的叫嘛,猫吃老鼠。"

"哈哈,也有这种可能。"小短道,"我们来推想一下,外星人造访地球,不外乎有几个目的,其一,想要和我们建交,毕竟以我们的认识,茫茫宇宙大部分如荒漠一般没有生命,不同的文明之间是否应该惺惺相惜友好往来? 其二,想要和我们树敌,虽然两个人在荒漠中相遇不容易,但有可能还要抢水喝呢,毕竟沙漠中的绿洲就那么大小,如果资源面临枯竭,亲兄弟也是要打仗的,他们来了摸清楚情况后,说不定回去就一大炮轰过来了;其三,和我们没有关系,地球只是第三方星球,比如喵星人来到这里,只是为了消灭吱星人;其四,还有什么?"小短也想不出更多的理由了。

"我知道我知道,"葛晓璐又举手道,"其四,观光旅游。"

"呵呵,晓璐你进步很快啊,学会抢答了。"胡雪夸赞道,她好像已经跟着小短的思路进入了游戏里,而晓璐则像是一个旁观的人。

"对,外星人想来也是有假期需要外出度假的。"小短也同意,看着那优哉游哉的小猫,"可是语言不通,这些目的我们只能靠猜了,我本来还想再问一个问题,它是怎么来到地球的呢,想来也没什么必要了。"

"既然没有飞碟,它是不是坐公交车来的?"葛晓璐打趣道。

"为什么不能是量子纠缠呢? 通过量子纠缠的方式从外太空而

来。"小短说。那正经诘问的神情让晓璐吐吐舌头，看来她还没有调整到左主任的频道上。

"好吧，就这样吧，我看会谈就到此结束。我们的贵宾虽然一言未发，但也留给我们很多的疑问，需要慢慢再沟通了解。这样，晓璐你把今天的会谈情况总结一下，草拟一份报告，我看一下是否要给上级领导汇报一下。报告里要说明，沟通方式是我们接待办面临的最基础最困难的问题，这个问题解决不了，接待工作将很难深入开展。雪总，请给我们贵宾找个地方吧，小住几天，有什么需要也尽量满足。"小短将桌上的茶水一饮而尽，又小声说，"只是模拟接待，找个迷你房间或别的什么地方都行，尽量别影响正常营业。骠马大街的启事也去贴一下，如果能找到这猫的主人更好。"胡雪笑着答应了。

黑猫埃尔维斯就在接待办住了下来。胡雪觉得拿出一个迷你房来颇有些浪费，就找来一个纸箱子，铺上些软和的布垫，这个外星人就住到了纸箱子里，每天吃两条小鱼，葛晓璐也从超市买了袋猫粮回来喂它吃。看上去它挺满意的，吃饱了之后就趴到停机坪那里晒太阳，中午太热了就躲到冬青丛下的荫凉里。没有老鼠抓，也没有毛线团玩，埃尔维斯就自己找乐子，追逐自己的影子，或者逗弄自己的尾巴尖玩，不亦乐乎。

第二十九章 猫 王

第三天的时候,胡雪正在办公室里整理账目,服务员小梅跑进来对她说,"胡总,不好了,外星人打起来了。"胡雪一惊,赶紧来到院子里,却看到停机坪上小黑猫正在和一只博美狗在对峙。黑猫喵呜喵呜地叫着,好像很恼怒,那小狗也汪汪地叫着,一点也不甘示弱,表示并不怕它。埃尔维斯一下子跳起来,要去抓博美狗的耳朵,小狗快速闪开,又马上前冲要咬住黑猫的前爪。两个小动物很快扭打在一起,喵呜喵呜、汪汪汪汪,不分胜负。

"什么外星人打架啊,你这小梅!"胡雪责怪道,"我还以为阿凡达真来了呢。快给拉开吧。"

可猫和狗斗得正凶,小梅也不敢贸然上去,就把停车场管理员老张叫来。那老张一脚一个踢开,"都给我滚开!两个小畜生!去去去!"那博美狗也不知从哪里来的,被老张踢疼了,"嗷"地叫唤一声,跑出门溜走了。黑猫冲老张龇龇牙,也乖乖地跑到冬青丛那里去了。

第三十章　LOST

再一次例会的时候，胡雪向左小短报告说那只黑猫丢了。

"什么时候的事？"小短近来有些委顿，语气中的关注度也不高。接待办的工作逐步进入正轨，住宿部和餐饮部的经营情况都还不错，31号院那边也平安无事，冒充外星人来无理取闹的人也不多了，31号院和8号院两个根据地好像都进入稳定期，让小短觉得没有了激情。当然，也让他觉得离外星人越来越远。他不喜欢这种状态，好像他一下子成了一个平凡的人，和马路上来来往往上班下班吃吃喝喝的人没什么不同，可他是外星人接待办主任啊，他有着和外太空的广阔的联系呀。仿佛宇宙只是人类放到外太空的一只梦想中的风筝，线断了，风筝到哪里去了谁都不知道，小短是追风筝的人呀。

"昨天下午吧，小梅去喂它的时候就发现不在纸箱里了，在院子里上上下下都找遍了，也没有找到。"胡雪说，她用手把头发拢到耳后，那动作让小短想起第一次见她的那种温柔。

"卫生间、储藏室、杂物间都找了？"小短问，同时他又觉得他说的那几个地方有种隐秘的情欲。

第三十章 LOST

"找了,都没有。"胡雪耸耸肩道。

"走,去看看。"小短带着胡雪和葛晓璐来到那纸箱前,纸箱是一个电视机的包装箱,安置在二楼的楼梯间里,里面铺了些软垫,箱口放了一个碗一个盘子。碗里还有些猫粮,盘子里有些水。

"看上去没有发生过打斗迹象,不像是被人掳走的。"小短察看了一下周围,分析道。"也没有留下个信纸什么的,也没有留言,为什么不辞而别了呢?"

"不会是嫌弃我们这里伙食不好吧,"胡雪道,"但是看上去还可以啊,顿顿有鱼,有上等猫粮,大超市里买的,还进口的呢。"

"吃的只是一个方面,"葛晓璐看着空荡荡的纸箱子说,"我觉得关键是它在这里没朋友吧,有可能流浪惯了,喜欢自由自在的生活,所以才又走了。"

"没朋友?"小短疑惑的点点头,又摇摇头,"一只猫的朋友?外星人的朋友?"小短想起那天在停机坪上看到的塑料袋,它在风中飞舞,它在风中喃喃自语,它是外星人的朋友吗,或者是那只猫埃尔维斯的朋友吗?茫茫宇宙中,谁是谁的朋友?

"哎呀,"胡雪的低声惊叹打断了小短的思路,"是不是被那只小狗气走了?"

"汪星人?"葛晓璐转向胡雪问道。

"是啊,前两天的时候,不知从哪里跑来一只博美狗,和埃尔维斯在院子里打架,后来被老张拉开了。不过看上去都没有受伤,小狗也再没有来过,那以后埃尔维斯看上去就闷闷不乐的。"

"埃尔维斯不会因为安全问题离开这里了吧?"葛晓璐猜测道。

"安全问题?"小短疑惑地点点头,又摇摇头,"一只猫的安全?外星人的安全?"如果说没朋友指出了孤独感的问题,那安全感则是更低一个层次的需求,最基本的需求。外星人也需要安全感吗?可安全感只是一种感觉而已,在没有显而易见的持刀而逼的危险时,即使走在大马路上,也可能没什么安全感,害怕祸从天降,毕竟危险无处不在,甚至像电磁波、引力波那样看不见摸不着。内心中抹不去恐惧,也无可厚非。如何消除外星人的安全感?要在8号院里加上安检设施吗?增加保安巡逻?好像这些外在的物化的东西也没多大用处。要分析出安全感缺失的原因才是问题所在。

"要贴个寻猫启事吗?"胡雪问道,"毕竟在我们这里待了有段日子了,接待模拟也好,不模拟也罢,也都熟悉了,发一下启事,能找回来更好。"

"要报警吗?"葛晓璐显然很喜欢那小猫,舍不得它丢失,有次她还向小短提出要把埃尔维斯带到31号院去养,那里更清静些,不像这8号院人多且杂,有点喧闹。

"哈哈,"小短放声笑道,笑声显得有些突兀,"请黑猫警长来,还

第三十章 LOST

是请福尔摩斯来？我看算了，走，我们回去吧，继续开会。"

例会的主题也就变成了模拟接待工作总结。"虽然没想到我们这次模拟接待工作是以外星人的不辞而别结束的，但这也可能是我们今后接待外星人时会经常面临的处境。你们想啊，外星人是谁啊，又不是领导，怎么会按套路出牌你让干什么就干什么，他们肯定想干什么就干什么。就拿埃尔维斯来说吧，凭空而来，又凭空而去，就那样吧。它有可能被外星人伙伴接走了，也可能自己走了，量子纠缠了，还有可能它不是外星人，这次是被真正的喵星人掳走的也说不定。我们人类有自己认识的外星世界，猫类可能也有它们想象的外星世界，它们也幻想着到另一个世界去。或者那猫王，潜伏地球很久了，这次离开我们只是去执行一项任务去了而已。或者就像刚才说的博美狗，猫狗大战，喵星人和汪星人之间说不定真的发生了战争，那猫去收集情报了。不过喵星人也好，汪星人也罢，我也觉得外星人不是阿猫阿狗，不一定能这么可爱。反而有可能是冷冰冰的充满敌意的。这猫来得走得都比较蹊跷，不管怎么说吧，我们这次接待模拟任务算是完成了。这样吧，晓璐啊，你写一个总结报告，把事情详细的记录一下，包括我们怎么样制定模拟方案，选择模拟对象，如何与模拟对象进行洽谈，安排食宿，大体上我们的工作还是得到了模拟对象的认可，毕竟那猫没有对我们龇牙咧嘴。虽然不用报警，这模拟工作还是要向上级报告一下。"

"好的,没问题。"葛晓璐在记录本上刷刷的书写,记录下工作汇报的大概意思,见小短大致说完了,就从文件夹里拿出一个通知来,"老大,昨天收到一个传真通知,是市接待办发来的,要求和接待有关的单位部门去参加一个工作交流会,您看去不去?"

"什么时间?"

"就今天下午,在会议中心。"

"交钱吗?"

"通知上没说要交注册费,只是工作交流。"

"那你去参加一下吧,如果接待办的郭主任问起来,就说我出差了。"

"好的。"葛晓璐合上记录本,请示道,"那我先回31号院准备一下工作汇报和交流会材料?"

"散会吧。"小短看着葛晓璐干练利索的样子,有些欣慰,她对于工作已经驾轻就熟了,金麟岂是池中物,她是否需要更大的平台?

胡雪送葛晓璐离开,晓璐拉着她的手问,"雪姐姐,你说怎么样消灭痘星人啊?"

"痘星人?"胡雪有些莫名其妙。

第三十章　LOST

"就是青春痘啊。"葛晓璐指指额头上正要鼓起来的痘痘,噘着嘴说。

胡雪有些激动,在葛晓璐的脑海里,外星人一定是非常好玩而有趣的内容,它们简直不是生活在外太空,而是存在于我们的周围,外星人不再是一个遥远的概念,而是触手可及的一个可爱的描述。连青春痘也成了外星人,它们潜伏在人的皮肤里,时机成熟的时候就要冒头出来。多好的一个姑娘啊,她望着葛晓璐,柔声说,"那简单啊,我那里有一些专门除痘的洗面奶,正好给你用吧。""那太好了,谢谢雪姐姐!"

散会后小短回到110房间休息,他近来精神状态的确不好,好像进入了一个低潮期,萎靡不振。110房间是个普通的单人间,设施和宾馆一样,床、沙发、电视机、空调、小冰箱、卫生间。小短躺在床上,看着洁白的天花板,仿佛在看着一个镜子。天花板那么白,而床单也那么柔软,让萎靡不振的小短有些悸动,想那个了。说也奇怪,那股劲来了之后,什么工作总结和事业发展的就都放开了。他打通了胡雪办公室的电话,"雪儿啊,到110来救救我吧。"

电话那头的胡雪迟疑了一下,又轻声说,"好吧,我收拾一下就来,正好有事找你。"她明白110的含义,那是他们俩的暗语。

小短放下电话继续躺倒,用枕头盖住脸,想象着胡雪从洁白的天花板里走出来,同样洁白而细腻,带他越过高山越过大海,在雪崩前歌唱,在海啸中飞翔。

胡雪进来了,仍然还是职业装,但挽起来的长发还是别有风情,她挨着小短坐下,欲言又止。

"怎么了?"小短觉得她有些异样,起身问道。

"我怀孕了。"胡雪声音有些低,但不容置疑语气坚定,好像她一直在犹豫要不要告诉他,就在刚才打定了主意,而这事情就像只要她打定了主意就得到了解决那样。

"什么时候的事?"小短有些恍惚。这是他第一次听到女人在他身边说出那两个字,他不知道该怎么办。原来他只是认为感情啊需要啊之类的只是稀松平常的事情,可现在加上那两个字,就变得庄重起来,责任重大起来。

"两个月吧,我也是才发现,刚测出来。"胡雪说,语气里没有幽怨,也没有什么惊喜。

"你打算?"小短有些怯怯的问,他没有遇到过这种事,对于突然冒出来的一个小孩子更感到手足无措,仿佛那小孩就在床角拉他的裤腿那样。他低着头,好像做错事情的孩子,在自己没有主意之前,只好问女人怎么办,毕竟她显得更成熟些,而他越来越发现对她的依赖与日俱增。

第三十章 LOST

"我打算留下来。"胡雪望着自己的肚子说,仿佛在和那小人儿对话。

"做手术?"小短的声音中有些关切又有些害怕,那些"无痛人流"的广告开始不断的在他脑子里盘旋,不手术,无痛苦,快速解决后顾之忧。这些广告存在于公交车上、广告栏上、电线杆上、日报的中缝里、街角的传单上,无处不在,小短从来没正眼看过,现在却想找一张来研读一下。

"不是,"胡雪纠正说,"是留住他,生下来。我之前也有过一个,都四个月了,可是后来你也知道,那个男人消失了,再也找不到了,又面临着其他的一些困难,只好决定去做流产。但这次我要留住他。"

"我娶你吧。"小短鼓起勇气说。他认为胡雪是个很好的女人,从各方面来讲都很优秀,可要是提到婚姻这个层面,就不得不重新考虑问题,这个层面指向的是漫长一生,是一条浪漫的路,还是一条让人气馁的路,都还说不定,这路上有很多感情之外的东西,不光是相互喜欢那么简简单单。可是他没有时间多想,在这种情境下,110房间显得窄小局促,刚才还充满爱意的洁白的天花板和床单现在变得冷淡而咄咄逼人,身边的女人呵气如兰,房间里有一种莫名的香气,比女人平日的体香还要香,他不得不作出一个决定,只好鼓起勇气,那小小的台灯仿佛成了他勇气的来源。

"呵呵,"胡雪笑了,有些欣慰,仿佛还带些感激,"这算是求婚吗?也太简单了点吧。听你这么说我很高兴。不过我觉得先不用这么快决定吧,我们都想想清楚再定也不迟。毕竟这件事来得突然,而婚姻呢,还要考虑方方面面。姐姐我比你虚长几岁,不会像小女人那样以此为要挟赖上你的,哈哈。"

好像心中的石头落了地,小短也故作轻松的笑笑,他握住女人的手说,"孩子是无辜的,大人的事情的确要从长计议,虽然我有些心血来潮,可也不是空穴来风,我也再想想清楚,你也再考虑考虑。奉子成婚也是不错的选择。By the way,"小短忽然冒出一句英文,坏笑着问,"确实是我的吗?"

"去你的吧!"胡雪嗔怒的打了小短两下,"不是你的还是谁的!"

"我们两个星球孕育出来一个新的星球。"小短想起第一次见她的那个夜晚,仿佛诺亚方舟就是在那时起航的。随后他陷入了长时间的恍惚,怅然若失,那只外星人量子猫埃尔维斯莫名其妙地走了,而有一个小孩莫名其妙地来了,这孩子也是外星人的化身吗? 他觉得世界有些空,自己好像不再是自己。孩子的出现打破了他内心的平静,那是一个新的生命将出现在他的世界里,与他目前所见到的所有人和所有事情都不同,与这千千万万现已成型的事物都不同,而这些他所熟悉的,所生活在其中的世界,此时变得那么陌生和疏远,一

第三十章 LOST

个新生命的到来,这又变成一个孩子全新的世界。而他所忙忙碌碌的,执执念念的那"莫须有"的事业,仿佛像一个肥皂泡,被这小孩子一下子扎破。他隐隐约约中仿佛听到一声啼哭,那哭声刺破了一个虚无缥缈的世界,而另一个清晰现实的世界在这声音里呈现出来。小短好像对自己的事业有了崭新的认识,他没有事业,只是活着罢了,外星人接待?那是他的一份独特的工作,谋生的手段罢了。他没有志存高远,只是顺其自然罢了。"哦!"他痛苦地叹息了一声。此刻他多么希望像那只黑猫一样,在量子纠缠中"喵呜"一声无影无踪。

第三十一章　断　炊

　　黑猫消失一周后，在吃早餐的时候胡雪告诉小短她还不想结婚，一来她的丈夫虽然失踪了，但可能还在世，婚姻关系也没有解除，即便可以通过法律手段摆脱这层关系的束缚，她倒不想为此多费工夫，二来她还没有作好再次走入婚姻的准备，索性先放一放，如果以后时机成熟了，而小短还愿意娶她，那也不迟。小短闻后不知是如释重负还是如鲠在喉，默然不语。胡雪准备回到自己的母亲那里住一段时间，直到孩子生下来，8号院的业务已入正轨，打算让从做连锁酒店起就一直跟她的副总杨扬来帮着照应。小短都答应了，他想着把这8号院接待中心的注册名字改成胡雪，这中心虽挂在外星人接待办名下，实际上运行都是独立的，这段时间业务状况还不错，小短也发现自己在经营方面的确不擅长，前前后后胡雪最熟悉，转给她最合适，实际上也有把这份产业作为礼物送给胡雪的意思。胡雪听后不置可否，只说先放放吧，以后如确需变更的时候再说。

　　嗯，先放一放，这很重要。从胡雪房间里出来，小短对着空气说。

第三十一章 断 炊

胡雪回老家后,小短在8号院又待了一段时间,杨扬副总上上下下打理得也颇到位,不愧是胡雪的得力助手,接待中心的生意更兴旺了些,不仅住宿部和餐饮部出现爆满场面,连茶楼也红火起来。杨总点子多,问题也看得准,她很快发现茶泡得好坏,不只是要茶叶好,水更关键,于是她就在水上下功夫,买来高级纯净水、天然矿泉水、雪山融水、高山雨水、玛珥湖水、草叶露水、深层地下水等,还专门托人从南极带回来一些冰山融水,花样繁多;在火星上发现了水的迹象后,她还以为噱头搞了个品火星茶的活动,茶楼也逐渐地变成了一个高端商务会谈的场所。虽然8号院发展很快,生意兴隆,小短却有些意兴阑珊,有时他站在停机坪上都能感受到这院子土地里散发出来的俗气和商务味道,于是他逐渐地把重心移回31号院,接待中心放手给杨扬管理。

31号院的工作在葛晓璐的努力下也有条不紊开展。虽然几次讨论增加人手的问题,也发了一次招聘启事,面试了几个人,小短都不满意,后来就决定招实习生,主要选那些来自大学天文系的本科生,懂一些宇宙学知识,对外星人感兴趣的,在这里工作上几个月,也算积累点工作经验。先后来了两个学生,都因为碰到了"外星人"来访而吓走了。一个是碰到了上访者,那个上访者是被信访办打发过来的,他常年上访,脑袋里只剩下了上访这一件事情,因此整个人看上去很异常，有精神病气质，那实习生直接就被吓回了学校，还好葛晓璐有经验，不断周旋之下竟给打发走了。另一个是碰到了蓝精灵，蓝教授也是天体物理学教授啊，正好就是那实习生的老师，实习生觉得尴尬，也回学校了。第三个就是张力，他在大学读的是天体物理，还辅修了心理学，应付起上门造访的外星人颇得心应手。还有一点，张力虽然对宇宙了解很多，但却根本不相信外星人的存在，在所有的星体中，只有地球适合产生文明，其他的都不合适，而人们之所以孜孜不倦地研究那浩渺的星空，无非是为了扩大自己知识的版图，也想着触摸宇宙的边界，所以外星人对他来说只是一个文学形象而已，因此他是在文学层面上来应付那些"外星人"的，而不是在现实意义上，这让他的工作轻松很多。

"你是说，外星人根本不存在？"在例会的讨论上，葛晓璐经常问张力这个问题，虽然她是相信有外星人的，可看到张力那年轻充满活力的面孔上特有的自信与肯定，她也有些动摇了。

"只是我认为不存在。"张力每次都笑着说，对这个比自己来得早的正式员工，他保持恭敬的姿态。"实际上存不存在呢，没有人知道，因为还没有人验证过嘛。就是说一千个人眼里有一千个外星人。"

"我觉得你是一千零一个。"葛晓璐不大满意他的回答。张力也不再辩解，给他的晓璐姐泡菊花茶去了。

第三十一章 断 炊

小短虽然不认可张力的想法,还是把他留下来,做一些接待来访的工作,同时编制一些宇宙学的报告。或许张力是对的,外星人接待办,不过是个屠龙之所罢了,但毕竟是份工作呀,即使是荒唐的,这世间荒唐的事情还少吗?

小短坐在电脑前,对着屏幕发了一会儿呆,又转身面向窗外,窗外的"尊重现在,豆浆油条"不在,听说小老板这两天出国旅游去了,看人家小日子过得多滋润啊。天空有些灰蒙蒙的,偶尔有两只灰色的鸟飞过。近来空气质量不大好,常常有雾霾,外星人不会因为天气原因而不到地球造访吧,也说不定。看着电线杆,小短觉得自己有几个问题需要面对。

首先是业务问题,虽然搞了接待中心,搞了接待模拟,可以说业务上还是做了几件实事,也颇有成效,起码在这座城市,人们对待外星人的态度应该有所好转,就像改革开放之初人们在大街上见到老外都要像看猴子一样围观那样,人们的好奇心如果提前释放,对外星人的困扰可能会好些。但是接下去怎么办?如果外星人和地球人老死不相往来呢,如果真的没有外星人呢,这些问题按照小短从胡雪那里学来的经验,可以先放一放,毕竟他在接待办已经有一段时间了,不能时时刻刻都在进步,业务都在大发展,也应该有个稳定期,就像国家安全部门,只要不出安全事故,工作就算是到位了,而这接待办,只要没有外星人投诉,应该也可以说是过关了。

其次是队伍问题，原先一个人光杆司令，后来招进来葛晓璐，作为正式职工，现在又有了实习生张力，可以说队伍规模还算可以，层次分明，分工清楚。从目前的业务量看，似乎也不需要扩大人员规模，他们几个都还年轻，是不是需要增加一个年纪大点的人？毕竟嘴上没毛办事不牢，说不定几个毛头青年会办差什么大事，不过这比较难找，又要有知识，又要有胸怀，小短曾考虑过吸收蓝教授到接待办来，但以他大教授的身份，恐怕不易屈尊。那吸收车大爷呢？也不太合适。或者换个模式，把两位作为接待办的顾问，有事情就问问，也未尝不可，既然只是顾问，那也没必要搞什么聘用仪式，有事直接问就是了，只是平日里搞好关系就行了，所以人员方面问题不大。

再次是财务问题，接待办的经费稳定来源是那张工资卡，办研讨会盈余了一部分，但是筹措接待中心的事情都搭进去了，还借了胡雪的一大笔钱，虽然后来财政资金下来后把胡雪的窟窿补上了，但接待中心建完，经费都花完了，还有点缺口，只好先欠着开发商的，随着接待中心的生意日益好转，手头上终于宽裕点了，不仅还了债务，终于有点闲钱了。所以目前接待办的经费主要来源于工资卡和接待中心的营收。不过既然接待中心是独立运行的，小短也不想再介入太多，每年适当抽取一些利润，细水长流，不敢抱着杀鸡取卵的念想。

第三十一章 断 炊

工资卡方面小短有些发愁,按惯常来说每月13号工资卡会打过钱来,像例假一样准。偶尔有一次没来,也在14号补上了。可是,现在已经两个月没来钱了,这让小短有点忐忑不安。倒还不是发不出工资的问题,毕竟现在接待中心交过来的钱用来发工资绰绰有余,但那工资卡上每月定期更新的数字有点像是一种监督形式,上级组织不给发工资了,难道是对接待办近期的工作不满意吗?办研讨会盈余的钱,和接待中心那边交过来的钱,都存在小短另外开的一个银行卡上,算是小金库,可没有这小金库,这接待办能像今天这样运转吗,新增加了员工,小短还有很多新的想法呢,比如开通外星人热线电话,随时接听大众关于外星人的看法;开通外星人心理辅导班,针对初来乍到地球的外星人可能面临的心理问题进行咨询;开办外星人绑架救护中心,针对越来越多的地球人怀疑可能会被外星人绑架劫持事件,开展抚慰和救护工作。关于外星人的工作还有很多要开展,可没有钱能行吗,根本不行,依靠工资卡上那点钱能行吗,根本不行。小短也曾打过报告,向组织申请经费,但都石沉大海,没有音讯。现在,组织上不再给打钱了,不会是因为发现他有小金库了吧?坏了!模拟接待的那只猫!埃尔维斯,不会是巡视组的吧?它悄悄地来了,视察了接待办的工作,摸清了底细,悄悄地走了,全部如实汇报了上级,看来上级对接待办的工作不甚满意。

不管怎么样吧,小短站在窗前长长地叹了口气,即使没有工资卡

外星人接待办

上每月的那几千元钱，接待办还是能维持下去，先继续干着吧，毕竟已骑虎难下，只有屠龙之技暂时也没别的本事，既然可以维持没有到穷途末路，就先走下去，一条道走到黑也行。说不定上级的财务部门到火星休假去了，工资晚几个月是正常的。小短只好这么想。

第三十二章　招　商

星巴克像往常一样安静祥和,空气里充满咖啡的香气,那种香气让人萎靡不振又精神抖擞,像是抚摸了一个困顿的人,又猛地抽了他一巴掌,安逸又提神。三三两两的顾客顾自交谈,服务员偶尔穿梭,阳光任性地通过茶色玻璃洒进来,在桌面上和地面上翻滚。

丁小刚坐在对面,依然是西装革履的打扮。"虽然我们是联合国行星合作怎么办办公室,但也不是什么事情都知道怎么办呀,你这个事情吧,例钱没来就没来呗,你现在是大老板,也不差钱,对吧?"他喝了口猫屎咖啡,左腿搭在右腿上。

小短穿的是休闲衣服,他觉得应该和丁主任换一下,仿佛接待工作应该更正式一些,而合作工作应该充满活力。关于工资卡没来钱的事情他耿耿于怀,决定到怎么办来问问,想来两家都是联合国派驻机构,应该有共同之处。自从上次在接待中心落成典礼上见过一面后再没见过他,"你们以前也有过这种情况?好几个月没来?你是老哥,比我工作时间长,多指点指点啊,是不是组织上对我们工作不满意?"

"不满意个屁啊,"丁小刚笑道,"我们都没见过组织的面,我们还对组织不满意呢,对吧,从来也不关心关心我们,要不是有这个例钱,谁知道还有个组织?对吧。我们比不上你呀,可以说是小本生意。"

"感觉像是黑户,名不正言不顺啊。"小短讪讪地说,他此刻不喜欢这黑咖啡,仿佛那香气带来的困意让他不适应。

"你们比我们这儿强多了,我现在还是光杆司令呢,你那都招了好几个人了,还开了分部了。对了,自从上次跟你学了一招,推出我们联合国行星合作怎么办的形象代言人车尔尼雪夫斯基之后,还真挺有效果的,一开始人家都以为是一家文学培训网站,一大堆小孩家长来报名,说是让辅导语文课,就我这小学肄业的水平还辅导啥语文啊,不能误人子弟啊,只好作罢。后来又有人以为我们是一家汽车维修公司,没文化真可怕,车尔尼雪夫斯基听了得多难过啊,他和车有什么关系。因为挂的是怎么办的牌子,这不前两天又有人以为我们是一家点子公司,上门来请求为他们的企业出点子,好提高销售业绩。"丁小刚苦笑着说。

"这个还算靠点谱呀,你还真可以做成个点子公司,开展咨询业务。"小短献计道。

"咨询业务?行吧,你知道找上门来的是什么公司呀,张记麻辣烫!"

"他们要开连锁店了吗?"小短问。

第三十二章 招 商

"是啊,这不是想扩大规模吗,找到我这儿来了,我能出个什么主意?请他把连锁店开到月球上去?"丁小刚眼珠子转着,没好气地说。

"我们找个地方喝酒去吧,总感觉这咖啡太淡了。"小短看看时间,提议道。

"行啊,正好我也有点饿了,要不去宇宙尽头餐馆?"丁小刚站起身,"你现在是大老板,你请客啊!"

"没问题,烤鸡翅!"小短喝光那杯咖啡。

宇宙尽头还是那么脏兮兮油乎乎的,可顾客还是那么多。如果宇宙尽头真是这个样子,油腻腻黏糊糊的,而不是想象的那样深邃遥远,不是那么幽黑神秘,不是那么空旷苍凉,不是那么大漠孤烟直野渡无人舟自横,倒还真有点生活气息。两人找了个角落坐下,点了烤鸡翅和啤酒,还有大头菜。

"啧,如果和外星人关系熟络起来,就应该拉到这样的小饭馆来让外星兄弟体验一下真实的地球生活。"丁小刚一仰脖子喝掉一杯啤酒,咂着滋味说。

小短也喝了酒,抬起头来看看四周,都是普普通通平凡的人们,两个小公司职员,刚加完班疲惫的模样;三个学生,坐在墙边窃窃私语;一个外来打工仔,独自一人在那儿喝闷酒;还有一对情侣,有说有笑,那男的正狼吞虎咽吃着鸡翅。没有一个像是外星人,他们都是普通人来体验生活的。

"说正经的,"丁小刚夹起一个烤鸡翅,"你那个接待中心搞得不错,对啊,今天吃饭你应该请我到你们那个高大上的外星人餐厅啊,听说搞得有模有样的,还有机器人送餐呢,对吧?"

"都是噱头,都是噱头。"小短笑道。

"噱头也行,就得打着外星人的招牌,来赚地球人的钱。"丁小刚啃下一块鸡肉,吃得津津有味,"不过你那店里的烤鸡翅还真不一定有这家好吃,这老板肯定放什么秘密材料了,真是有滋味。还说你那中心啊,生意这么好,肯定会扩大再生产吧,什么时候缺人?哥们儿我可以去做个兼职啊,帮你开拓开拓市场什么的。"

"那太好了!"小短击掌道,"虽然说目前状况还不错,但以后呢,保不齐就没人来了,市场开拓很必要啊。不过我们可请不动你这尊大神,要是开拓宇宙的市场还可以,你能帮着去火星打个广告吗?"

"没问题,别说是火星,就是冥王星也行啊。反正你也不知道那些外星人收到没有。不过你说的话对,我们应该联合在一起,抱团发展,毕竟我们都是联合国外派机构呀,最亲的兄弟了,再不组合在一起优势互补,也说不过去啊。最近我正在和一家叫作咋整委员会的机构在接洽,他们虽没有联合国的牌子,可你听这名字,咋整委员会,和我们怎么办是不是有点相像,我得争取把这个委员会也推广到太空去。"

第三十二章 招 商

"还真有这么个委员会吗,有意思,这可咋整,不过你这么一说,我们要联合的朋友还不少呢,比如搭讪协会。"

"对对对,你那里有个叫葛什么的姑娘来,葛晓璐?对吧,上次说给我留电话呢,也没留,这姑娘怎么样,你觉得?"丁小刚眯着眼睛说。

"那肯定是挺好,我们的员工有差的吗?不过我最近老有一种担心啊,担心组织上不要我们了,虽然说现在我那边搞了个接待中心,看上去还可以,但如果组织抛弃了我们,相当于釜底抽薪啊,我们成了无根之木无源之水,真让人担忧啊。"小短看着吃光了烤鸡翅的空盘子,忧心忡忡地说。

"你呀,就是太把这什么组织当回事,其实没什么,就拿我这怎么办来说,目前最重要的可不是什么组织不组织的,关键是想个法子弄点款子,开源节流,为有源头活水来,自给自足吃饱了不饿了,还什么组织不组织的。"

"说的是,改革开放,搞活经济,来,走一个。"小短"嗞"的一下把酒喝了下去。

两人喝了10瓶啤酒,丁小刚渐渐有些蔫了,小短觉得不宜再喝下去,就埋单撤退。他把丁小刚送上出租车,然后歪歪斜斜地往回走。路过菠萝柚子大街公共厕所的时候,小短不自觉地走了进去。自从8号院的接待中心开业以来,小短已经很久没和车大爷讨教过了。

"开源节流,重在开源。"车大爷吐了口茶叶末子说。

小短连喝了两碗茶,仿佛才刚刚解了下渴,"大爷啊,你这茶叶不怎么样啊,最近怎么不讲究了?我给你拿两包好茶来。"

车大爷也不说话。小短就连跑带颠的回到31号院,从橱子里拿出两盒君山银针,再连跑带颠地回来厕所,帮着车大爷把茶叶换上。重新沏好后,再坐下来品一口,小短啧啧地说,"哎,这才是个味呀。"

车大爷乐道,"你小子啊,嘴还刁了。"

"生活这么不容易,对自己好一点很有必要。"小短一板一眼地说,接着又问,"您老说说,这开源怎么开?"

"招商啊,这还能怎么开,又不是开厕所,我也不是内行。"车大爷抿了一口君山银针,砸着滋味。

"得嘞,招商,就这个法子啦!广开商路,开源不节流,搞活经济。"

"小短呀,做人呢,最重要的是开心。做事情呢,七分靠关系,三分靠打拼。"车大爷又补充了一句。

"七分靠关系。"小短喃喃重复道,点点头,隐隐觉得车大爷指的是要他和那位帝都大员维持好关系。

三盏茶过后,小短央求车大爷再讲讲关于文明碎片的事情。

"到底什么是文明碎片啊?"

第三十二章 招 商

"文明碎片？人就是文明碎片啊。"车大爷闭目养神，莫测高深地说了一句，就不再睁眼。小短独自想了一会儿，想不出个所以然来，人怎么成了文明的碎片了？是说这个世界越来越碎片化？还是说这世界这宇宙本来就是一个拼图？小短带着酒意，越想越不明白，就越觉得车大爷立意深远，不由得倍加敬佩。看他坐在椅子上好像睡着了。小短也就悄悄起身，回 31 号院休息去了。

第三十三章　推介会

在例会上，小短将招商的事情拿出来讨论。

"既然是招商，我觉得就应该在商言商，天马行空。自从到接待办实习以来，虽然仍然认为只有地球才适合产生文明和生命，人类也是这宇宙中唯一的智慧生物，但从其他角度看，外星人还是有很多价值。"张力首先发言。

小短点头称是，示意小张继续说下去。

"从经济学角度看，外星有很多资源可以开发利用，甚至外星人这个概念也有很多附加值在里面。所以如果招商，有很多事情可以做。"

"比如呢？"葛晓璐也有了兴趣，饶有兴味地看着张力。

"从资源上来讲，天上的星星就是我们的资源，虽然目前来说还是看不见摸不着的，但可以当作一种期货来利用，我们可以拍卖太空中星星的冠名权，即使在天文学家那里，各个星星都已经有了编号，但大众不知道啊，如果把小熊星座的某一颗星冠名为葛晓璐星，是不是会有很多人感兴趣？我们可以出一个明星录，把冠名的星星都标

第三十三章 推介会

在图上,结集出版或者发表在官方网站上。当然,冠名是要钱的。"

"哈哈,要是给我冠名的话我当然愿意啊,不过我可没钱。"葛晓璐笑着说。

小短也觉得这主意不错,"冠名权在我们这里,当然有几个内部名额啊。张力,你再继续说。"

"冠名权是一个,我们还可以直接拍卖星星,比如我们把一个猎户座的星星拍卖给某个富豪,我相信会有富豪出钱的,虽然现在登不上去,说不定不久的将来可以啊,科技进步这么快,说不定三五十年就可以星际旅行了。而且他买了之后就获得了这颗行星的资产,可以留给后代。"

"说得有道理,"小短点点头,又笑问,"你听说过《外层空间条约》吗?"

张力疑惑地摇摇头,葛晓璐也皱起眉来。

"《外层空间条约》,Outer Space Treaty,全称为《关于各国探索和利用包括月球和其他天体的外层空间活动所应遵守原则的条约》,是1966年12月联合国大会通过的一项条约,开放签署,无限期有效。就是说只要你的国家签署了这项条约,就必须遵守那些规则。这个条约号称'空间宪法',规定了10项基本原则。"

"哪10项?"张力问。

"包括共同利益原则、自由探索原则、不得据为己有原则、限制军事化原则、救援航天员、国家责任、对空间物体的管辖权和控制权、外空物体登记、保护空间环境、国际合作原则等。"

"不愧是老大,理论功底就是深厚。"葛晓璐竖起大拇指说。

"那中国是缔约国吗?"张力又问。

"当然,1983年加入了。"小短说,"所以将星星卖给个人恐怕是不妥当的。"

"不卖可以租呀,反正现在我们的土地都是国家的,我们自己的房子也只有70年产权而已。"张力辩道。

"是,还是有操作空间的。这事得好好讨论后再定。你还有其他主意吗?"

"除了资源,外星人这个概念也可以好好加以利用。比如我们可以拍卖外星人午餐,巴菲特可以拍卖午餐,我们为什么不可以?"

"上哪儿去找外星人啊。"葛晓璐焦虑地问道,"对啊,你不是说,没有外星人吗?"

张力狡黠地笑笑,"真正的外星人没有,概念上的还是有。可以做个假的,模拟的,就是为了个噱头。"

"那不是骗人吗?"葛晓璐忿忿道。

"在商言商嘛,无商不奸呀。"

小短泡好茶品一口,走到窗前,不再听他们俩争辩。总体上看,

第三十三章 推介会

张力的主意不错,有不少和小短的想法不谋而合,但怎么实施是个问题。可世上之事有难易乎?为之,则难者亦易矣;不为,则易者亦难矣。起码应该先试试看,况且张力年轻有冲劲,说不定会有意想不到的收获,既做成了生意,又锻炼了队伍,即便不能两全其美,做成一塌糊涂,也应该利大于弊。从事外星工作,应该具有风险意识和冒险精神,毕竟探索永无止境,接待外星人的筹备工作也不会休止。

葛晓璐和张力连夜做了一个推介会方案,按照小短的意思,推介会不宜搞得太大太张扬,小规模,重实效,小处着手,大处着眼。推介会地点选在了张记麻辣烫馆,自从张老板承办过一次搭讪研讨会,后来又陆续和怎么办有了些合作,商业思路不断进化,欣然同意承办此次外星人接待办的全球招商推介会,并安排在总部进行。现在的张记麻辣烫已经有了5家分店,总部仍然在新世纪大厦后面,进行了扩展,把隔壁的泰山火烧店盘了下来,中间打通,店里看上去宽敞气派不少。

为了举办此次招商推介会,张记麻辣烫专门停业一天,整个店面全作为招商会场,并推出了外星人招商会套餐,一份加两个荷包蛋的麻辣烫,才18块钱,很是物美价廉。葛晓璐和张力前一天晚上就去布置会场了,打了"外星人接待办全球招商推介会"的大横幅,吹了几个气球绑在四周,看上去很隆重。张老板做了个小的横幅,"张记麻辣烫倾情赞助",挂在大横幅的旁边。葛晓璐虽有些不悦,也没法开口让张老板取下来,毕竟拉个赞助商不容易。

　　第二天是个好天气,日历牌上写着"宜出行,宜招商,忌胡诌八扯"。小短觉得宜招商和忌胡诌八扯有点矛盾,但也管不了那许多,穿戴整齐,戴上热情洋溢微笑的面具,开始招商推介。如果胡雪在的话,这场招商推介会可能更畅快些。小短看着大横幅想。可能由于横幅的原因,已经有三三两两的顾客走进店里。一个戴眼镜的小伙子问,"老张,今天怎么不卖麻辣烫了?"老张搓着手说,"暂停一天,暂停一天,这不得先考虑宇宙的事吗?全球招商,明天继续营业。""挺气派哦,还宇宙招商,是不是过不了多久,我们就能吃上火星麻辣烫了?"小伙子是南方人,到底是气派还是奇葩,让人听不清楚。"要得,要得,火星麻辣烫,天王星烤串!"

　　招商推介会实际上成了一个拍卖会,请广告公司做了很多展板,按照葛晓璐和张力的策划,主要拍卖行星冠名权,半人马座土地,和外星人共进午餐以及合影留念的机会,等等。为了办好推介会,事前也在网站等进行了信息发布,并且和行星合作怎么办联合举办,丁小刚那边也会带来一些客户,预计会有不错的效果。

　　"行星冠名权?我想搞个恒星的行吗?"一个戴金戒指金项链的粗大男人问。

第三十三章 推介会

葛晓璐面带笑容,从容地说,"这位先生您好,恒星冠名权目前暂时还没有开放,我们是联合国的机构,也还没得到授权,只有行星、小行星这类的星体才可以冠名。不过如果您非常钟意哪颗恒星,我们可以做个备案,等一得到授权我们可以马上联系您。"她今天穿了一身职业套裙,有点像售楼小姐。

"哦,没授权那算了,给我备一下案,恒星的冠名权开放了,把太阳的留给我,有必要的话我可以先付一部分定金,不差钱。"金项链大大咧咧地说。

葛晓璐考虑了一会儿,"暂时还不接受定金,不过您的个人信息我们可以先登记,请您把联系方式留在这纸上。"

金项链歪歪脖子,拿过笔,在纸上写下他的名字"苟盛"和联系方式。他又转向另一个展板,"和外星人在一起能吃啥?狗不理包子?"

张力负责这块业务,马上接过来,"这位先生您好,我们这次拍卖的是和外星人共进午餐的机会,总共有50个贵宾午餐券,如果全部卖出,我们将邀请一位神秘嘉宾参加午宴,贵宾们可以和神秘嘉宾边吃边聊,畅谈人生事业,还可以合影留念。"

金项链眯着眼睛笑道,"神秘嘉宾?哪个星球的?"

"这个目前还不方便透露,到时会给贵宾们一个惊喜。"

"在哪里吃?"

"就在菠萝柚子大街8号院外星人接待中心啊,那里您去过吧?"

"去过一次,好像有机器人服务生。算啦,我估计你们请不来外星人,忽悠人,这个不能上你们当。"

张力想辩解一下,可没搜索到什么好词,只好讪讪地笑笑。

小短在会场来回走动,注意观察宾客们的反应,看到一个斯文的年轻人在拍卖半人马座土地的展板前站了许久,便走上前去,"这位先生您好,您对半人马座有兴趣吗?"

那人抬眼看了看左小短,继续考虑着,"半人马座的所有土地都拍卖吗?"

"也不是,我们还没有得到全部的授权。"小短谨慎地答道。岂止是全部的授权,根本就没有授权这回事,说是拍卖,简直有点欺诈了,仅是一场秀罢了,小短觉得不妥,可能有被投诉的危险,决定会后抓紧时间写个邮件给上级汇报一下。

"那拍卖阿尔法星的,还是贝塔星的?"斯文青年继续问道。

"是阿尔法星的。"小短答道,并暗想这次碰到行家了,看不出这个青年还懂点星座。

"那很好",斯文人说道,"阿尔法星好,它是距离太阳系最近的恒星,离我们只有4.3光年,天文学家一直猜测它是最有可能有智慧生命的恒星之一,如果真能买到那里的一块土地,我愿意投资。"他的视线离开展板上半人马座的图像,转向小短,并掏出一张名片递过来。

第三十三章 推介会

"自我介绍一下,我叫温周,来自温州,是一名商人,目前主要的业务在索马里。"

"索马里?"小短惊道,"就是那个遍地海盗的索马里吗?"

"没错",温周笑笑,"不过没有那么恐怖,也不全是海盗,都是些穷人,可他们也要生存啊,实在没有办法了才到海上去抢劫几条船。如果有正经的生意,有稳定的收入,生活富足,谁还去打家劫舍呢?"

"那倒是。"斯文人的话让小短点头称是。"那索马里会有什么生意?"小短差点说出"你不会是去倒卖他们的赃物吧?"不过温州人素来会做生意,不管什么情况下都能找到商机,面前的这个斯文人虽年纪轻轻,看上去也是走南闯北,经过很多历练了。

"你有兴趣我倒可以说说,索马里虽然穷,但自然资源还不错,有很好的海域和气候,我刚到那里的时候觉得遍地都是财富,旅游资源,渔业资源,但是当地人不知道怎么开发,懒得很,只知道靠天吃饭。那里的扇贝你知道有多大吗?"温周用手比画了个大碗,"这么大的扇贝,在国内是很难见到的,那里多得很,而且当地人不吃这个,我就组织他们采集,用很好的价格收购,再卖到国内来。我现在和那里的酋长关系很好,他给我提供保镖。那里很缺水,我出钱打了口井,所以那里的人对我还不错。"

"做生意呢,就要看得远,能闯荡。"温州青年简短地总结了一句,又继续说,"我要投资阿尔法星也是这个目的。你们这个推介会搞得不错,我是希望能买到一块阿尔法星的土地,在遥远的将来让后代有栖身之所。"

小短击掌道:"温老板真是远见卓识,高人一筹啊!"

推介会办得热热闹闹,但最后也没有成交几笔,还不如张老板卖麻辣烫得来的钱多。有些人有意向,但很少人能拿出真金白银来。就是那个说起来头头是道的温州老板,以他的精明,也是不能轻易就签约汇款的。虽然成效不明显,但好歹有了起色,成功地推介了外星业务,事业有所拓展。

第三十四章　风　投

"昨天下午来了一个土豪。"小短刚一进门,葛晓璐就喜滋滋地向他报告。推介会过后,还有三三两两来联系生意的,但大都没有什么实际内容,真正的土豪金主也不多,所以听到葛晓璐的话,小短倒没多少兴奋,觉得只是另一个骗子罢了。

葛晓璐仍眉飞色舞地说,"他一进门就自我介绍说我是一个土豪,着实吓了我一跳。我看他梳着飞机头,穿着牛仔裤和夹克衫,脖子上有个金链子,还露出一个文身,嘴边留了一圈小胡子,手上戴着大戒指,四个手指上也文了字母,拿着一个土豪金的大手机,乍一看还以为是个朋克呢,没想到一出口就是土豪。他递给我一个名片,说他很有钱,开了一个风险投资公司,是一个叫温周的商人把外星人接待办介绍给他的,他对开发外太空很有兴趣,想进一步洽谈。他的投资公司名字很有意思,叫二百五风投。"

小短拿着葛晓璐递过来的名片看了下,果然写着"二百五风险投资公司",董事会主席袁守(字土豪,号风语者)。"唉,"小短叹口气,忽然想起了那首柱凝眉,又笑吟道,"一个是人间奇葩,一个是自顾不暇。若说没奇缘,今生偏又遇着他;若说有奇缘,如何心事终虚化?一个枉自嗟呀,一个空劳牵挂。一个是水中月,一个是镜中花。"

"哎呀老大,你今天真是兽性大发啊,噢不,诗兴大发。"葛晓璐赞道,又忙不迭改口,脸不自觉红了。

小短没理会她,继续说道,"唉,我觉得到外星人接待办以来,别的没有什么收获,就是见到了隐藏在这个星球各个角落的奇葩人物。就说这个土豪吧,有这么高调的土豪吗?二百五的公司名字看起来已经相当克制了。还自号风语者,真是混搭得可以。他有什么要求吗?"

"他一直要见您,我说您不在,他就留了电话,看能不能约个时间好好谈谈,他这么说,"葛晓璐模仿土豪的口气,"我是做 VC 的,我还以为是 VC 银翘片呢,后来一查才知道是风险投资的简称。我是做 VC 的,但也不天使,也不乱投,我的投资理念是为自己而投,为未来而投。我可以动用的资金很大,希望你们好好考虑一下我的建议。"葛晓璐学着风语者摸了一下胡子。

"那就约个时间谈一谈吧,毕竟是财主,有钱就是任性,我们配合一下。你把行星合作怎么办也叫上,我感觉那个土豪的气场太强,怕我们一个部门应付不了他。"

"行,您看什么时间合适,就约在我们这里?"

"越快越好吧,问一下丁小刚那边的时间再定。约在哪里?8 号

第三十四章 风 投

院那边？算了，还是不去那边了，那边生意忙得很，不去瞎掺和了。你问问麻辣烫张老板吧，我记得他那里有不错的会议室来？现在不都是讲维度作战吗，我们不能和土豪在他那个维度上去谈判，得把他拉到我们的维度上来。"

"好的。"葛晓璐记好了，就去打电话联络。

麻辣烫张老板听说要在他那里举行一个风险投资级别的谈判，很是重视，找人好好收拾了一下会议室，还摆了桌牌和水果。丁小刚对这个二百五公司也很感兴趣，早早地就来到张记，因为没吃午饭，就在店里吃了碗麻辣烫。"给我加个蛋啊。"他对张老板说。"没问题，您是贵宾，要加就加俩。"张老板也毫不含糊。

袁土豪的飞机头油光锃亮，大头皮鞋也是油光锃亮，甚至那夹克衫和牛仔裤也都油光锃亮的。虽然葛晓璐描述过他的朋克做派，左小短他们还是吃了一惊。张老板还以为是来了个餐饮界同行呢，怎么也看不出是个风投家。

土豪把他的鳄鱼皮包往桌上一放，大大咧咧地坐下，"各位请坐，可能各位看我不像是个搞风险投资的，不过我确实是如假包换，这是我的名片，请收下。我有一个家族企业，规模比较大，不过我现在对怎么去赚钱已经没什么兴趣，企业也交给管家去打理，我主要做一些投资，有风险也好，没风险也罢，就图自己个儿高兴。"

丁小刚伸出大拇指,"看得出袁总非常有实力,有诚意,我是行星合作怎么办的丁小刚,期望能促成此次合作。"

小短也和土豪握了手,并作了自我介绍。他觉得虽然袁守整个画面是土豪风和朋克气派,但那双手还是很修长细腻,像艺术家的手。

"很好,"袁土豪喝了口葛晓璐递上来的茶,"葛小姐服务真周到,谢谢！合作办,怎么办,强强联合,很 GOOD。你们选的这个地方也好,麻辣烫,我还从没在麻辣烫谈过大生意,接地气,有人情味。经常有人笑话我和公司的名字,字土豪,号风语者,二百五风险投资公司,说实话我不怕笑话,土豪就是土豪,对吧,应该可以放心大胆的说出来,做人吗,就要洒脱,潇洒,对吧？有些人像土豪,但不是真土豪,那是装的；有些人呢,是真土豪,但非要装得不像是土豪,附庸风雅,我也看不惯。就说我这个二百五风投,你以为二百五就是傻子吗？那可 BIG wrong TE wrong 了,有的是大智若愚,有的是大愚若智。所以,看事情不要只看表面,要往深处看。就像看世界不要只看眼下,要往天上看。我是很看好外星人的业务的,我准备投资一个亿搞一搞。"

"一个亿？"丁小刚和葛晓璐都惊道,麻辣烫张老板坐在旁边列席,也两眼放光。左小短却在怀疑这一个亿的真实性。

第三十四章 风　投

"没错。还只是第一轮,如果做得好呢,我还要再往里投。"

"那您都需要什么回报呢?"小短谨慎地问道。

"回报?"土豪停下来认真地想了想,"说实话我对现在的生活是厌倦的,你别看我那么有钱,但并不快乐。你说这世界上还有什么让人开心和兴奋的事儿?"

葛晓璐在心里默答,有很多啊,比如去外地旅行,去滑雪,见到一个有趣的来访者,吃一顿美味比萨饼,好好玩上一个通宵,哎呀,开心和兴奋的事情太多了,他怎么说没有呢。不过她还是崇拜地看着那土豪,他可是随随便便就能拿出一个亿啊。

"没有,一切都显得陈旧而让人厌倦。我真是对这世界有些失望了。不过还好,我相信宇宙中不只有地球有生命,肯定有外星人存在,或许就在某个小行星上用望远镜窥视着我们呢,包括我们今天这谈判,都有可能直播在某个外星国家的网络上呢。宇宙那么广阔,寻找外星人那是科学家的事,我们要干的事情也很多啊,我要开一个外星旅游公司,地球上的风景我都看过,任何地方我都去过,我要到太空去走走看看,还要组织那些想去的人都去。"

"这个主意不错,"丁小刚附和道,"太空旅游,神秘刺激,肯定很多人想去,也会有很多人有财力去,我们可以租借嫦娥十号,先到月球,或者和美国那边联系一下,可以到火星。如果有足够的实力,我想我们可以自己研发太空飞船,想去哪儿就去哪儿。"

"就是这个意思。"土豪点点头,"太空旅游只是第一步,我还想干很多事呢,你看看,一想到这些事儿我就来劲,可苦于找不到一起来干事的人,还好找到了你们。除了旅游,我还要办一个太空房地产公司,不管是月球,还是火星,还是木卫二,人类终将会迁移到太空,你看看地球都成什么样了?我们要先行一步,先圈地,盖房子,卖房子。如何在月球上盖房子,我前年已经给了一个大学教授的团队一笔经费去研究,不过现在还没拿出个可行的方案来,不过技术问题总会被解决的。"

"可能会存在一定的政策障碍。"小短无意给土豪泼冷水,但还有提醒的必要。

"政策都是人定的政策,只要是人定的,就没有什么障碍。小伙子这话你得听我的,我比你经验多啊。我们在月球上盖好了房子,政府总不能去拆了吧。要么是默许,要么是回购,反正我们不会吃亏的。如果房子都卖出去了,那政府就更没办法了。"

那不是耍赖皮吗,葛晓璐心中暗道,却没表现出来,而是殷勤的又给土豪添满茶水。

"除了旅游公司,房地产公司,我还要办一个资源公司。"袁土豪喝口水润润嗓子,继续演说,"名字我都想好了,叫星际资源公司,或

第三十四章 风　投

者太空资源公司。"

"感觉不够大气,不如叫星际资源总公司。"丁小刚提议道,不过总公司这名字也跟不上二百五风投公司这个格调。

"也行,"袁土豪点点头,"名字叫得大点好。我想那月球啊,火星啊,虽然现在看没有人,可有资源啊,有矿产吧,有稀有金属吧,这些东西放在那里不浪费吗,我们这个公司就进行开发,当月球上挖掘采集,然后运输船送回来,在地球上卖,反正地球已经是个垃圾场了,也不缺这点污染。我料想这地球最后就是个大的垃圾场,被人类遗弃而已。不过我们是看不到这结局了。"

袁土豪对地球结局的深刻认识让小短有些折服,他补充说,"把太空矿产运回地球没有什么政策障碍。"

"做事情呢不要管什么政策啊障碍啊,你要放开手脚才行。"袁土豪说,"除了月球上的,火星上的,还有哪些小行星的,科学家探测到哪里,我们的挖掘机就开到哪里。"

麻辣烫张老板有些坐不住了,在他听来这真是一个宏伟到无以复加的商业计划,他有些激动,"挖掘机开到哪里,我们的麻辣烫就卖到哪里。"

"哈哈,对对,"袁土豪并不反对卖麻辣烫,"餐饮业也得跟上,只要有人在活动,就得吃喝拉撒。除了旅游,房地产,矿产开发之外,我还准备在太空办加工厂,不是说月球上重力低吗,加工成本低,品质高,那就把加工厂搬到月球上去,加工好了再拉回地球来卖。除了加工厂,还有养殖场,还有农场。哎呀,要做的事情太多了。"土豪摸了摸飞机头,表现出对繁花似锦的未来那种老虎吃天无从下口的担忧。

"高!"张老板竖起大拇指夸赞。

丁小刚也赞道,"袁总真的是大思路,大格局,大气派,真是听君一席胜读十年书啊,如果这件件桩桩都做成了,该是多么雄伟的一番事业。"

"是啊,"小短说,"袁总不是从产业,而是从产业链的角度去看问题,有深度有高度,对我们的外星人接待工作也很有启发。"

听了这么些恭维话,袁土豪更加得意,"光启发不行啊,我们得一起干呀,不然我投资一个亿给谁?"

"那是当然,"丁小刚抢着答道,"我们行星合作怎么办一定不遗余力地促成此事,为袁总的伟大事业贡献力量。"

"我们张记麻辣烫也是。"张老板赶紧表态。

袁土豪转向小短,"不过最后我还有个不情之请。请左主任周全。俗话说,人终有一死。瓜熟蒂落嘛,这都能想得开。我想等我死了,我不希望埋在地球的某块地下,我要选一个太空墓地,我觉得你们拍卖的那个半人马座就不错,希望能在半人马座阿尔法星上给我留一块小地方,以后我就要葬在那里,那时候在南方,抬头看星空,最

第三十四章 风 投

亮的那个星星就是半人马座,我就在那个星星上。"

"这个没问题。"小短答应道,"最近有一门新的学问,叫太空风水学,就是把古时候和现在继承发展的风水学知识用在太空里,看哪一颗星,某颗星上的哪个部分,最能带来好运,能汇集宇宙中的灵气,能在环境和人的协调发展中占得天时地利的先机。入土为安是件大事,我们一定请最好的专家,选最好的地块。"

丁小刚和葛晓璐都疑惑地望着左小短,纳闷有这么一门太空风水学的学问吗,怎么没听说过啊,是不是左主任在胡诌呀。而土豪却很赞同小短,"好,我觉得这个风水学好,大气,站在宇宙层面,可信。那选墓地的事情就拜托你了。"

第三十五章　神经理

风投谈判第二天,袁土豪就差人送来了合同,只待双方一签字盖章,合同生效,风险投资就可以注入了。丁小刚对这个事情看得很重,第二天一大早也来到31号院,要和小短好好研讨一下风投和经营的问题。行星合作办与外星人接待办本来就是休戚与共的兄弟关系,毕竟他们面对着共同的事业,着眼的是整个宇宙,况且在小短上任之初,丁小刚还给予过无微不至的关怀,所以此次风投小短也有意向让行星合作办来承担更多。

"虽然袁总讲得头头是道,前程似锦,但要实施起来还得一步一步来,很多事情还需要从无到有,从0到1,逐渐积攒人气,改变人们的意识,公司业务的开展并不容易。"丁小刚不无忧虑地说,他回去后好好考虑了一夜,很多创业的细节就显现出来。

"是啊,投资者考虑的只是钱方面的问题,具体的经营我们还是要把握好,保持我们的掌控力。不过你看这合同,已经提出来投资方要委派一名经理人到公司来,看起来是要施加投资人的影响了。"小短说。

第三十五章 神经理

"只是一名经理人而已,也不能他一人说了算,肯定要成立董事会,公司还得按照我们的思路来才好。"丁小刚倒是不担心投资人的卧底。

"丁哥",小短细想了想,加重语气道,"我是这么考虑的,从才干和能力方面看呢,你都比我强太多,这次风投的注资虽说是由我们接待办联系来的,但我觉得和合作办的定位更契合,我这边注册的公司已经在8号院那边了,这次注资正好注到你那边的公司去,公司董事也由你来担任,小弟我配合做点工作就行了。"

丁小刚感激地望着小短,"兄弟,听了你这句话,我是打心眼里佩服你啊。才干能力呢,肯定是你比我强,不过说实话,我这行星合作怎么办,一直还处在怎么办的阶段,没有开展什么合作呢,看到你接待办发展得这么好,我也是羡慕,想大干一场。这次风投来得很是时候,我本来想着在你这边打打下手,分一杯羹,没想到你这么深明大义,慷慨大方,我觉得袁总不是土豪,你才是真土豪哪。好兄弟,啥也不说了,中午请你喝酒!"

合同谈妥之后,第一笔资金很快到位了,一切都由丁小刚来操办,小短就隔三岔五地去看看。丁小刚在新世界大厦租了个大办公室,海景房,视野辽阔。全是大的落地窗,正面朝大海,春暖花开。眼前的逸仙湾看上去那么温柔,像一个柔情脉脉看着你的姑娘,海风一起,她露出光滑的皮肤缓缓展开,露出迷人的笑容。在这里办公,心情肯定很好吧。办公室很大很气派,不过还没有什么人。丁小刚由于业务少的原因,也没有招聘正式的职工,于是小短就先让张力来帮帮忙。张力的实习期到了,还没找到别的工作,在接待办这段时间干得不错,推介会也出了不少点子,能力还是有的,也正适合跟着丁小刚大展宏图。

小短欣赏着逸仙湾的美景,问道,"那个经理人什么时候到?"

丁小刚抬腕看表,"应该差不多了,约的是9点钟,还差2分钟呢。"

说话间,敲门声响起,张力开了门,进来的是那个在推介会上的斯文青年温周。他戴了副眼睛,头发梳得整整齐齐,脸上也干干净净,西服笔挺,皮鞋锃亮,公文包拿在手里,显得更斯文了。

小短迎上去,"哎呀,没想到是温先生啊,真是有缘!"

温周笑笑,和丁小刚、张力都打过招呼,"左主任记性好,见过一面还记得我的姓氏。"

"那当然,你上次给我的名片还在这里呢。"

温周摆摆手,递上一个新的名片,"换啦,这次袁总和我商量半天,非让我来协助公司运营,我也推辞不过,只好先试试。我跟袁总一提这个项目的时候,他和我的感觉一样,都认为是大有可为的领

第三十五章 神经理

域,所以他作为一个老投资人,发扬他一贯的风格,大手笔,快推进。而我呢,说实在的没什么能力,虽然干过很多工作,也在索马里折腾了一阵子,没什么大的成就,可是还有点抱负。这次袁总派我来,说好要展开一个大画面,并说作为一个职业经理人,应该有一个响亮的名字,我就把名片换啦。"

"神经理?"丁小刚瞥了一眼名片,念道。

"是啊,神其实是我的绰号,还是小学同学给我取的,我智商发育比较早,尤其是小学的时候,什么算术题啊张口就能给答案,语文课文呀倒背如流,关键是还不学习,天天逃课玩游戏,同学都说这家伙真神啊,就开始叫我神同学,当然,考试的时候我也是答案源,方圆5米内的同学都能照顾到。"回忆往事,温周嘴角还露出得意的笑容,"后来这个绰号就叫了下来,一直到中学,大学都有人叫,但后来有点走样,因为我姓温,有几个家伙开始叫我温神,很是无奈。"

温周摊摊手,继续说,"在索马里的时候,当地土人对我是很崇拜的,我为他们解决了吃饭问题啊,我打了一口井,给他们提供工作,甚至还从中协调,把一直打仗的两个部落说和了,局部战争也没有了,几个海盗的头目也和我成了朋友,那些土人可真是把我奉若神明了。我喜欢开拓新的领域,发起新的挑战,我认为那是最有趣的,解决前所未有的问题。这次到公司来呢,就用回了老绰号,温经理不够响亮,神经理才很别致,比较符合我们星天外旅游公司的风格。"

"星天外旅游公司,这个名字好,我原先还想着叫太空旅游公司,或者星际旅游公司呢,都有些俗套。"丁小刚赞道。

"七八个星天外,两三点雨山前。星天外旅游公司,不错。"小短也附和道,并说,"温总,顺便说一下,本次合作呢,主要是由行星合作怎么办开展,丁小刚主任是我方代表,全面负责相关事务。"

"了解。"神经理点点头,但好像对谁是全权代表并不关心。"我们坐下谈吧,要干的事情还很多,要注册新公司,招聘新员工,制定新规划,实施新战略,还要互联网+,千头万绪,还需要我们的精诚合作,齐心协力啊。"

丁小刚点头称是,打开笔记本电脑,连上投影仪,"那我们开启工作模式吧,神总,关于公司发展,我有一些想法,整理了一个PPT,抛砖引玉,先供大家讨论一下?"

"丁总先行一步,令人钦佩,那我们开始吧。"

丁小刚准备的策划案很翔实,方方面面考虑得比较周全,神经理比较满意,他拿出一支烟让给丁小刚和左小短,两人都笑着说不抽,他就自己点燃了。烟是那种细烟,看上去有点太儒雅。

"想想当年春晚上的宇宙牌香烟,广告做得真不错。"神经理没找到烟灰缸,就把烟灰弹到纸杯里。

"宇宙香烟,宇宙精神,打一枪换一个地方?"丁小刚回忆起马季

第三十五章 神经理

的那个小品。

神经理笑笑,吸一口烟,"丁总啊,我觉得策划案整体是很好的,有两个建议,首先呢,先找一批人来,干事情没有人不行,要有高素质的人,能干事的人,起码要有EMBA学历,开阔的视野很重要;然后呢,就是广告,没广告不行,大家不知道你星天外旅游公司是干啥的,广告就要来硬的,有效果的,看看能不能在今年的春晚上植入一个,还有,最近是不是有什么火箭或卫星发射?要那种带直播的,我们就把广告做到直播节目里。"

"那能行吗?火箭发射直播可从来没见过广告。"丁小刚说。

"可以谈嘛,凡事都要商量,不商量商量怎么知道不行?"

"好,这两件事我这就去安排,直播节目最好选嫦娥或神舟系列的吧?影响面大。另外,我们公司开业,要不要搞个仪式?"

温神摆摆手,"仪式就不搞了,我最讨厌这类假模假式的东西,没什么实质效果,对公司的宣传也是有限。除非CCTV能直播我们的开业仪式,那还有点搞头。"

神经理到位以后,星天外旅游公司的工作就有条不紊地开展起来,丁小刚本来要在公司运营中掌握主动,但无奈神经理的气场太强,他逐渐地变成了一个执行者的角色。张力忙前忙后,变成了总经理助理,不过他是挺佩服神经理的,认为他讲实效,有奇谋。公司新招了5个职业经理人，都是长江或者黄河商学院EMBA毕业的，一个个西装笔挺，金丝眼镜，派头十足。有一次喝了点酒，神经理笑着对丁小刚说，"我并不是看重这些EMBA们的能力和学历，为什么招来呢，我就是看着他们好玩，一个个跟猴子似的，哈哈。"神经理酒量不行，却喜欢喝几杯，三五杯啤酒下肚，看上去整个人就有点踩棉花了。丁小刚就经常在下班后拉着他去喝酒，或者酒吧，或者小饭馆，反正两个人都是快乐的单身汉。酒后丁小刚就能听到神经理各种各样神奇的经历，甚至还有几次死里逃生的惊险，当然也有几乎黄袍加身的荣耀，他赚过很多钱，经历过很多事。

"攻关，最重要的是攻关。"因为在火箭发射直播节目中插播广告的工作一直没有进展，神经理召开了推进会，"我觉得现在的广告部力量不够，我们要把国内或者国际最好的公关经理请来，看看问题出在哪里，是政策的因素？还是人的因素？找到问题，攻克问题，我们是一定要把广告做到火箭上去的。还有，试着联系一下那些有名的宇航员，国外的第一个人叫什么来？就是那个说我迈出了一小步，人类迈出了一大步的那个，对对，阿姆斯特朗，就他。哦，不，不是第一个宇航员，第一个是那个俄国人加加林，斯特朗是第一个登月的人，他还在世吗？在世的话请他来给我们说几句广告词就好了。什么？查到了？已经去世了，哦，真遗憾啊，真希望这些太空英雄们能够长命百岁。既然去世了，那也没问题，用用他的头像还是

第三十五章 神经理

可以的。"

公司请来了顶尖公关经理,果然打通了关节,成功地在一期卫星发射直播节目中插入了星天外旅游公司的广告,广告语是神经理自己写的,"星天外旅游,心的距离"。广告显然收到了震撼效果,甚至在纸媒上和网络上掀起了一番讨论的热潮,大家都在问在卫星上做广告合不合适?到太空旅游可不可行?科技的快速发展是拉近了还是扯远了人与人、心与心之间的距离?舆论不断发酵,谈论星天外旅游成了一个时尚话题。

公司的业务也有了进展,有土豪开始报名参加星际旅行。但是显然目前把人送到太空去转一圈还很困难,宇航员需要专业的训练和培养,那些土豪们可没有时间和精力来把自己改造成宇航员,但神经理有办法,他筹划建造一个太空模拟基地,人工做一个类似太空的环境,也失重,也缺氧,也是用太空舱把人送到那里。虽然没有亲自到太空,却能得到迈入太空的体验,这个项目也得到了追捧。只是模拟基地建造需要周期,但只要资金到位了,一切开展起来就很顺利,而且期间又有风投不断的跟进,资金已根本不是问题了。

星天外旅游公司逐渐驶入快车道,神经理就开始筹备太空探矿公司了。张记麻辣烫成了星天外旅游公司的战略性合作伙伴,承包了星天外旅游公司的餐饮服务，员工的午餐盒饭，会议餐等，生意越做越大。张老板更是在神经理的感染下，埋头研发出了适合在太空环境下进食的"麻辣不烫""麻不辣烫""不麻不辣烫""麻不辣不烫""微麻辣烫"等系列产品，产品一上市，就在地球上先打开了销路。

第三十六章　外星人展

杨扬还是一身职业套装,颈间扎一条粉色丝巾,干练中又显出妩媚。她拿着上个月的财务报表,向小短报告8号院运营的情况。总的来说,接待中心的各项工作有条不紊地开展,住宿部、餐饮部等都没出现大的问题,有一些上级部门来人吃了饭不给钱,白条已经积攒了一些,希望能通过领导协调讨一些回款。"接待中心进入稳定期,顾客们的新鲜感已经过去,业绩上出现了些许下滑,虽然我们也在不断地推出优惠活动、会员日活动、积分换现金等活动,但效果一般,下个月的业绩恐怕仍不理想。"杨扬最后有些忧虑地说。

小短看着杨扬认真的样子,想起了胡雪,通过几次电话,听上去她的状况应该还好,腹中胎儿也在逐渐长大。他很挂念她。"你们已经很努力了,杨总,不要灰心,白条这一块呢,你给我拉一个清单,我去和几个部门沟通一下,另外你把每餐的消费记录都保存一下,还有每次送出去的卡,老实人不能吃亏,我们虽然要做好吃亏的准备,但也要有随时反击的预案。业务方面呢,喜新厌旧嘛,人之常情,看看能不能再策划几个大一点的活动,有影响力的。"

正在埋头研习"银河系漫游指南"的葛晓璐插话道,"可以和星天外旅游联合呀,前段时间在卫星上做的广告多火呀,这叫借势。"

"晓璐的主意不错,我们回去好好想想。"杨扬表示赞同。

"你说真有外星人吗?"小短一本正经地问杨扬。

"这个,"虽然她在外星人接待中心工作,8号院也营造了一个接待外星人的氛围,但她还是相信眼见为实耳听为虚这句话,所以对外星人的存在与否一直存有疑问,"想来应该有吧,但是没有见过。"

"很久以前人们认为地球是宇宙的中心,但是后来哥白尼否定了这一点,他提出了日心说。实际上,地球作为天体运动没有任何特殊性,它只是一颗普普通通的行星,和其他行星一样绕太阳运动,它不是宇宙的中心,太阳也不是,银河系也不是,宇宙中没有任何一点是特殊的,所有的位置是平权的,平等的。"小短顿了顿,他的话题转换得有点快,葛晓璐和杨扬都伸直了头看着他,试图理解他的意思。

"就是说宇宙没有中心?"葛晓璐试探地接话。

"是啊,宇宙没有中心,根据这个宇宙学原理,地球在宇宙中并非独一无二,科学家们认为宇宙中应当存在许多类似地球的行星,所以,人类可能不是孤独的。"

"那就是存在外星人了?"杨扬似乎明白了他的意思。

"然而,"小短接着说道,"最近的一项研究,科学家通过计算机模拟,发现宇宙中已知的7万亿亿颗行星中不存在与地球近似的。"

第三十六章 外星人展

"7万亿亿,我的天,有那么多。"葛晓璐张大了嘴,"7万亿亿个里面都没有和地球一样的啊。"

"对,地球可能是宇宙中独一无二的星球。"

"那就是不存在外星人了?"杨扬似乎又不明白他在说什么。

"是啊,还有再一个'然而'吗?"葛晓璐也缓过神来,"科学家靠谱吗,7万亿亿也不是宇宙的全部吧?"

"你说得没错。"小短点头,又凝神思索了一会儿,说,"我们对宇宙的认识是没有止境的,没有与地球相类似的行星,也不代表别的星球上没有文明。人类在宇宙中是很孤独的,但另一方面,你们听过相似理论吗?世界上的事物千姿百态,但总能找到相似形,比如大地上的河流与人体内的血管,原子尺度的运动和行星尺度的运动,等等。"

"相似形?"葛晓璐想了想笑道,"我只听过平行四边形。"

"宇宙也有可能是平行四边形的。当然,相似形理论只是一个经验,我看不出有什么真正的理论支撑,但如果理论成真,那么这个宇宙中,必然存在一个地球的相似形。"

"啊,地球失散多年的兄弟。"葛晓璐又打岔道。"那,另一个地球,克隆的?那上面的也应该是地球人吧,和我们没什么两样。那你说另一个地球上是不是也有一个同样的葛晓璐?"

小短点头,"说不定还有一个同样的左小短,一个同样的外星人接待办呢。"

"你们是在说平行宇宙吗?"杨扬听了一会儿,总结道。

"平行四边形和平行宇宙。嗯,是这个意思。"葛晓璐回答。

"从心理角度讲,人类为什么要探索太空?为什么要花费大力气造出宇宙飞船,难道不是因为人们在宇宙中感觉太孤单了,渴望有那么一个相似形吗?"

葛晓璐已对左小短的理论感到厌倦,只想再回去看小说,撇嘴道,"反正我不孤单,不过,我也代表不了人类。"

"什么是营销?"小短又转换了话题。

"这……"一直做营销的杨扬竟一时答不上来,"营销就是找到客户吧。"

小短没有理会这个答案,继续说,"营销就是心理学,就是人性。所以要瞄准目标人群的需求,现在8号院需要顾客,我们要搞一个外星人展览,抓住人们的好奇心。"

"外星人展?"杨扬和葛晓璐都重复道。

"对,"小短眉宇间露出得色,"曾经有人问霍金,宇宙中什么最让他感动,你们猜霍金怎么说?"

"就是那个只能用眼睛说话的霍金吗?"葛晓璐问。小短点头。

"那我可想不出来,总不能说黑洞最让他感动吧,不过他是研究理论物理的,肯定喜欢黑洞。"葛晓璐说,而杨扬不知作何回答。

第三十六章 外星人展

"不是黑洞,他说,那种遥远的相似性最让人感动。"小短道。

"然后呢?"杨扬追问。

"然后就没有了。"小短摊手道,"所以我们要搞外星人展,就是要捕捉这种遥远的相似性,唤起人们的感动。"

"那去哪里弄到外星人?请嫦娥十号捞两个回来?"葛晓璐马上表示了忧虑。

"是啊,我们诚实经营,童叟无欺,如果办一个外星人展览而没有外星人,那不是欺诈顾客吗,那不是虚假宣传吗?"杨扬说。

"嗯,有道理,"小短垂下头,"我想简单了,本来我想搞一个外星人展,类似于皇帝的新衣展览,弄一个莫须有的外星人模型放在那里,只要没有童言无忌的小孩子说破,虚伪的人们是不会承认自己愚蠢的。但是现在是法制社会,欺诈性销售、虚假宣传这个大帽子不能戴。"

"哈,现在已经不是安徒生那个年代啦。"葛晓璐听了小短的想法,率先笑起来,"现在言论自由开放,而且总有一大批人乐于承认自己是蠢材,哈哈。"

"即使不承认吧,如果谁发到微信朋友圈,或者社交软件上,全社会都会评判的,社会上可到处都是童言无忌啊。"杨扬也说。

"对,我考虑不周,这样吧,不叫外星人展了,叫外星人概念展,这下行了吧,都是概念模型,总没有什么疑义吧。"

"那行,这个我们可以找设计公司来安排。"一到具体工作环节,杨扬就感到踏实了,明白怎么干了,重新露出自信的微笑。

"晓璐你点子多,帮杨扬做一下这个展览。"

"没问题。"葛晓璐拍胸脯道,"我脑子里就有好几个外星人呢。"

为了扩大影响,根据杨扬的建议,外星人展并没有安排在菠萝柚子大街8号院里,而是和一个车展凑到一块,在会展中心租了场地。一年两度的车展声势浩大,好几个月之前就开始做广告了,有多少多少新车发布,有多少多少知名车模站台,有多么大的优惠活动等,吊足了人们的胃口。整个车展占据了会展中心两层大厅的大部分,费尽一番周折杨扬才在展厅一角租到场地,车展的尽头便是外星人展。紧张的筹备工作在杨扬和葛晓璐的努力下有条不紊地进行,找设计公司制作模型、布展、宣传、门票的设计印制、8号院的优惠券等,忙得两个女人都内分泌失调了。

到了开展的日子,会展中心仿佛变成了一大块蜜糖,人们像蚂蚁一样成群结队前来,展会好像变成了一个欢乐场,热闹非凡。各式新车光鲜锃亮,各类车模妩媚动人,人们纷纷在车前和车模前拍照留念。展厅里放着震耳欲聋的劲爆音乐,还有汽车的马达声,孩子的哭闹声,销售人员的促销声,人声鼎沸。展厅一角的外星人展也着实

第三十六章 外星人展

沾了车展的光，人们逛到尽头，发现还有一个更好玩的外星人展，好奇心大发，不少人就买票进去看个究竟。杨扬还专门联系了多个COSPLAYER团队，这些年轻人本来就像从外星球来的，一听说要来扮演外星人，更是喜不自胜，各出奇招，装扮出了各种各样的奇异外星人。其中有一个女COSPLAYER，装扮成了一个插座，她认为那些插座就是外星人，尤其是三孔插座，那三个孔明明是外星人的眼睛和嘴巴，他们黑洞洞的眼睛和嘴巴挂在墙上，分明是在监视着人类的一举一动。那个"插座"外星人也引起了人们的浓厚兴趣。还有一个COSPLAYER，他认为空气就是外星人，外星人就是空气，他费尽心机，也不知道该怎么样装扮出空气来，最后扮演了一个透明的气球，贴了个标签"空气外星人"，引得人们莞尔一笑。当然，也有一个青年认为不用COSPLAY，自己本身就是从外星球来的，因此也没做什么修饰，就在自己的T恤衫上印上"我来自达达星球"，至于达达星球在哪里？他是怎么来的？他自己也说不清楚，露出"我就是外星人，你能拿我怎么办"的笑意。

外星人展厅布置的比较文雅，放着轻音乐，和外面车展的热闹形成了对比。照小短的意思，还是要向人们释放外星人是友好来客的信号，而不要把人们引入外星人是敌人的歧途。"真有外星人吗？外星人的确长成这个模样吗？"人们不断地问这个问题，并和外星人的模型合影。渐渐地，藏在车展一角的外星人展引起人们的兴趣，从车展走出来的人都对新进者说，"再往里走走，里面还有个外星人展，不错哦。"一些在大门口倒卖车展门票的票贩子也开始兜售起外星人展的门票来。到第二天的时候，就有很多人是直奔外星人展而来，看车展只是走过场而已了。

各类媒体记者也是齐聚车展，把车展的盛况发到报纸上、网络上、电视上，可每年的车展大同小异，还是那些套路，新车降降价，车模出出位，猥琐男再亮亮相，好像没有什么新闻点了，后来他们发现了角落里的外星人展，就像发现了猎物那样，兴奋地过来采访，于是关于外星人展的消息紧接着发布在车展之后，出现在媒体上，标题也各式各样，《外星人齐聚车展》《车展惊现外星人》《车展新命题：外星人开什么车？》《外星人展——见证奇迹的时刻》《今天，你外星人了吗？》《X车展遭遇Y星人》，这些报道吸引了更多的人来参观。当然，外星人展的最显著的位置上，摆的是8号院外星人接待中心的材料，8号院和外星人已经分不开了。

第三十七章　外星餐厅

"外星人展搞得不错,比我们预想的效果要好!敬各位一杯。"展览圆满结束后,庆功宴就设在8号院"新世界"餐厅的水瓶座包间里。小短把参与策划实施外星人展的人员都请来,举杯庆贺。

"主要是领导的点子好,敬领导。"葛晓璐不失时机地拍拍马屁,其他人也都跟着站起来。

"晓璐你也会拍马溜须了啊。好,大家共同干一杯。"小短起身一饮而尽,众人也各自满饮。小短接着说,"这次的展览很好地宣传了我们8号院,也宣传了外星人文化,只要人们对外星人感兴趣,我们8号院的生意就差不了。因此,我决定这次展会的门票收入,一分不留,全部给大家分了,就当作是奖金吧。"

众人都高兴得鼓起掌来。"还是这个实惠!"杨扬说出了大家的心声,"主任,我建议再加一道菜吧,餐厅近日新推出了一款菜品,叫宇宙大爆炸,您来品鉴品鉴?"

小短点头同意,这一桌子菜已经很丰盛了,有猎户座小牛肉,巨蟹座蒸螃蟹,天炉座烤蘑菇。这些菜小短基本都吃过,宇宙大爆炸倒还是第一次听说，菜端上来，却是一盘油炸八带鮹，张牙舞爪地定了型，金灿灿的，还有点爆炸的感觉。小短夹起一块吃了，口味也不错。他饶有兴致地问："各位知道外星人都吃什么呀？"

本来要好好吃顿饭，没想到老板又提出学术问题，大家就放下筷子，神情也专注起来。"螃蟹，外星人吃螃蟹，"还是葛晓璐先发言，她刚看过《银河系漫游指南》，对外星人的了解也多了些，"在银河系有种沃贡人，他们吃的就是螃蟹。"

"石夹红，还是梭蟹，还是大闸蟹？"小短问道。

"那就不太清楚了，是螃蟹就行吧。不过我个人觉得还是大闸蟹好吃。"葛晓璐吐吐舌头道，"我觉得外星人在吃上可能没那么讲究，能分清螃蟹和虾米就不错了。"

"这可未必，"小短笑道，"说不定外星人的某个摄制组，也在开拍《舌尖上的宇宙》呢，可能在他们眼里，螃蟹的分类更细。"

"除了螃蟹，还有可能吃炸鸡和啤酒，还有方便面，《来自星星的你》就是这么吃的。"葛晓璐补充道。

"我看过《E.T.》那个电影，里面的外星人喜欢吃巧克力花生酱曲奇。"杨扬说，自从到外星人接待中心工作以来，她也抽空看了些有关外星人的电影和小说。

"我觉得 E.T. 更多的是一种情怀，巧克力花生酱曲奇估计是作者爱吃吧。"小短盯着宇宙大爆炸里的八带鮹说道。

第三十七章 外星餐厅

"还有,《阿凡达》里的纳美人吃的是一种红色螺旋状扭曲的根茎,"杨扬继续道,"对,这个我们可以尝试 copy 一下,请大厨做成菜,可以用胡萝卜,或者加一点西红柿,名字不行就叫纳美妮亚,小梅,你记一下,回头和郭大厨说说。"

"好的。"小梅点头,她因为干活勤快细致,已经从会议服务员提升为经理助理了,这次外星人展也是忙前忙后功不可没。

"小梅,你觉得外星人吃什么呢?"小短望着她,觉得她还是一个稚气未脱的孩子。小梅的确年龄不大,家里面也比较困难,为了供弟弟上学,她早早地就出来打工,因为没有什么技能,只好在饭馆里端盘子,在宾馆里做服务员,招聘到 8 号院之后,被杨扬看中着力培养,成长得挺快。8 号院运行前期小短经常在这里开会,也经常见到小梅,他对她的印象是手腕的皮肤挺白的,真是一个奇怪的印象。

"我,我没什么见识,不过总觉得外星人挺可怕的,他们不会吃人吧?"小梅小声说。

"嗯,也未必不可能,"小短点头道,"《异形大战铁血战士》里面的外星人就吃人,靠吃人获取能量,还有《星河舰队》里的母虫,喜欢吃人类的脑浆。"听到这里,在座的女人都吐出舌头,露出惊恐又厌恶的表情。

"当然,也不是所有外星人都那么恐怖啦,有的外星人喜欢吃能量块,有的外星人喜欢吃冰激凌,有的喜欢吃牛肉,有的喜欢吃老鼠。有个电影叫《黑衣人》，里面的大部分外星人都不挑食，其中有个外号叫蟑螂的 BOSS，你猜他喜欢吃什么？喜欢吃糖，简直像小孩一样。"

"我觉得吃老鼠的那个外星人好，我们可以邀请他们来，听说菠萝柚子大街有不少老鼠呢，我们 8 号院也做了防鼠措施，还养了几只猫，但保不齐也会有老鼠溜进来。"小梅天真地说，把小短他们逗笑了。

"看来关于外星人吃什么的观点可真不少啊。"葛晓璐总结道。

"是啊，那些也只是人们的想象罢了，外星人爱吃的那些，都是作者爱吃的。那是从文艺作品的角度看，如果从科学角度呢？地球人吃东西，无非是为了补充能量，那么外星人能够维持生命的运转，想来也是需要能量来源的。以我们的科学认知，能量的形式是多种多样的，不一定只是食物，当然，如果外星人是有机体的话，是不是更喜欢有机食品？也有可能外星人是太阳能的，只要能见到阳光就能存活，就像是地球上的植物，通过光合作用生存；也有可能外星人是化能的，不靠太阳能，靠硫元素，或者碳元素，或者别的什么矿物，自身进行化学合成产生能量；也有可能外星人不吃不喝，通过感应宇宙中的磁场就能产生能量维持生命。"小短端着酒杯，念头一个一个冒出来，"哎呀，可能性太多了，太多了。"

第三十七章 外星餐厅

正在小短皱着眉头要喝酒的时候,大厨拿着瓶啤酒走进来。大厨姓郭,很早就跟着胡雪干宾馆饭店这一行了,在业内也是小有名气,主管8号院外星人餐厅之后,他细心琢磨了几个菜品,色香味俱全,再配上稀奇古怪的名字,很是受到食客们的欢迎。他有一个习惯,每个包间的客人酒过三巡、菜过五味之后,他就亲自前来敬酒,表示对客人们的尊重和感谢。

"老板,各位领导同事,今天的菜不知道吃得还满意吗?我老郭在这里先敬各位一杯,祝各位身体健康!心拓境宽!"郭大厨说完一饮而尽。

"哎呀,老郭来了,正好,我们正在讨论外星人吃什么呢。"杨扬自己往旁边挪了挪,示意小梅给郭大厨加个座。

"对对,大厨来得正好,加个座加个座,一起讨论讨论。"小短把酒喝了,感觉有点微醺了,但别人敬的酒还是要喝的。

大厨就把酒杯放下,坐下来,"好,恭敬不如从命,正好这会后厨也没啥事了,陪老板喝一杯。"

"别叫老板,叫我小短行了。"小短给大厨拿了双筷子,"你这个宇宙大爆炸不错啊,怎么寻思出来的?"

"就是瞎琢磨。"郭大厨夹了块油炸八带鲗尝了尝,"嗯,火候还行,八带鲗是专门去海鲜市场上挑的,要最新鲜的,炸出来口感才好。"

外星人接待办

"厨神,刚才我们讨论外星人吃什么,都说了一大通,从你厨师的角度来看呢,外星人应该吃什么?"葛晓璐给大厨斟满酒,提问道。

"哎呀呀,可不敢说是厨神,我就是一个炒菜的啊。不瞒各位说,我这人最大的愿望就是能见一见外星人了,"大厨喝口啤酒润润嗓子,继续说,"所以到了8号院之后,我觉得离这个愿望又近了一些。平时我也在想啊,外星人长什么样?吃什么东西?喝什么酒?想来想去也想不明白,因为咱没见过外星人啊,不知道外星人什么模样。不过我们还是得做好准备,因为咱们这个接待中心干的就是准备接待外星人的活呀,咋准备呀?"

大厨吃了块土星山药,又说,"民以食为天,外星人也是要吃饭的。我觉得啊,招待外星人和招待外地人一样,来吃饭的人也是各种各样啊,有的不能吃辣,有的因为宗教原因不能吃猪肉,有的素食主义者不能吃荤腥。外星人也可能有这样那样的毛病,哦不,习惯,所以我们要尊重他们的习惯,也要拿出我们的特色菜。首先,要看这个外星人来自哪里?土星有土星的习惯,火星有火星的习惯,看他们是否适应地球上的食物,如果适应,我们现有的这些菜品应该就够了,如果不适应,再想办法做出他们喜欢吃的食物。吃什么东西,自然长着什么样的嘴。你看食肉动物都长着尖牙利齿,食草动物都有很多磨牙,如果外星人的嘴是一个长管状的,那他们应该是吃流食,如果是带牙齿的,可能会咀嚼,能吃的东西就多了。"

第三十七章　外星餐厅

"继续继续呀。"小短虽然没听到结论,还是觉得他讲的有些道理。

"没了没了,"郭大厨摆摆手道,"我一个炒菜的,哪能在老板面前说三说四的?话已经很多了,也是到了8号院之后,加强学习,多关注外星人,如果外星人真来了,还是按领导的指示办,领导让外星人吃啥,咱就做啥!"

"哈,你这是炒菜啊,还是炒我啊,来来来,喝酒!"小短被大厨的质朴打败了,端起酒杯。

"不知道外星人是不是也喜欢吃地沟油、添加剂。"喝了几杯酒的葛晓璐思路放得很开,望着那盘宇宙大爆炸说道。

郭大厨慌得立马站起身,"哎呀,葛主管,咱们的菜里可从来没用过地沟油啊!我以我的人格担保!要是有一滴地沟油,我立马卷铺盖走人!"

杨扬打圆场道,"没有的事,晓璐也不是这个意思,对吧?"

葛晓璐劝大厨坐下,又说道,"可别误会啊,咱们8号院的食材用料肯定没问题啊,我是说现在整个的饮食环境啊,添加剂、保鲜剂、调味剂等等的化学原料太多,对,化学形式,"葛晓璐像是顿悟了似的点点头,"我们与外星人的相遇,可能不只在物理形式上,更有可能在化学形式上相遇。"

"化学形式,"小短微微颔首,"一场化学形式的偶遇,嗯,晓璐的话很有启发性。看来我们得找几位化学方面的专家来给我们上上课,看外星人都喜欢哪些化学形式,或许他们还真的喜欢吃化学制品呢。对,我们餐厅需要找几个顾问了,杨扬你安排一下吧,找几个美食方面的,化学方面的,天体物理学方面的专家,如有必要就开个外星人饮食研讨会,让专家们好好研究研究,论证论证,我们也好做到心中有数。我们的外星餐厅要名副其实,货真价实,既有吸引普通人的噱头,又有能接待外星人的真材实料。要有招牌菜,类似宇宙尽头餐厅那家的烤鸡翅,又要有特色菜,比如宇宙大爆炸。我们要尽量做到让地球人满意,让外星人满意。"

"没问题。"杨扬领命。

第三十八章 星　门

"丁零零……"电话铃响起的时候,已是凌晨 2 点,小短正睡得迷迷糊糊,做着一个在螺旋形状的山上不断蜿蜒爬行的梦,很累的梦,一通电话铃声好像让梦中的螺旋山都颤抖起来。他现在经常做梦,有时候也梦到胡雪,有时候也梦到 E.T.,没有梦的睡眠比较少。铃声还在响,显然不是一般的响一声诈骗吸费电话。

"喂,你好!"

"小短!我是丁小刚啊,有个事要跟你说一下。"

"什么要紧事啊,这都 2 点了,不能早上再说吗。"小短没好气地说,好像在为这通电话打扰了他在梦中爬山而不快。

"哎呀,已经 2 点了啊,完全没有注意到,我们才刚开完会,我还以为才刚天黑没多会儿呢。那可真不好意思,不过我先给你说一下,我们公司打算新上一个旅游项目,星门之旅,如果你感兴趣呢,早上 8 点钟我再给你打电话细说。"

这一段时间,星天外旅游公司,太空探矿公司等业务很多,神经理不愧是神经理,工作起来从不知疲倦,就像个铁打的人似的,他可以连着开 36 个小时的会议,而且习惯开会一直到深夜。他很善于说服人,下面的几个年轻人也像打了鸡血似的,从来不喊冤叫屈。今天的这个会议,是为了研究一个旅游项目,"星门之旅"。

"喂,你别挂啊,什么星门之旅,你把我忽悠起来了,然后撂电话,有你这么干的吗?反正我也不困了,你说说看,什么叫星门之旅?"小短坐起身,想听丁小刚说个明白。窗户没有关,窗帘被夜风微微吹起,像是掀开了宇宙的一角。星门?小短暗自看看夜空,星门就是这个窗户的一角吗?

"哎呀,这个是我太激动了,才打电话给你,一时半会也说不清楚,还是明天早上我到你那里去好好聊聊吧?"

"不行!"小短断然拒绝。

"那好吧,那就简单说说,"丁小刚打了个哈欠,才觉得有点困了,"你这两天看新闻了吗?"

"看啊,天天看,怎么了?没发现哪里有外星人出没啊。"小短不解道。

"你注意到亚丁湾没?亚丁湾的地震。"丁小刚顿了顿。

"没有。我也比较关注国际新闻,到处都有地震啊,亚丁湾有什么特别的?"

"看来你是一点不知道,还外星人接待办呢。我重头跟你说吧,

第三十八章 星 门

也是从神经理那里听来的。"丁小刚就把亚丁湾的事一一告诉了小短。

亚丁湾在印度洋,阿拉伯海,位于也门和索马里之间,它通过曼德海峡与红海相连,是船只快捷往来地中海和印度洋的必经站,也是波斯湾石油输往欧洲和北美洲的重要通道,当然,这片很富裕的海域也是海盗所关注的地方,这里常年海盗猖獗,是全球海盗活动的主要区域之一。从地理位置上看,除了海盗,没什么特别之处。但是近年来这里频繁的地震引发了人们的兴趣,各国也高度关注,纷纷派遣海军舰艇到亚丁湾进行调查,当然,名义上肯定是为了消灭索马里海盗,维护贸易通道的安全。实际上,舰艇上还有不少科学家。为什么呢,科学家是要去研究这里的星门。

星门就是星际之门,是地球连接宇宙其他空间的通道。纵观整个宇宙,各类星体如恒河沙数,地球也只不过是无数个银河系中微小的一粒尘埃,人类就更微乎其微,宇宙中有那么多的奥秘无法解释,星门也是这样。有人说,星门是一个磁场通道,连着外部空间,可出可进。也有人说,星门是一个虫洞,是可以实现在宇宙中进行时间和空间旅行的通道。外星人进入地球的方式有很多种,从星门进入也是其一。但是星门怎么打开,什么时候打开,打开到什么程度,人们一无所知。虽然早有传言,政府部门从很早就开始一项最高密级的研究计划,但看起来似乎并没有什么进展。各国政府的军事力量集聚亚丁湾,真的是为了对付索马里海盗吗?根据神经理的解释,索马里海盗只是个幌子罢了,那些都是穷人,看装载有大炮鱼雷的军舰一来,早吓得屁滚尿流逃跑了,还用得着编队巡逻?政府做的事情民众不知道的太多,说不定那索马里海盗就是政府养着的呢,这一抢一打,都是政府自编自导自演的剧目,实际上在关注着亚丁湾的星际之门。星门的开启是需要能量的,除了自然开启外,人类有能力人工开启吗?开启需要多大的能量?开启之后如何关闭?开启之后有没有副作用?甚至此门是不是联通地球内部?一系列的问题都需要深入研究。而近年的频繁地震,好像是星门开启的征兆,所以才吸引了各国政府前来围观探测。

亚丁湾吸引了世界的目光,自然就有了更高的价值。星天外旅游公司组织亚丁湾星门之旅,恰逢其时,除了亚丁湾优美的风光,粗犷神秘的海盗,还有更加神秘莫测的星际之门,这么多卖点集中在亚丁湾,游客们不趋之若鹜才怪。神经理的主意真是高明。

小短听完了,感觉到自己沉浸在更深的夜里,"真的有星际之门吗?"他提出自己的疑惑,"如果真的有,历史上开启过吗?"

"有应该是有,但历史上的事情,我也说不清楚,开没开启过,又怎样去验证呢?比如说,我认为恐龙大灭绝的时候开启过,你也没法

第三十八章 星　门

反驳我吧?"

"的确没法反驳,但是恐龙灭绝的那个时代,亚丁湾可能还不在那个位置呢,你知道,地球的大陆是漂移的,海底是扩张的。"

"哎呀,我们现在关注的可不是学术问题,这些就交由历史学家和科学家们去探讨吧,我们是旅游公司啊,可以邀请他们一起参加星门之旅。"电话那头的丁小刚显然不想过多讨论星门本身。

"如果星门的开启需要地震等级的能量,那是不是会有很多安全方面的风险?"小短想到另一个问题。

"这个倒不用担心,我们今天开会正好讨论过了,神经理很关心这个问题,我们旅游团十个人出去,八个人回来,两个人失踪,那对我们公司的影响是很坏的,所以安全是第一要保证的。这方面我们就有优势了,因为神经理在索马里还是有一定的发言权的,你别忘了,他早年可是在索马里做过生意啊,在那里关系广着哪,不仅和海盗头目是朋友,还和酋长称兄道弟,和国家领导人能亲切交谈,就是当地百姓也对他喜爱有加,因为他在那里打过水井,化解过战争,在索马里可是有着很高的名望,前不久一个部落的酋长过世了,在没有选出新的酋长之前,还请他当荣誉酋长呢。"丁小刚得意地说,仿佛那荣誉酋长是他。

"嗯,社会方面的风险可能还可以控制,那自然方面的呢? 如果去的时候正好赶上地震。"小短仍然担忧。

"这个嘛,只能说近期亚丁湾平静了许多,地震少了许多,可能处在一个地震间歇期,正好是去参观的好时候,什么时候发生地震那可是谁也说不清楚,就拿现在来讲吧,我们俩在通电话的时候,你看,大地开始摇晃了,地震突然来了,也说不准吧。"

"那倒是。"小短点点头,看看四周,确定此时房屋并没有晃动,才安下心来,"还有一件事,星门开启了,外星人是不是就来了?"

"是啊,这就是为什么我现在打电话给你的原因啊!你说这么一个星门之旅,碰上外星人的概率很高,外星人接待办怎么能不参加呢?"

"哈,还是好兄弟,处处为我着想,好,我们肯定参加,什么行程?不会早上8点就出发吧?"

"哪能这么快啊,我们还得组团呢,第一个团很重要,准备邀请几个土豪、科学家、再加上你们外星人接待办,先组十几个人的小团,以后再慢慢扩团,发展索马里的旅游业。"

"那就行,给我们两个名额吧?"

"怎么,你还要带上小蜜啊?"丁小刚笑道,"你小子可是够滋润的啊。不过这次名额有限,我看还是就你一个人去算了。"

两人又简单聊了几句,就挂了电话,各自倒头睡觉。

经过一周时间的联络运作,一个13个人的小旅游团组好了,除

第三十八章 星 门

了神经理、丁小刚和外星人接待办的左小短,还有3位土豪(据说是煤老板,并开办着其他闷声发大财的低调生意),3位科技企业负责人(1家互联网,1家新能源,1家智能机器人),2位教授(1位地震方面的自然科学家,1位研究亚丁湾文化的社会科学家),还有2位官员(没有具体透露是何部门)。从人员组成上看,神经理也颇费了一番心事,每一个团员都有潜在的利用价值。

机票、船票等都事先打点好了,一行人浩浩荡荡地往亚丁湾奔去,一路上颇为轻松,有说有笑。神经理和每一个团员都很熟络,还没有到达亚丁湾之前,3个煤老板已经有2位对进军金星和土星采矿有兴趣了,"钱不是问题,只要有技术,我们可以先把整个金星先承包下来。"他们财大气粗的样子让丁小刚很是兴奋。互联网公司已经决定和星天外旅游公司开展深度合作,要把太空旅游和外星概念游做成互联网上最IN的事。智能机器人公司表示要和星天外旅游公司合作,开发机器人导游,还要把目前比较成熟的采矿机器人进一步发展成适合外星球作业的机器人。2位官员有点神秘,不过从他们目空一切的眼神和低调的轻声交谈中,可以猜测其位高权重,神经理也是小心翼翼地伺候着。小短和2位教授倒是聊得有些投机,教授们特别能侃大山,天文地理无所不知,那位地震学教授向小短解释张衡的地动仪,前前后后2个小时还没有介绍完。去亚丁湾的路上大家都有些兴奋,觉得将见到一个神秘的另一个世界的入口,有点像阿里巴巴遇到的那个叫声"芝麻开门"就能打开的山洞，那些未知让人神往。

到了亚丁湾的时候已是晚上了，神经理联系的一个海盗头目接待了他们。海盗头目自称亚达曼，是个彪形大汉，虎背熊腰，面相狰狞，左手臂上文着个骷髅头，就像传统的海盗那样，他也有一只眼睛瞎了，戴着眼罩，是个独眼龙。晚上他们就住在亚达曼的庄园里，说是庄园，也就几个破旧的房子，有一些仆人，还有几个持枪的护卫。好酒好肉饱餐一顿，再美美地睡上一觉，旅途的辛劳就消失差不多了。不过听着呼呼的海风，想着门外的持枪护卫，小短没怎么睡踏实。

第二天一行人搭乘亚达曼的"食人鱼"号海盗船出海巡游观光。团员中除了神经理，专门研究亚丁湾的文化学者闫教授也能和亚达曼聊上几句。"生意不好做啊，我们都好几个月没开张了，好几个国家的军队驻守在这里，去抢条船得冒极大的风险，现在兄弟们不得不靠打鱼为生了。"亚达曼神情落寞地告诉闫教授。小短凑上前，想问问亚达曼关于星门的看法，可怎么也表达不出来，打手势也说不明白，只好请闫教授代劳。

"星际之门？"海盗露出诧异的表情，"以前没听说过。我也是刚

第三十八章　星　门

听温周说了说。不过这一带海域的确是有海怪的,海怪出没的时候狂风骤雨,海上的船只九死一生。对,海怪,我们都知道。星际之门是不是就是海怪的洞穴?"

亚丁湾看上去平静而美丽,不像是一个处在舆论旋涡中的海湾。海盗船长亚达曼虽看上去野蛮粗暴,但实际上也没有那么凶恶,不像是无恶不作的坏人。"食人鱼"号在亚丁湾转了一圈,由于舰队封锁的原因没再往远处去。既没有看到星际之门,也没有看到威武雄壮的海军,旅游团有点兴味索然。神经理和亚达曼在船头说话,像是商量什么事情,神经理试图在说服海盗头目。过了一会儿,神经理转过身来对大家宣布,"船长已经答应我们了,要带我们团去一个神秘的地方。大家都知道,亚丁湾的特产是什么? 没错,是海盗,这里的海盗历史悠久,也留下了很多传说,其中有一个,当年最风光的大海盗头子把历年来抢到的金银财宝埋藏在海底一个不为人知的地方。据传言,这个地方就在马头礁附近,马头礁是个岩礁洞,海图上找不到,只有经验丰富的本地人才能驾船前往。虽然有很多后人在马头礁附近搜索,却从没有人宣称找到了老海盗的巨额财富。现在,亚达曼船长已经同意带领我们到马头礁去,那里风景秀美,而且还有宝藏,即使找不到大宗的财宝,说不定也有散落的金银呢。"

大家一听这个消息,原本消沉的心又激动起来,纷纷拍手叫好,没看到星际之门,找到宝藏也不错。海盗船调整航向,驶往隐秘的马头礁。说实在的,小短对宝藏并不感兴趣,那么多年那么多海盗都没有找到,他们几个外地人能找到吗,无异于大海捞针,他的心思还是在星际之门,他时刻关注着平静的海面,希望透过那清澈的海水,能看见一个巨大的旋涡,或者黑洞,或者一个外星人。那些传说中的财宝是不是早就被外星人取走了呢,外星人来地球的目的可能复杂多样,攫取财富也未必不是其中之一。

马头礁其实是一个很小的岛,小得只有两个足球场那么大,形状似马头。一行人在马脖子处下了船,登到岸上,在岛上浏览。马口处有一个岩洞,看上去很深,三位煤老板很有兴趣下到洞里看看,而教授和官员却止步不前,说还是在岛上转转比较好。于是旅游团分成两拨,一拨由亚达曼带队到岩礁洞里探险;另一拨由神经理带着在岛上转转。小短跟着第一队下到洞里去,万一那是个外星人的巢穴呢。洞里空间狭窄,怪石嶙峋,还能听见哗哗的水声,像是有一条地下暗河。虽然马头礁露出海面的部分看上去不大,但这个岩礁洞却很深,几个人走了半小时,也没走到头,眼看着火把火力减弱,亚达曼就建议大家先回到地面,三位煤老板也只好同意,悻悻地返回。没有找到煤,没有找到金银珠宝,也没有找到外星人,只感受到岩洞里嗖嗖的冷风和潮湿。

在返回海盗庄园的途中,神经理已经和亚达曼达成了协议,亚丁湾之旅的项目将固定下来,名义上还是星门之旅,实际可以开发成探

第三十八章 星　门

宝之旅。"食人鱼"号海盗船也将改成"探宝"号旅游船,马头礁将成为一个重要的景点。亚达曼将在旅游收入中获得分成,自然高兴。神经理计划大力开发亚丁湾的旅游资源,还要制作一个藏宝图,吸引更多的人来这里参观探险。三个煤老板准备出资买下马头礁,但经过交涉,索马里当局并不同意,只好作罢。

第三十九章　感　冒

　　亚丁湾之旅让小短感到失望,似乎他与外星人的联系又减弱了一层。他是抱着对外星人存在的可能性一探究竟的目的去的,可结果呢,星门之旅变成了探宝之旅,一次仰望星空的旅程,变成了以海盗为噱头的商业之旅,让人扫兴。外星人存不存在,会不会来,怎么来,在哪里出现,是否已经隐藏到了人类社会中等问题,都是小短关注并渴望解答的问题。小短站在海边,看着远处天与海交接在一起,海天之际那么遥远,虚幻,他站得有些僵硬了,仿佛成了一块礁石,望星石。就是他站在那里等待几千几万年,也不知道以上几个问题的答案,外星人也不会垂怜于他,让他重新恢复生机。外星人变成了一个很虚无缥缈的名词,不再指向一个物,而是指向一种情感,一种心境,类似于幸福,希望,梦想等,外星人接待办,可以改成幸福接待办,或者梦想接待办了。

　　外星人出现的地方,小短是觉得最好能出现在接待办,可是老外多么随意任性啊,简直想出现在哪儿就出现在哪儿。亚丁湾可能的确是外星人来地球的通道之一,可那不是随便可以让人参观得到的,

第三十九章 感　冒

通道一定处在隐秘的环境里,神秘感就是一种安全感。外星人可能从星际之门的通道里款款走来,带着微笑;可能像冲向地球的彗星陨石一样从天空中穿过大气层呼啸而来,发出巨响;可能乘坐着飞碟在黑夜里悄然而至,不动声色,在地球上巡视一圈后再悄悄离开,挥一挥衣袖不带走一片云彩;可能乘坐潜器从大洋深处的海底裂缝中转出来,浮出水面,随着潮汐而来;也可能就像普通人一样,推开你办公室的门,直接进来。太多的不确定性让小短无所适从,时刻准备着,又随时懈怠。

从亚丁湾回来后小短就感冒了,先是发烧,不停地高烧,他是坚持要抵抗一阵子的,暂不吃药打针,先让体内免疫系统的大军发挥作用。他感到浑身无力,头也晕晕乎乎,站起来的时候仿佛天旋地转,坐到椅子上去,世界仿佛也随之沉降了半米,在他身边软塌塌地瘫倒下来。这次发烧的感觉与以往不同,仿佛他感受到了宇宙的温度,温暖的,甚至热乎乎的,他和宇宙脸贴着脸,面对着面,他好像是在完成一个蜕壳的过程,整个身体的外壳已经老化了,虚脱了,他要重新钻出来,成为一个崭新的人。宇宙仿佛已经不是外在的世界,而变成了他体内的一个所在,在他喝水的时候,水流进去,分明能听见体内宇宙的回响。小短的眼睛也有些浮肿了,像是金鱼的眼睛。空气里有夏天的气息。一种深沉的倦怠像小猫一样趴在他的肩上,他只消往肩上看一眼，就会沉沉睡去。他整个人沦陷在椅子里，仿佛那椅子就成为他的边界，成为他宇宙的外壳。

"哎呀，老大，你怎么了，脸色这么差呀。"葛晓璐刚到办公室，就发现小短病怏怏的，好像整个办公室都因此而抑郁了些。

"咳咳，"小短低声咳嗽了两下，向葛晓璐摆摆手，"你还是离我远点吧，别传染你，我感冒了。"

"那吃药了吗，我去给你买点药吧。"葛晓璐看看暖壶里有水，给小短倒了一杯，"感冒冲剂行不？"

小短摇头，"不了，我自己有数，问题不大，过两天就好了。"

"你应该休息休息，我扶你去躺下吧？"葛晓璐想要去扶小短，又缩回来，犹疑不决。

小短感到自己呼出来的气都是热的，耳朵也是热的，他对自己说坚持到明天，明天再发烧的话就去医院打针吃药。他说话的声音好像也发生了变化，带有低沉的鼻音，"不用不用，这点小病，没事。蓝教授给我打电话，说今天要过来，我等等他，你先忙你的吧，我不要紧。亚丁湾考察的报告我写了个草稿，发给你再看下，没问题的话就报给上级吧？"

葛晓璐点头，"左主任，我，"她好像欲言又止，拿不定主意，"我本来今天是想来辞职的。"

"嗯？"小短抬起沉重的眼皮，定定地望着她，"辞职？"他迟疑了一

第三十九章 感 冒

会儿,好像趁机查了一下词典,重新确认了这个词语的含义,"是不是感觉最近的工作有点多啊?还是亚丁湾没有让你去?下个旅游团你就可以跟着去了,已经和神经理那边说好了。"

"不是,不是。"葛晓璐慌忙道。

葛晓璐辞职的提法倒像是一剂镇静良药,让小短发热的脑袋发凉冷静下来。"那是觉得我们这个工作不靠谱吗?没有个人的提升空间?还是别的什么原因?是不是工资低了?我正考虑给我俩都涨点薪水呢。"小短揣测着她辞职的理由。

"没有,没有。"葛晓璐说,"我觉得这个工作挺好的,接待外星人,想想就很好玩,现在很好玩的工作已经没多少了,这个工作有想象力,而且很宽松,工资也还好。"

"那是?"疑问凝结在小短的眉头,仿佛这让他的感冒更严重了。

"我谈恋爱了。"葛晓璐轻声说。

"哦,"小短缓过神来,重新陷到椅子里。

"我不知道我们两个是不是恋人关系,"葛晓璐把刘海理到耳后,坐下来,深吸一口气理理思绪说,"你也知道,我是喜欢你的,可这种感情到底是不是爱,我也说不清楚,可能不是,也可能是,不过后来感觉不是的可能性更大一些。男人爱一个女人应该怎么样呢?那女人爱一个男人又应该如何?我也没怎么想得通。那一段时间我觉得生活得还好。后来黄笑宇开始追求我了,就是那个动画公司的,你还记得吧,我的大学同学。说实在的,我对他有些好感,但是好感是怎样的一种感情,我也说不清楚。他在大学的时候追求我,我也没搭理他。笑宇这次的追求很坚决,很热烈,哈哈,我都有点被他吓到了,好像不答应他就对不起他似的。当然,之前我对笑宇有一些偏见,觉得他是个不学无术的浪荡子,好好的专业不搞,去搞什么动画,没想到还搞得不错。你也知道,在这种设计公司,往往美女如云,他却偏偏又回过头来追求我。原先他在我眼里是个小矮人,现在看来倒也没那么砢碜,还挺有才华的。毕业这些日子,他成熟了,飘逸的长发也换成了干练的短发,走起路来也稳重很多,当然,也可能是因为他重心低,哈,他身上有好多笑点啊,也给人一种安全感。所以在经过深思熟虑之后,我决定答应他。"葛晓璐边笑边讲,好像讲的是别人的故事,而一谈到黄笑宇,眼睛里更是透出闪亮的笑意,话也多起来。

小短看着葛晓璐的眼睛,很感动,又很心痛。爱她的人应该是他呀,可是,小短也说不清楚,男人应该怎样爱一个女人?就像人类应该怎样爱一个外星人?他不知道。他感觉心里很乱,而身体上好像又盖了一床大棉被,让他有些透不过气来。他剧烈地咳嗽几声,葛晓璐慌不迭地为他拿水。

他的咳嗽止住了,葛晓璐继续说,"所以,我觉得还是辞职的好,

第三十九章 感　冒

你会不会觉得我是个不好的女人,然后天天见了我就烦啊。"

小短笑笑,"哪里的话。我,"小短顿了顿,像是要找到合适的词汇,"确实对你照顾得不够。嗯,黄笑宇是个好青年,你开心就好。至于工作嘛,我觉得要和感情分开,现在我也找不到人,也是出于对外星人的缘分,才让我们走到一起,外星人接待办的工作还得持续开展,你,能不能先不走?"

葛晓璐看着小短,仿佛他是最可怜的那个人,重病在身,公司又要支离破碎,她的心变得柔软,是,小短有种让她心头变软的感觉,或许当时就是因为这种感觉,她才答应和他好的吧,现在这种感觉还在,可那不是爱,她已搞清楚。"好吧。我会继续留下来,这个工作真的很有趣。"她握了握他的手,觉得那手有点发烫,"哎呀,这么热,你真的该去医院了。"

"谁要去医院?我刚从医院回来。"说话间,蓝精灵副教授已经从门外走进来。

小短起身欢迎了蓝教授,又颓唐的坐回椅子,仿佛那里才是宇宙中心,才是他永远思念依赖的温暖所在。蓝色的卡其布中山装,棕色的老款猪笼鞋,如果外星人也这样打扮,定是有趣得很。在感冒中,小短的思绪好像也软绵绵的。

"现在的医院啊简直没法去,你说哪里来那么多看病的人?跟去菜市场差不多，熙熙攘攘的，还得叫号，排那么老长的队，唉，看来时代是变了，最好还是别生病啊。"蓝精灵坐下来就开始抱怨。

"蓝教授您有什么贵恙啊？"小短关切地问。

"副教授！你怎么老改不了啊，这个职称问题可不是小问题，千万别搞岔喽。也没啥大病，就是老感觉腰疼，这不去医院查查嘛。也没什么大问题，是一个小的结石，但也不好用激光打掉，医生说啦，多运动，多喝水就行了。哎，你怎么脸色这么差呀？"

"我们主任感冒了。"葛晓璐递上一杯水，说道。

"感冒也不是小事啊，要赶紧治。不过说起来，这感冒也有用处。"蓝教授喝口水，摆出龙门阵的架势。

"是啊，不是说感冒可以杀死癌细胞嘛，每年感冒几次，更健康。"小短挤了挤笑容，不过整个脸好像都很干燥，笑容挤得也皱巴巴的。

"不只是杀死癌细胞，我还听过一个说法，和外星人有关。"

"外星人也感冒？"葛晓璐搬了个凳子坐在旁边，听蓝教授侃大山。

"不是，"蓝教授摆摆手，"他们不感冒，但是怕感冒。外星人不是水平高嘛，飞碟来回飞，高科技，领先地球不知道多少年，但是有一点，外星人害怕地球上的感冒，一直攻克不了这个难题，没有人类的免疫系统，一旦染上了感冒病毒，外星人就九死一生了。"

"看来，感冒病毒倒有可能成为抵御外星人入侵的有力武器啊。"

第三十九章 感 冒

葛晓璐说。

"是啊,万物相生相克,就是这个道理。"蓝教授悠悠道。

"那我们作为接待办,感冒了看起来很失礼啊,外星人本来兴冲冲地要来我这接待办大吃大喝一顿呢,可发现有感冒的,都不敢来了。"小短顺着说道。

"哈哈,那是,所以你得赶快治,我有一个办法,就是躺倒床上,盖上厚被子,喝一大碗姜水,出一身大汗,基本上就好了。"

"好,我下午试一下。"小短点头,他现在已经感觉有些冷了。

"蓝教授您又有什么关于外星人和太空的新理论?"葛晓璐问道,她见过蓝精灵这么多次,每次来他都会讲一大段关于宇宙啊太空啊黑洞的知识,科学普及也好,共同探讨也罢,他把这里当成一个能理解他容纳他的地方了。

"对啊,不说我还忘了。我这次来啊,就是希望你们接待办能开通一个热线电话,虽然现在网络通信很发达,电子邮件即时聊天软件等很发达,但热线电话仍是很重要的一个方式。像我这样的老古董,或者社会上那些老大爷老大妈们,不懂得什么 email,就知道打电话。所以啊,开通一个热线,增加一个搜集外星人线索的渠道嘛。"

"教授的这个建议很好,晓璐啊,你去办一个新号码吧,再作一下宣传。"小短马上安排。

"那个，"蓝教授补充道，"如果缺钱的话，我的课题里还有些经费，虽然不多，倒还能用。我知道你们这边也是清汤寡水的，恐怕越来越难以为继，但这个机构还是不能没有啊，多好的一个窗口呀，我作为一个学者，肯定要支持。"

"哎呀，太感谢教授了。"小短握住老先生的手，"谢谢！有您这话我们不知道多感动。经费方面倒还可以，您争取个课题也不容易，我们肯定要把外星人的工作做好，您老有什么建议意见，也随时给我们指导啊。"

"那好，不打扰你们了，我回去了，走回去，结石就得多运动。"

蓝精灵走了没多一会儿，车大爷来了。

"我来看看邻居，听说大主任感冒了？"车大爷自个儿坐下。

小短越发感觉浑身无力，只好欠身向车大爷致意。"没啥，就小感冒，怎么还把您给惊动了。"

"刚才蓝老头儿打我那里过，告诉我的。就上来看看，脸色很差，发烧了吧？我这包茶叶，你抽空泡着喝了，治感冒。"车大爷把一包茶叶放在桌上，"听说你们去亚丁湾了？"

小短就把亚丁湾之行简要的讲了一遍，车大爷听得很认真，末了说道，"星际之门，宁可信其有不可信其无啊。"

第四十章 热　线

　　车大爷的茶叶味道很好。"这茶不错,即使是外星人,也会喜欢茶的。"车大爷在临走的时候说。那茶喝起来有醇厚的香味,像是混合了茶香、麦香、花香以及奶香。小短问车大爷这是什么茶,老头儿只是笑而不答。既然感冒是一种外星人惧怕的病毒,那么茶叶是一种可以缓解外星人之殇的药物吗?小短昏沉沉地想。

　　在葛晓璐的操办下,外星人热线电话很快开通了,并公布在了互联网上。在小短的劝说下,葛晓璐还是留在了接待办,只是两人都刻意保持了一定的距离,表现出真正的工作关系,上下级关系,仿佛刚过往不久的那一小段感情,已经被岁月的细沙轻轻地掩埋,他们两个小心翼翼,生怕哪一阵风,或者哪一股小水流,把那情感的石脊又重新显露出来。

　　亚丁湾之旅没有见到星际之门,小短内心的星际之门仿佛也悄悄关上了,他在等待一个外星人,却像是等待戈多一样,成了一场荒唐虚无的等待,一个莫须有的等待。然而他还是需要坚持,相信科学也好,相信直觉也好,当在深夜里仰望星空,那闪闪发亮的难道不是外星人的眼睛?难道不是他们在窃窃私语?那是一种在深夜里涌升起来的奇妙的感情,相信又不相信,热爱又不热爱,惧怕又不惧怕。

充足的睡眠,充足的水,感冒冲剂,加上车大爷的茶,小短的感冒逐渐好起来,已经不发高烧了,但是转到一种低烧状态,微热,没有什么食欲,不过精神头还好,还能兴致勃勃地和人讨论外星人。在葛晓璐的坚持下去了趟医院,医生给做了全面的检查,但是没发现有哪个器官哪个组织有病灶,找不出原因,医生也就没给贸然开药,只是说回家观察,情况变化立即就诊。小短也就谨遵医嘱,逃也似的离开白大褂林立的那地方。在逃跑的过程中他想,如果接待办的人都穿着白大褂接待外星人,那老外会是什么感受?

热线电话开通之后,可能是一开始没有知名度,一个周都没有响,后来才开始丁零零地响起来,不过打来电话的人也不是发现了外星人的线索,只是好奇这个热线的真实性。

"哇,真的是外星人热线吗?你们有发现外星人吗?外星人酷不酷?你们是专门接待外星人的机构呀!太棒了,这次和朋友打赌,我赢了!"

"喂,外星人热线吗?我爸爸说他的电脑里有飞碟,你们不来看看吗?"

第四十章 热 线

"喂,是外星人吗?好心的外星人啊,你能帮我充点话费吗?这个月真的没钱了,谢谢啊!我发现地球人已经不帮助我了。"

葛晓璐主要负责接听电话,每每弄得哭笑不得。好在哭笑不得正是这个工作的迷人之处,葛晓璐可以从容应付,还能得到些许乐趣。她把这些热线电话编成段子发给黄笑宇,笑得他前仰后合。黄笑宇来过接待办一次,接葛晓璐下班,和小短礼貌地打了招呼。

小短仍然处在一种昏沉的状态,夕阳西下,快下班了,他也感到自己的身体和灵魂在往下沉,将慢慢坠入黑夜的深渊。他坐在办公桌后面,看看屏幕,看看屏幕旁边的木头人,再看看葛晓璐,她正在收拾东西。这时红色电话响起来,是那部热线电话,"打热线的果然都不是上班族啊,非得快下班的时候来。"葛晓璐有些抱怨,还是接起来,"喂,您好,这里是外星人热线。"

"你好,"电话来传来一个青年女子的声音,但有些低沉,像是故作神秘,"我是外星人家属。"

"外星人家属?"葛晓璐重复道,一面向小短做个手势,让他也听听,小短示意她打开免提。"嗯,请问有什么可以帮您吗?"

"你不感到奇怪吗?关于外星人的家属。"

"我们是外星人接待办,主要负责外星人的来访接待等相关事务,当然也欢迎外星人的家属,我是小葛,请问您怎么称呼?"

"我本来姓张,和外星人结婚后,就改了姓,我丈夫来自昴宿星系,我现在是昴宿张氏。"

"昴宿星系,很好,"葛晓璐想起 M 先生,还有他散落在地球各处的 7 个小伙伴,还有迷你虫洞、海蚰蜒,她几乎想问一下这位昴宿张氏是否认识 M 先生,可又觉得不妥,就换了个问题,"作为外星人家属是怎样一种体验?"

"谈不上什么体验,如果你有时间的话,我倒可以说一说。在我还是个小女孩的时候,就有一种奇怪的感觉,上边,或者我身后什么地方,有双眼睛在监视着我。我当时很害怕,但是又有一种莫名其妙的兴奋,你知道的,小女孩的那种害怕与兴奋。这种感觉在我初潮的时候淹没了我,那天晚上我看到了飞碟,就在我窗外,好像有人在向我招手。我偷偷地从家里溜出来,追寻着那飞碟,可追到了公园深处,那飞碟就不见了。那是我第一次见到飞碟。那以后我心里就老想着飞碟,他们是在窥视我吗,还是在给我什么暗示? 我搞不清楚。在 18 岁生日的那天,我终于再次见到了飞碟。我有一个凄惨的 18 岁生日,算了,不提了,反正很凄惨。那天晚上我自个儿在房间里喝着啤酒,飞碟又出现在我窗外,我想这次一定要追到它,它还是往公园方向飞去,在公园深处停了下来,而不是像上次那样消失了。我小心翼翼地从树后面走出去,飞碟也落在草地上,它有一个汽车那么大,像个草帽,像是喷气式的,落地的时候有很大的气流,把我的裙子都吹了起来。飞碟上走下来一个人,是,没错,我以为外星人应该奇

第四十章 热　线

形怪状的,却没想到和我们相差无几,只是更完美,说实话,那是一个相当帅的男人。他很友好地走到我身边,和我握手,并介绍说是来自昴宿星系,叫 Y 先生。"

"Y 先生?"葛晓璐疑惑地问。

"是,那就是他的名字。我当时被他深深地吸引了。我想我爱上他了。你知道的,那种 18 岁的爱。他身上好像有种光辉。他的手有些凉,不过很光滑。看得出他也很喜欢我。我们就到了小树林了,然后……嗯,一种很美妙的感觉,像是被一个巨大的橡皮擦擦过那样。天快亮的时候,飞碟就飞走了。后来,Y 先生又来过几次,我们都到那个小树林去幽会。2 年后,我们结婚了。"

"结婚?"葛晓璐说,"是到男方家去结的吗?"

"不是,只是一个名义上的结婚吧,我想。我提出来的,和外星人结婚也是很酷的一件事哦。我问他能不能到昴宿星去看看,他说目前还回不去,回昴宿星系的通道已经被封闭了,需要等待时机,时机成熟的时候才能通过时空隧道回去。他也很想念他的家乡。"

"你爱上了一个外星人,结婚了,然后呢?"葛晓璐还没有找到她打来电话的原因。

"他丢了,所以我打电话来求助。"

"丢了? 报警了吗?"葛晓璐说完吐了吐舌头,小短也差点笑起来。

"报警?没用的。警察可不管外星人的事,你们能帮我吗?"电话那头几乎是乞求的语气了。"我想既然你们接待外星人,肯定能了解得多一些。"

"Y先生有什么特征吗?"葛晓璐问。

"他很帅,鹰钩鼻,身高有一米八吧。虽然我们结婚了,可并没拍婚纱照,也没留下过什么照片,他都是晚上坐飞碟来,天亮的时候走,我也知道这有点荒唐,可没有办法。他白天的时候很少出现,不过他说他时刻在注视着我,保护着我,当我一有危险的时候,他的飞碟就会立即出现在我面前。"

"有过这种情况吗?"

"没有,我还没遇到过什么危险。不过我担心丈夫是不是会有什么不测,以前我不担心,昴宿星比地球更高级,他们有更好的科技,从那飞碟就可以看出来,我上过一次飞碟,虽然只有汽车那么大,但很宽敞,Y带着我飞了一圈,起飞和降落都很平稳,根本感觉不到晃动,也没有看到司机,Y说那是用意识控制的。所以我想他们更有力量,更有智慧。但是现在丈夫失踪了,我觉得有些担心。你知道,在人类层面上,还有相当多的人对外星人不那么友好。他会不会被抓走了啊?"

"这个我们也没法确定,不过请你放心,我们一接收到有关Y先生或者昴宿星的信息,就跟你联系好吗,来电显示的这个号码就能找

第四十章 热 线

到你吗?"葛晓璐用笔记下了电话屏幕上的那个号码。

"没错,可以找到我,请你们有消息一定要告诉我啊。Y 在地球上应该还有伙伴,有一次他提到他的同伴,不过都联系不上了。所以我想他的失踪有几种可能,去找他的同伴了;或者他们找到了回昴宿星的通道,通过时空隧道先回去了;或者他被政府部门抓走了,你知道,有很多秘密的部门,专门抓捕外星人的。"昴宿张氏在电话那头担忧得有些发抖。

"你先不用这么担心,"葛晓璐安慰道,"说不定他只是去度假了,或者去准备什么礼物要给你一个惊喜呢。所以你还是安心等待,一有消息我们就联系你。"

"好。那拜托了。"

电话挂断以后,葛晓璐和小短都笑起来。"一个外星人的女人,嗯,我们应该招聘她为接待办顾问。"小短说。

"听起来不像是精神有问题,但谁又说得准呢,不会和那个 M 先生有联系吧,你还记得 M 先生吗?"葛晓璐道。

"是啊,我记得他被白大褂医生带走时的表情。"小短回忆说,那是一个意味深长的微笑。

"头儿,电话号码记这里了,我先下班回家了啊。"葛晓璐看看时间,收拾东西准备离开。小短向她挥挥手,像是和一片云彩告别。

327

外星人接待办

夜幕逐渐降临,仿佛有一个更大的宇宙在吞噬这个现有的宇宙。小短陷在沙发里,一动也不想动,他还是处在低烧状态,这好像让他变得对世界格外敏感。泡上一杯车大爷的茶,看看窗外的黑夜,他对M先生和Y先生的事情仍迷惑不解。那么,M先生不是一个精神病人?那只是他在地球上的一个伪装身份?昴宿张氏说的话都是真的吗?来自昴宿星的几个同伴是否已经聚齐?他们找到迷你虫洞了吗?Y和张氏已经结婚,会有后代吗?外星人和地球人结合的后代会是什么样子?他们来地球只是到此一游吗?

一连串的问号在小短脑中展开又合上,合上又展开。这时,红色电话又响起来。

"喂,是外星人热线吗?"电话那头显出犹疑不决的语气。

"您好,外星人热线,有什么可以帮您吗?"每一次接热线电话,小短都有种奇特的感觉,那话筒仿佛是外星人的同伙。

"我有一个情况想反映一下,不知道打给谁,所以找到了这个号码。"

"很高兴您能来电话,你发现了外星人吗?"小短按套路问道。

"不是,不过也有可能,碰到一个奇怪的事,可能和外星人有关。"电话那头顿了顿,像是要回忆一下,"我叫王左,是一个打工的,刚来这个城市没多久,我喜欢在晚饭后到附近各处转悠转悠。那天,我转

第四十章 热 线

到离海边不远的一条街,好像叫菠萝柚子。"

"菠萝柚子大街?"小短重复道,他不知道这条街上有什么关于外星人的信息,如果飞碟来了,小短作为驻守菠萝柚子大街的卫士,也应该能观察到啊。再说外星人都到了接待办门口,怎么不进来坐坐呢。

"好像是,我不是很确定。我对这里还不是很熟悉。到了那条街,我忽然感到内急,见到有个公用厕所,就一头跑了进去。"

"公用厕所?"小短一下子想到车大爷,应该就是隔壁的公厕啊,菠萝柚子大街上只有这一个公厕。

"是,当时没有人,看厕所的也不在,也管不了那许多,进到男厕,找个厕位就蹲下了。可能是吃坏了肚子,有点腹泻。已经是晚上了,厕所里静悄悄的,也没有开灯,只有窗户里透进来一点路灯的光亮。"

"然后呢?"小短觉得开始有点鬼故事的味道了。

"我不是害怕,胆子挺大的。就蹲在那里方便,可忽然,隔壁女厕传来一个声音。是一个老头儿的声音,说什么一开始听不清,我屏住呼吸,只听得那老头儿叽里咕噜说,不是汉语,也不是英语,也不是日语,不知道什么语言,好像在和人对话。"

"一个老头儿?"小短问道。

"是,能听出来。我也方便完了,觉得这事情比较奇怪,就想到女厕去一探究竟,于是悄悄地走过去。门开着一条缝,从缝里看,果真有一个老头儿，正面对一个马桶在说话，好像还挺庄重的样子，不停地点头。我想这也没什么大事，可能是一个疯老头子在自言自语呢，刚想离开，后退的时候碰倒了拖把，声响引起了里面的警觉，只看见马桶里闪出一片光亮，倏地一下，就是那么快，一眨眼的工夫，就把老头儿吸了进去。我赶紧推门进去，打开灯，哪还有什么老头儿，厕所里变得很安静，那个马桶还在，只是水面稍微有些晃动。太奇怪了，我赶紧跑开了，生怕那马桶再把我吸进去。事情过后我反复想，也想不通，我眼睁睁地看着那老头儿被马桶吸走了，可讲不通啊，除非，我想，肯定是外星人，把那老头儿掳走了！"

"外星人？"小短也想不出所以然来，他想起第一次在公厕喝茶的那个晚上，也是女厕有异响，他应该到车大爷那里去看看。

"对，除了外星人，再没有别的解释了。"电话那头的王左斩钉截铁地说。

"好的，非常感谢您的来电，您的信息对我们非常有帮助。如果有什么进展，我们将及时和您联络。"小短匆匆挂了电话，要到隔壁公厕去看看。

那老头儿是车大爷吗？他是怎样"嗖"的一下就不见了？他扮演一个什么样的角色？厕所管理员是掩护身份？马桶在外星人与地球的接触中发挥什么作用？他们怎样进行物质转移？如何传递信息？

第四十章 热 线

一连串的问号在小短脑海中打转,可当他看到车大爷在公厕门口喝茶,那些疑问仿佛又变得烟消云散,怎么可能?这个朝夕相处的人是外星人?是地球间谍?

"来啊,小短,喝杯茶?刚沏好的。"车大爷热情地打招呼。

"车,车大爷,"小短却有些紧张,"我想到女厕看看。"

"嗯?"车大爷狐疑地看着他。小短坐下来,喝了口茶,放松了心情,便把那个热线电话的事情一五一十地说了,"不知道那家伙说的是真是假,不过宁可信其有不可信其无,你这厕所不会真是外星人的联络站吧?"小短最后半开玩笑地问。

"哈,"车大爷放下茶杯道,"我还以为啥事呢,你小子是不是就想着到女厕所看看,才编出这套故事来?小时候没偷着看过?看就看嘛,现在没人,你进去瞅瞅,有人来了我先给你拦着,就说是维修呢,去吧。"

"不是,女厕所有什么好看的,还不就是没有小便池而已嘛。"小短说着,推开女厕的门走进去。普通的几个厕位,普通的马桶,并没有异常,难道那人是逗他玩呢?

第四十一章 三 头

热线电话让小短了解了很多五花八门的外星人,可真真假假,几乎没什么有用的信息。除了见过外星人的,见过飞碟的,冒充外星人的,就是声称被外星人胁持的,绑架的,被外星人欺骗感情的,被外星人合伙做生意坑了的,外星人的形象似乎不那么正面。

因为葛晓璐正沐浴爱河,工作起来好像也很有活力,办公室里不时传出咯咯的笑声。这笑声让小短愉悦又忧伤,他能让她笑吗?让她这么开心吗?形形色色的外星人都化解在葛晓璐的甜言蜜语里,她甚至会对电话另一头装模作样的外星人冒充者发嗲,让对方无所适从。

"嘘,又来个好玩的。"葛晓璐捂住话筒,对小短示意一下,就打开了免提。

电话那头是个声音低沉的男子,"请你考虑考虑吧,成为我的教徒吧,我们恒星教派有更高的信仰,有比你们世间的神耶和华更高级的主,信仰我们的教义,成为我们的教徒,你将变得更美好。你知道,

第四十一章 三 头

你们的上帝,也只是一个普通的外星人而已,已经让你们信奉的无以复加,而我们的主,更伟大,更光辉,我已经在好几个星系传教了,唯独地球人冥顽不化,而且你们也正在和将要面临着灾难,全球变暖,基因污染,地震和火山喷发,人心不古,世风日下,我们的主会照料我们的教徒的,确保你们在灾难中毫发无损,永得光明。我们的宗旨就是不作恶,永生。"

两个人听着传教士的话,并不作声,各忙各的事情,像听新闻广播那样,而那传教士顾自喋喋不休,还以为电话这端已经被他的言论和教义深深的迷住了呢。过了好一会儿,可能那人也觉得自言自语并没多少乐趣,就挂了电话。不过他那耶和华只是个外星人的说法引起小短的兴趣,上帝,莫非真的是个外星人?他从神话中走来,遗留在已经告别神话时代的人间?如果他是外星人,那如来佛主呢?真主安拉呢?湿婆呢?太上老君呢?

小短在回忆各类神话故事的时候,电话又响起来,他便接起来,葛晓璐正拿手机和黄笑宇煲电话粥呢。电话是刁医生打过来的,就是社区医院那个戴眼镜的更年期妇女,从没来过外星人接待办,倒是小短有几次感冒,到她那里拿过药。她平时声音很洪亮,中气很足,但这次在电话里却显得谨小慎微。寒暄之后,她话入正题,"小左啊,有这么个事,我们社区医院二楼,不是也负责孕妇的体检嘛?最近啊,我们彩超医生发现了个奇怪的事儿。有一个孕妇,好像不是我们社区的,但一开始也是在我们这里产检,那倒没什么,说不定是打工的,可这女人有点神神叨叨,具体也说不上来,医生护士们就觉得她的眼神啊表情啊,有点不大对头。起初没发现什么,怀了孕,是单囊单胎,前几个月的情况都比较正常,但随着胎儿慢慢变大,彩超医生发现这个胎儿的头部有问题,当然,这还没跟孕妇说,经过我们对彩超图像再三研究,没错,这个胎儿有三个脑袋!"

"三个脑袋!"小短惊呼!

"是。我们也很奇怪,从来没遇到过。已经联系市医院的专家去确认了,估计不仅是本市,也可能是全国或者全球的首例呢。只听说过有长2个脑袋的人,从没听说过有3个的。我想这事不简单,无法解释,是不是和外星人有关系?"

"也不是没有这种可能。"小短说,"什么时候生?"

"快了,快到预产期了。不过以我的经验,这个胎儿只能剖腹产,但成活的几率可能也不是很大,3个头,哪一个去吃奶?"刁医生不无忧虑地说。

"是在你们社区医院生吗?我们倒很有兴趣去看看,说不定能目睹一次外星人的出生呢。"小短请求道。

"孕妇还没定在哪生。不过我们建议到市医院去,毕竟我们这里的条件有限,万一有什么紧急事件不好应对。"

第四十一章 三 头

挂了电话之后,小短陷入沉思。一个3个头的胎儿?从没听说过,以往的新闻里倒是讲过两个脑袋的奇异人。3头,好像只是希腊神话里地狱守护神哈迪斯的那只看门犬——盖尔贝罗斯有3个头;当然还有九头蛇海德拉,守护着魔鬼岛上的大量宝藏;还有九头鸟,那只有9个脑袋的怪鸟,一头得食,八头争食。3头和3体有关系吗?和三位一体呢?这个3头胎儿,是否的确是遗留在人间的外星人?那么他孕育在一个普通女人的腹中,还是一个外星女人的腹中?外星人会采用什么样的生育方式?也是有性繁殖吗,还是借腹生子?这个怪胎的诞生会意味着什么?一个新的时代快要来临了吗?

刁医生的话让小短想起那个自称是外星人家属的女人,昴宿张氏,如果她真的和外星人结了婚,那么她和外星人的结合会产生后代吗?会是什么样的后代?会是一个3头的胎儿吗?那个胎儿会不会一出生,就"嗖"的一下不见了?被外星力量救走了?外星人在地球上孤独吗?恐惧吗?

一定要去见见这个腹中怀有3头胎儿的女子,小短打定主意,就去社区医院见刁医生。社区医院不像大医院那样人满为患,刁医生也不是很忙,就小短介绍那位孕妇的情况,还拿出彩超图像来看。图像上只是胎儿模糊的影像,看上去好像是3个头。

"我能见一见她吗?"小短问。

"这个没问题,等她再到医院来的时候我就通知你,不过,快到预产期了,还没定好在哪里生。她每次来都是一个人,也不知道他男人到哪里去了。"

"那行,我等电话,随时可以过来。"

小短接到刁医生电话的时候,已是一周以后了。产妇直接到市医院去生产,由主任医师亲自操刀。因为胎儿特殊,市医院也是特别对待,作了充分的准备,考虑到胎儿的出生将产生的影响,他们尽量低调进行,并未向过多人透露一个3头婴儿将在此出生,但将进行全程录像,以供后期医学研究。小短想亲眼看着孩子的出生,被医生谢绝了,他只好在外面等着,因为不能目睹一次外星人的出世而闷闷不乐。陪产妇来的是一个神情焦虑的老妇人,好像是她的母亲,或许正在为女儿将经历的痛苦而担心不已。从现有的情形看,一点也没有外星人的讯息。

两个小时后,手术室传来消息,孩子是抱出来了,但是没有成活,一个令人沮丧的消息。听刁医生小声说,手术前的种种迹象还表明孩子正常,可剖开的那一瞬间,好像事情就变了,这个怪小孩连一声啼哭也没有,就失去了生命体征。

"那婴儿呢,现在哪里,能看一眼吗?"小短请求道。

第四十一章 三 头

"恐怕不行,遗体一般会被处理掉,但这个比较特殊,应该会妥善保存,留给医学院研究,不让外人接触。"

"就看一眼啊。"

"小左你还真是想看吧,不过我想这和外星人应该没什么关系了,你看,什么奇怪的事情都没有发生,除了这孩子没有活,是3个头,再没别的。你好奇心强,真想看的话,我带你到楼梯那里等着,运送遗体应该会经过那里,你可以瞅上一眼。"

小婴儿被放在一个小推车了,一个护士推着匆匆忙忙走,小短就瞥了一眼那个3头婴儿,只看见一只露出来的小手。小手很苍白,很瘦弱。小短忽然意识到,难道是因为他不适应地球上的空气吗?要不然怎么会甫一接触这世界他的生命之火就委顿了呢。地球上的空气对他们而言是否带有某种毒性,就像人类登上火星也无法自由呼吸一样,他是中毒而死吗?猫有9条命,这个3头婴儿是否也应该有3条命?他是不是还有救?难道他的3条命都已经熄灭?1个头的人生活在三维空间,他3个头是不是应该生活在九维空间里?在九维空间,他是不是还在成长?九维空间是个怎样的存在?是否也有爱恨情仇?也有巨大的遗憾?

作为外星人接待办,可否向医院申请外星人遗体保留?可保留到哪里呢,接待办是否应该建立一个外星人样品库,用以保存各式各样的外星人?外星人保存中心?如果地球上有外星人,他们很可能很早就来了,那他们是否有墓地?是否都是安静地离去?地球上是不是应该建立一个贫弱外星人收容站?

那一个苍白的瘦弱的小手对小短有很大的触动。外星人未必都是强大的,或者邪恶的,他们也可能是那种非常无辜非常弱小的一群。不管他有几个脑袋,有多高明的科技,可能也有一颗柔弱的易受伤害的内心。每每想起广袤的宇宙,总是那一副无垠的黑暗区域,闪烁的群星,生命和文明的所在,但那真的是宇宙吗?真的那么广阔和冷漠吗?如果从宇宙飞船的窗口向外看,只能看到那些坚硬的现实吗?可是这只苍白虚弱的小手,如何在宇宙中舞动了一下,仿佛对着世界打了招呼,作了告别?如何把这黑暗的苍凉的宇宙翻转过来?那宇宙的奥义,握在这只小手里面吗?

小短在恍惚中往外走,一层门诊有许多吵吵闹闹的孩子,有的刚扎了针,哇哇大哭;有的发烧小脸通红,却仍要再玩一遍新买的玩具;有的在出疹子,皮肤上的那些斑点好像是疹星人在聚会;有的则是另一副病容,安静地躺在妈妈的怀里,对周围的世界充满好奇。这就是疾病的大厅,这就是一群未来。

第四十二章 设 奖

小短去看望了一次胡雪,她挺着大肚子迎接他,孕味十足,看上去对此时的生活很满足。她正在研读《诗经》和诸子百家,只为给孩子取个好名字,还不知道男孩女孩,就作了两手打算。

"要取个什么名字?"小短问。

胡雪莞尔一笑,"先不告诉你。"

小短觉得胡雪很好,但她不是他的,葛晓璐也不是他的,他什么都没有。

小短去了趟8号院,杨扬向他报告了接待中心的运行情况。随着外星人餐厅的不断翻新花样,住宿部的细致服务,再加上承接了部分星天外旅游团的食宿任务,从报表上看,接待中心业务比较饱和,盈利不少。

杨扬建议说,"今年业绩不错,我想在年底发奖金的时候再设立几个奖项,比如最佳员工奖,最佳服务奖,最佳创意奖,要奖励出点子的聪明人,也要奖励勤勉实干的老实人,奖惩并用,才能提高绩效。"

小短点头同意,再设立几个奖项的主意不错,再抛出几块肉让大家去抢,激发活力。那31号院的外星人接待办呢？能否也设个奖项？把提供外星人线索的,对外星人研究有推进的,给个名誉,发点奖金,也是聚拢人气促进外星人接待事业发展的举措吧。再者,现在8号院的业绩不错,加上星天外旅游公司的分红,外星人接待办的资金很充裕,拿出部分钱来设奖是可行的。

主意打定,小短就把葛晓璐、丁小刚也叫到8号院来,商讨设立外星人接待奖项的事情,几个人都同意。"我觉得奖金可以设高一点,这样才有吸引力,才有知名度,没有知名度,设奖还有什么意义？"丁小刚建议说。

"10万元？20万元？"小短询问。

"还可以再高,不然没劲,可以从星天外旅游公司的广告经费里再拿出点来,是不是以接待办和行星合作怎么办两个单位的名义设奖？"丁小刚道。

"那是当然,我们要扩大影响嘛。这个奖取个什么名字好,ET奖？"小短说。

丁小刚摇摇头,"ET好像还不是很有代表性,也不通俗,星云奖？也不行,已经有这个奖了。要不就叫外星人奖？"

"我觉得我们几个人毕竟脑力有限,不如还是按照老办法,组织一个研讨会,请几个专家来商量商量？这样以后也好拿专家说事儿。"葛晓璐发言道。

第四十二章 设 奖

"哎呀,看不出,晓璐成熟了,这个想法好!"丁小刚点赞。

"那好,就由晓璐来张罗一下吧,这次研讨会就放在8号院吧,杨扬你准备一下会议室,再安排一个答谢宴。"小短吩咐。

研讨会很快就组织起来,葛晓璐和左小短商量后,邀请了10位专家学者,包括院士Shanda,X大学物理系蓝副教授,地学院郝教授,亚丁湾文化研究专家闫教授,"黄河学者"高教授,小短所在的学院总支秦书记,还有其他几位专家学者。葛晓璐在落实了时间之后,挨个发了精美的邀请函。

研讨会安排在一个周六的早上。8号院的会议室比较宽敞,众人都舒服地坐在椅子上。Shanda院士首先发言,"这个会开得非常好!这么多年来,我一直致力于人与人之间的交流,如何去触发、推进、完善人与人之间的关系,后来发现人与人之间还是狭隘了,应该探讨一下人与环境的关系与交流,甚至人与宇宙、与外星人的关系与交流。很高兴看到很多青年才俊在推动这方面的工作,还要专门就外星人方面的工作设个奖,我觉得很有必要。与外星人的沟通很重要,作为一个地球人,我感到很大的压力。为什么这么说,你看看,人类与环境的关系变成了什么样?全球变暖,环境污染,可以说,人类已经成为抑制在地质尺度上下一个冰河期的到来的地质力量,如果继续发展,人类不断强大,那会不会成为在天文尺度上抑制文明产生的一种宇宙力量？我看很难说。人有创造性也有破坏性，现在讲和谐发展，这很重要，不光是人与人之间，与外星人之间，与其他的文明，也应该和谐发展。"Shanda 院士已经快 80 岁了，但身体依然健朗，说话也很有力，他的发言一下子提升了会议的高度，获得大家拍手称赞。

"我提议，我们今天讨论的这个奖项，就叫 Shanda 奖。"黄河学者高教授发言，他学术做得不错，是很有希望冲击院士的，拍拍院士的马屁也情有可原。不过 Shanda 连连摆手，说"不妥不妥。"其他的人也心中暗笑，这不是盼着 Shanda 早早去见诺贝尔吗？用以命名奖项的人名一般是德高望重且以归西的学界泰斗。高教授见应者寥寥，便低下头不再发言。

既然已经提到了奖项名称问题，大家就轮流发言。有的说，应该叫浩渺奖，宇宙之浩瀚广阔，而人类之渺小甚微，再加上外星人之虚无缥缈，浩渺奖恰如其分；有的说，应该叫须弥奖，这是从佛经上看，须弥山是大地的中心，周围有九山、八海环绕，其四方有四大部洲，即东胜神洲、北拘罗洲、南赡部洲、西牛贺洲，南赡部洲就是我们生长的地球，此一小世界被称为须弥世界，也就相当于一个太阳系，奖项命名为须弥，意取连接宇宙中心之意；有的说，叫须弥不如叫缘起奖，我们和外星人，不管如何相遇，都是一个缘起，有缘千里来相会嘛；有的说，奖项名称应该通俗易懂有吸引力，有特色容易记，不如叫蜘蛛奖，

第四十二章 设 奖

宇宙这么多恒星行星,恰是一张蜘蛛网,我们和外星人的关联,也在这网上。

葛晓璐在旁边作会议记录,心想这些大名鼎鼎的专家也不过如此,没有什么别出心裁有水平的提法。热热闹闹讨论半天,每一个新提法出来,大家就研究一番,结果没一个合适。最后都不发言了,看着 Shanda 院士,最后还是得白头发的说了算,其余的专家学者好像都明白这个道理,只顾抛砖,就等着引这玉呢。除了会议记录,还安排了一个摄影记者,本次会议外星人接待办已经全权委托黄笑宇的公司做宣传策划。随着黄笑宇公司业务的拓展,已经和外接办有了更密切的合作。

Shanda 院士喝口水,清清喉咙,说道,"我们国家的一些计划啊项目啊喜欢取名字,有中国特色的,比如嫦娥计划,夸父计划。这个奖呢,我觉得是不是也可以有点特色,最近啊,我孙子一直在看《西游记》,我也跟着重新看了几集,觉得孙悟空这个角色很好,就叫悟空奖如何?我想了想,这里有几个含义,一是有特色,大家都知道,齐天大圣,大闹天宫;二呢,宇宙是空的,虚空,这要靠人类,包括外星人去感悟,体悟;再就是,我们有孙悟空,是不怕外星人的,纵然你外星人有多高明的科技,我齐天大圣也不怕你,交朋友可以,要打架也奉陪。"院士的话引起一片掌声。他又转向小短,补充道,"当然,这个奖项的名称，最后还得由主办单位来定，我们这几个臭皮匠说的，也是仅供参考。"院士的谦虚让掌声又响起来。

小短也觉得悟空奖这个名字不错，连忙点头同意，名字就这么定了下来。然后讨论了奖项评选的标准和程序，奖金的设置，并约定，参加本次研讨会的学者和专家即组成第一届悟空奖的评选委员会，评奖将2年举行一次，本着公开透明的原则，但对西部地区及贫困落后地区适当照顾。

设奖的议题顺利完成，会议进入下一个议题，就是讨论外星人的地球适应性，研究外星人来到地球之后如何适应这里的环境，是否要做个应急预案等。对于这一个议题，专家们的兴趣显然没有对上一个议题大，每个人三言两语，也说不出什么道道来。实际上谁都没见过外星人，谁也不知道外星人在地球上适应性如何，专家们既可以信口开河，也可以搪塞而过，还显得严谨。他们大多提到了火星，就火星而已，人类相当于外星人，当人类第一次踏足火星表面，将面临什么问题？从物理性质上讲，火星是和地球最相似的星球，陆地面积几乎相等，曾经有温暖的含盐海洋，有淡水湖泊，有四季变化。但是现实呢？那里异常寒冷，有很大的风，寸草不生，有强烈的沙尘暴，甚至流沙，这些对人类而言都不那么好对付，况且那里是微重力环境，人类也无法适应。在另一个世界登陆总是困难的。换言之，我们现在

第四十二章 设 奖

认为非常舒适的地球环境,明媚的阳光,沙滩,温润的风,山川河流,极地海洋,春有百花秋有月,夏有凉风冬有雪,对于外星人而言,可能都是危险的甚至致命的。

议题很难开展,小短只好先进行茶歇,大家换换脑子,再看看有什么新点子。茶歇时,闫教授浏览网上新闻,发现了一个外星人的消息,立即分享给大家。根据报道,有人在挪威发现了外星人!

第四十三章 鉴 定

挪威的外星人引起了人们的兴趣,在研讨会之后,小短决定亲自前往事发地点进行考察,辨明真假。

根据报道,外星人是在挪威北部的一片森林里被两个青年人发现的。斯堪的纳维亚山脉,挪威的森林,两个青年正在郊游,他们有说有笑,对自然界的奥秘充满了好奇,在一棵大概有100多年高龄的大树下面,他们发现了那个奇怪的东西,有一片奇异的蓝光,忽明忽暗,带着神秘的气质。等他们两人走近了,那蓝光好像害羞了一样黯淡下去,他们扭亮强光手电筒,看清了躺在树下的一具类似木乃伊的形体。全身都被白色的丝状物包裹,脑袋上也没露出眼睛,一个小小的开口好像是嘴巴,最前端有两个天线似的东西,也像触角,微微颤动,整个形体看上去很虚弱,发着蓝光。两个青年并没有被吓跑,而是试探地想靠近一探究竟,可是当他们走到距离那怪物1米远的时候,人就被弹了回来,像是碰到了橡皮圈。他们确定,这方圆几十里内从未有过这东西,他们肯定来自天外,推测是外星人。这则报道引起了外星人爱好者的兴趣,在网络上也开展了大量的讨论。发现者

第四十三章 鉴 定

公布了一张模糊的照片,因为天色已晚,加上丛林深处光线不好,拍照时惊慌失措手发抖,当拍完第一张照片是那怪物的蓝光猛地亮了起来,像是要发怒,两个青年慌不迭地跑掉了。

"裹着一层白布,不会是木乃伊吧?"葛晓璐和小短一起研究这则新闻,对其真实性抱有怀疑。

"不好说,照片也看不清楚。亲自去看一下最好。"小短说。

"挪威呀,真是好地方,可惜啊头儿,我能不能请假啊,这段时间黄笑宇的父母要过来,说是让我陪着。"葛晓璐挠着头,有些纠结。

"没问题啊,不过我觉得我去了也看不出什么一二三来,应该请个专家,对,外星人鉴定专家。"小短拍拍脑袋,开始踱步。

"外星人鉴定专家?"葛晓璐张大嘴,第一次听说这名词。

"是啊,人类开始认识自然的时候,最牛的人是什么样的?博物学家!物种识别,物种分类是最基础的东西。我们要认识外星人,这一关也必不可少,要对外星人有研究,我猜测,外星人有很多种,像人类一样从肤色等不同方面有所区别,也需要我们进行鉴定。可是,到哪里去找这类专家呢?"小短来回走动,脑袋里把相熟的专家学者都过了过筛子。

"你们学院的总支秦书记不是搞分类的吗?我看他的名片上写

着是分类学博士。"葛晓璐提醒道。

"对对,没错,他是搞分类的,不过是个在职读的博士,估计水分很大,他以前本科的专业好像是兽医啊。和毛驴、黄牛打了好几年交道后才考研转行的,不过他知识面宽,见多识广,应该没问题。"前两天的研讨会上,小短把借来买西服的那1 000块钱还给秦书记,他说什么也不要,还说"我就是为学生服务的嘛,那些钱就当是我的心意了,学生出息了,我们学院也跟着骄傲。"没有办法,小短只好在专家费里多给了他1 000元,算是扯平了。如果邀请他去挪威进行鉴定,应该不会拒绝。

说干就干,小短马上打电话联系,秦书记欣然应允。于是加紧办理护照签证,正好黄笑宇的公司和挪威方面有合作关系,在其合作方的帮助下,手续很快办完了,对方还答应照料其在挪威的行程。

"真是多亏了你啊晓璐,要不是黄总的关系,事情不可能这么顺利,估计等我们手续都办好了,黄花菜都凉了,外星人不知道到哪里去了。"小短看着手里的机票,感激地对葛晓璐说。

"这是哪里话,黄笑宇他们公司还不是随时听我们使唤嘛!这都是他们应该做的。"晓璐面有得意,小短也笑起来。

简单准备之后,小短和秦书记登上了飞往挪威的航班。一路上,两个人相谈甚欢。刚开始,小短还觉得有点拘束,好像学生见了老师

第四十三章 鉴 定

那样不怎么敢讲话,没想到秦书记谈兴甚浓,天南海北无所不聊,穿插一些学院的逸闻趣事,小短很多都没听说过,听了觉得对学院有了更新的认识。他谈到当年在农村做兽医的往事,那时候的主要工作是阉猪,不知道有多少头猪经过他的手。其中有一个特立独行的猪,身手敏捷,自从看到他进门就有所防范,等一打开猪圈门,"嗖"地就跑了出来,满院子狂奔,好几个人都逮不住。他对那猪印象深刻,"那头猪年轻体健,弹跳好,一下子蹦到椅子上,再从椅子上蹦到桌子上,后来你猜怎么着,从桌子上一下子又蹦到院子中央的一棵无花果树上去了。那是我第一次看见猪上树。"

秦书记回味着当年的情形说,"猪都能上树了,我想这外星人来到地球,也不是不可能的事。自从上次你请我参加了研讨会之后,我就想啊,这外星人确实有很多需要研究的地方,他们从太空来到地球,应该会选个登陆地点,地球就这么大,我觉得登陆地点的选择和外星人的属性可能有关系,比如,冷漠的外星人可能会选择在寒带着陆,而生性温和的外星人呢,有可能就选择在温带或亚热带着陆,那些热情友好的外星人呢,可能会选择在热带的某个区域登陆。"

小短连连点头,不由得对秦书记刮目相看,"挪威属于北欧,气候比较冷,应该属于亚寒带吧,看来如果这次的外星人是真的,有可能并不友好呀。"

两个人下了飞机,稍事休整,便直奔发现外星人的那个小镇。那小镇因为外星人的关系,最近有点火,各路来考察的人不少,宾馆都住满了,不过小镇上的人们好像对外星人并不关心,他们对一则报道打扰了平静的生活表示不满,但也有的人兴致勃勃地向游客们讲述那片森林的故事。

"没有房间了怎么办?"小短问书记。

"那就直接去事发地点吧,我们租辆车,我来开。"书记说,他喜欢驾驶,已经有20多年的驾龄了。小短觉得有点不好意思,怎么能让书记来开车呢,应该是他年轻人来当司机才对,可他没有驾照,可书记的驾照在这里也不一定好用啊。

小短用蹩脚的英文和宾馆老板交流,想找一家租车行,可宾馆老板说这里根本没有租车行,如果他们想去森林的话,老板自己可以开车带他们去,算一天房费就可以了。小短和书记商量一下,答应了。

"还要买一些工具吗?"小短生怕碰上外星人手足无措,手里还是拿些家伙比较好。

"什么工具?"书记问。

"解剖用的刀子,或者棒球棒什么的?"小短也不知道要买什么。

"我看不用,去了再说,我们带好相机就行了。"

宾馆老板的吉普车载着书记和小短直奔森林,挪威的森林有种

第四十三章 鉴　定

别样的伤感气质。外星人选择在这里登陆，难道是因为他们心情不好？车子上下颠簸，越来越接近外星人了，小短心中有点激动，真的像报纸上说的那样吗？白布裹着，发着蓝光？这可是第一次要见到一个真正的外星人啊。没有看到最新的报道，不知道那个外星人怎么样了，已经恢复活力了吗？还是已经逃离别处了？小短试图和宾馆老板聊聊外星人，可那个粗壮汉子只顾开车，根本不搭理他。

终于到了那棵百年大树，可树底下空空如也，什么都没有。小短和书记围着那树转了一圈，连个外星人的毛都没发现，不过有一片地方好像有人躺过，树叶都散乱了，模糊有个人形，这应该就是外星人的遗迹吧？书记连拍了好几张照片，他是作为鉴定专家来的，心想回去要写一份鉴定报告才对，就尽量地收集素材。两人还请宾馆老板给拍了张合影，作为外星人登陆地留念。

没有见到外星人，颇多遗憾，回去的路上情绪不高，宾馆老板兼司机倒好像来了兴致，和小短聊天，连蒙带猜的，两人聊得还比较顺畅。

"这是一个骗局，我一开始就知道，可没有告诉你们，因为你们不会相信的，这世界上哪有什么外星人？你们是要找一个裹着白布发蓝光的木乃伊吗？我告诉你们吧，那是古卡和列西的恶作剧罢了，这两个年轻人最爱搞恶作剧了，没想到这次搞这么大，连你们中国人都来了。我在这个小镇生活了40多年了,从来没听到过什么外星人。那个裹白布的东西肯定是年轻人的玩笑,虽然这两个家伙现在还没有承认,还煞有介事地假装见到了外星人!"

小短提出要去见见这两个发现者,宾馆老板却摆摆手,"见不到了,两个人早跑了,到省城去了。他们也没想到会引起这轩然大波,一走了之了。你刚才问那裹白布的东西去哪里了?我想大概让护林员收走当柴火了吧。"

没想到是这样的结局,小短一行悻悻地回到镇上,正好宾馆空出来一间房,就先住了下来。果不其然,在第二天的报纸上,刊登了外星人的最新消息,记者联系到了两个发现者,两人承认是一个恶作剧而已,只是年轻无聊,找点开心罢了。

虽然满怀了见识外星人的好奇和热情而来,结果却一无所获,倒也不怎么影响秦书记的心情,他这个鉴定专家,本来就是滥竽充数的,这次来挪威正好玩一玩,于是两人在小镇上休息了两天,又到附近的森林和大城市里观光游览,兴尽而返。

第四十四章 科普报告

在回国的飞机上,小短已经没有了来时的兴奋劲,而秦书记却好像对外星人产生了浓厚的兴趣。

他在座位上要了杯咖啡,边品着那些许苦味边说,"我本来是不相信外星人存在的,可通过这次来,小短啊,我觉得外星人这事儿很有意思,我寻思啊,这可能是人类共同关注的一个点,不管是亚洲人、欧洲人、美洲人还是非洲人,都好奇地球之外是否还有文明,还有生命。人与人之间的差别是很大的,有的善,有的恶,有的美丽,有的丑陋,但是对待外星人,都是一样的不知其所以然。人类在地球上的任务是什么?认识自然和改造自然,正是不断的好奇心在推动着人类前进,外星人也是我们认识自然的一部分,而且是最难的一部分。

不同地区的人信仰不同的神,基督教、印度教、伊斯兰教、佛教,而我觉得外星人则是人类共同的神,神是什么,不就是拥有某种伟力、能够实现某些神迹的载体嘛。我记得以前是不是有专家说过,恐龙的灭绝也是因为外星人入侵?"

"恐龙不是因为行星撞击才灭亡的吗?"小短说。

"虽然说有可能是陨石或者小行星的撞击,但谁又能否认那些陨石或者小行星就是外星人的武器呢,对吧?有可能外星人早就造访过地球,并建立了一些东西,后来又走了,如果外星人是更高级的存在,在更高的维度上生活,那这完全是有可能的。不是有很多地球上无法解释的自然现象吗,像是巨石阵,神秘的麦圈,还有什么,金字塔?或者长城也是外星人建造的?"

"还是眼见为实吧,过去的和未来的,只能靠猜测。"小短谨慎地说。

"没错,如果是猜测的话,我觉得有可能孔子就是一个外星人,甚至春秋时代都有可能是个外星人时代,或许在外星文明中也存在穿越,很多外星人穿越到了我们的古代,要不然,为什么我们现在很多的理论都无法突破前人的框架呢,比如中医吧,《易经》和八卦,连研究都研究不透,而古人就写得那么深刻,对吧?四大文明古国,不会就是四个外星人建立起来的吧,后来外星人回去了,文明古国也没落了。嗯,现在看来,外星人肯定是比我们高级,美国的科技之所以这么发达,我猜测可能是美国政府和外星人有科技援助协议,就像我们对非洲的经济援助一样,政府为外星人作出某种承诺。或许,达·芬奇也是个外星人,爱因斯坦说不定也是一个穿越而来的外星人。对对,外星人也可能会穿越,这真是一个有想象力的领域。"

第四十四章 科普报告

"这点我非常赞同您,外星人让人充满无限遐想,无限的可能性,是很有想象力的一个对象。"小短说。

"说到想象力,"书记点点头,喝了口咖啡,"我有一个中学同学,特别爱胡思乱想,每天都有很多新鲜点子,没有考上大学,去当了中学老师,不过后来你猜怎么着,他就觉得现在的孩子们太缺乏想象力,一个个被应试教育搞得灰头土脸,暮气沉沉,一点活力和生气都没有,他一气之下辞职,自己办了所学校,就叫想象力中学。"

"想象力中学?"小短眉毛上挑,睁大眼睛。

"是啊,专门开发和训练孩子们想象力的,无限遐想,胡思乱想,当然也教授普通中学的课程,不过普通课程对于想象力中学的孩子们来讲那简直是小儿科了,所以升学率很高。通过这些年的实践,他总结出只要有想象力,一切皆有可能,想象力是最基础的东西。"

"没错,很聪明的一个论断。"小短赞道。

"回去介绍你们认识一下,他会对外星人感兴趣的。"

宇宙尽头餐馆这几年好像没什么变化,柴胖子还是一身油乎乎地招呼客人,不过由于生意火爆,柴胖子还是扩展了一下店面,把旁边的黄焖鸡米饭店面盘了下来,单独装修了两个单间,留给 VIP 客户用。小短曾和柴胖子谈过,要在菠萝柚子大街 8 号院的外星人接待中心开一个宇宙尽头餐馆的分店,却被胖子一口回绝,"你觉得宇宙有几个尽头?"小短就不再说什么,既然是尽头,自然只有一个,就像柴胖子店里的烤鸡翅一样不可替代。VIP单间不好预订,小短专门和柴胖子打了电话才订上。

秦书记和想象力中学的白校长踏着点进了包间,一落座就对这家店名议论起来,"这家小店我还是第一次来,不过这名字真好,宇宙尽头,很有想象力。"白校长说。

"如果宇宙尽头剩下的只是一家餐馆,看来这老板是个纯粹的吃货啊。"秦书记来过一次,对这家的烤鸡翅评价颇高。

白校长个子很高,风度翩翩,即使坐在这市井小店里,也显得卓尔不群。这让小短觉得想象力有两种,一种是从现实生活出发,产生各种联想,给予现实生活以提高和升华;一种是凭空产生,纵横驰骋,恣意挥洒,像是无根之水,神来之笔,不接地气但天马行空。柴胖子就像是第一种,不然怎么会取出这样的店名呢?而眼前的这位白校长,仅从外表上看,有可能是第二种。

"从生物学角度看,想象力起源于细胞的无规则运动,后来不断地进化演变,和生存、繁殖有非常密切的关系。"白校长一开始就把交流提升到一定的高度,他说,"在人的大脑中,想象力主要是右脑的功能,所以我这个学校的名字最初想叫右脑中学来,后又觉得不太有亲

第四十四章　科普报告

和力，就改成了想象力中学。从脑科学上看，人类在不断进化，大脑也逐渐发展，想象力活动主要分布在大脑的最外层，属于最高级的思维。"

"是不是猫啊狗啊就没有想象力？"秦书记插话道。

"应该也有，活的生物应该就有，至于植物有没有，那还不好说，还处在研究阶段吧，现在对植物的情感和想象力问题研究是一个热点。不过可以肯定的是，一块石头是没有想象力的。"

"是啊，现在的应试教育把多少孩子变成了石头呀。白校长所做的，真是一项伟大的事业。"小短不失时机地恭维说。

"谈不上谈不上，"白校长摆摆手，品了一口啤酒，"实际上想象力啊，应该从娃娃抓起，孩子在小的时候，对世界充满了好奇，也正是激发想象力最好的时候，可以养成很多好的习惯。我想等条件成熟了，还要成立想象力小学，想象力大学，形成从小学、中学、到大学、研究所一条龙的想象力人才培养体系，据我了解现在很多伟大的公司，有远见卓识的公司，都在聘请幻想家、科幻家做企业顾问，为什么，就是因为他们看重未来，看重创新。所以，培养想象力就是培养未来。"

"没错！"小短觉得很振奋，"可惜我早生了这么些年，要不然一定得到想象力中学去读书。"

"哈哈，"白校长笑道，"学校只是提供一个环境罢了，想象力有时还是要靠天赋啊,左主任现在从事的外星人接待工作,就是很有挑战的一件事。听老秦说,你们还是联合国的派驻机构?"

"名义上是。"小短有点心虚,"就是上面不怎么管我们,都是自由发展。"

"那也不错,像是外星人这类事,就得由政府做起来,我觉得我这个学校倒是可以和你们接待办有不少可合作的地方啊。"

"如果能有合作,那真是太好了,现在孩子们对外星人的认识,将直接影响到人类以后和外星人交流问题。"

"对,"白校长略一思索,"我们每周有一个专家讲座,邀请的都是各个领域的专家,有医学的、文学的、商业的、网络的,不知道左主任有没有兴趣,到敝校给孩子们讲讲外星人的故事?"

"这个",小短有些惶恐地说,"我可不是什么专家啊,只是一个小接待员。"

"你就别推辞了,"秦书记拿酒杯和小短碰了一下,"要说外星人,还是你接待办主任了解的多,给孩子们做个小的报告,没问题。"

"那恭敬不如从命,我好好准备一下。"小短与二人共同举杯,算是达成一致,喝完酒,他又问道,"校长,您觉得这世上有外星人吗?"

白校长端详了一下刚夹的烤鸡翅,好像那答案就藏在鸡翅里,"这个事情呢,我的观点是宁可信其有,不可信其无。毕竟我们生也

第四十四章 科普报告

有涯而知也无涯,有很多的事情还没有办法解释,外星人可能是答案之一。"

觥筹交错,相谈甚欢,小短和白校长都觉得相见恨晚。外星人接待办与想象力中学的合作也就达成了口头协议。小短了解到,想象力中学不仅在开发学生想象力方面独树一帜,就是正常的中学课程也是顶呱呱的,升学率名列前茅,是孩子和家长们眼中的最好学校,所以白校长的权力是很大的,现在人们忙忙碌碌不就是为了一个孩子嘛,为了孩子什么都可以商量。而且现在上大学不难,难的是上高中,如果说现在的教育体系像踢足球似的,先从后场运到中场,再踢到前场,那目前可是有一个脆弱不堪的中场,中学教育非常让人担忧。想象力中学这么好的教育资源,肯定是各路人马追逐拉拢的对象。如果能与之开展长久合作,对外星人接待办也是大有好处的。

小短准备了一个翔实有趣的外星人科普报告,做了PPT,还做了动画,声情并茂的报告了关于外星人的一切,自然也引起了孩子们极大的兴趣,每个人都举手要提问关于外星人的问题。"外星人也要参加中考吗?""外星人喜欢摇滚乐吗?""外星人关注宇宙空间的飘浮垃圾和环境恶化问题吗?""外星人也会得抑郁症吗?""我们地球人是外星人在玩的一款电子游戏吗?""外星人会魔法吗?""外星人的世界也适用于万有引力定律吗?"不愧是想象力中学的孩子,问题五花八门,有的还颇有深度,还好小短经过几年的历练,也学会了打太极和王顾左右而言他,倒也能应对过去。

科普报告很成功,开拓了孩子们的眼界,丰富了关于宇宙的知识,外星人接待办这一机构也在孩子们心中留下了好印象。外接办趁热打铁再接再厉,在想象力中学又搞了个《我与外星人的一天》征文比赛,并拿出了5 000元作为奖金。作文题目很符合想象力中学的气质,任孩子们自由发挥。

征文收上来之后,小短和葛晓璐边看边乐,孩子们真是什么都敢想什么都敢写。有的和外星人成了好朋友;有的和外星人战斗了一天;有的领着外星人参观了地球,并重点看了巨石阵和麦田怪圈;有的说外星人就是另一个自己,他和自我在房间里说了一天话;有的说自己的爸爸其实就是个外星人,并怀疑自己是否也有外星人的血统;有的则在外星人的带领下参观了虫洞,一个满是黑虫子的洞,洞里的黑虫子密密麻麻,并发出沙沙的噬咬声。最后选出了3篇文笔不错的作文,并在想象力中学的小礼堂和白校长一起为获奖者颁了奖。

第四十五章 宴　请

小短有些日子没去8号院了,渐渐觉得那里的商业气息让他望而却步;他也好久没和信访办联系了,觉得那里的官僚气氛让他浑身难受;星天外旅游公司的生意越做越好,小短却兴味索然。他坐在31号院简朴的办公室里,竟然感到一种悠然的满足,觉得这样生活也好,一份还算稳定的工作,有想象力的事业,虽有些虚无倒也可堪忙碌,梦想哪有不虚无的,万一哪天外星人来了呢?就算是自欺欺人吧,如此自欺的过下去也挺好。这31号院的外星人接待办,竟模糊给他一种这庸碌人间一处世外桃源的感觉。回想毕业后的历程,经历过的种种,他觉得自己已经成熟了七八分。

观赏着滴水观音,品着铁观音,他正幸福地眯着眼睛呢,电话响了,是白校长打来的。自从和白校长搭上线之后,小短有种事业后继有人的感觉,因此对校长特别热情,而校长这次打电话来竟是为了请他吃饭,说是为了感谢他的精彩科普报告。小短怎么能让校长请吃饭呢,来回推让几次,地点定在了8号院餐厅,他正好想去8号院看看了。

外星人接待办

小短到 8 号院的时候离预定吃饭时间还有 2 个小时，就前前后后地转转，有点像巡视，杨扬经理汇报了最近的工作情况，看得出在她治下接待中心生意兴隆如火如荼。看好了包间，在院子里给白校长预留了车位，小短就在大门口等着，校长不是一般人物，必须礼数周到才行。

白校长是携夫人一起来的，那妇人珠光宝气，神色却有些古怪，像看外星人一样看着小短，上上下下左左右右打量。落座之后，厨师端上精致菜肴，当然不乏接待中心的特色菜，像是宇宙大爆炸、猎户座小牛肉等。

"左主任真是太客气了，这顿饭虽然是在你的地盘上，但一定要由我来埋单啊，说好的是我请你呀。"白校长说。

"那是哪里话啊，白校长能来就是接待中心的荣幸啊，您是我们的 VIP，本来就是免单的。"小短也客套地说。

"真的呀？"白夫人闻听此言，两眼放光，好像占了多大便宜似的。

"那当然啊，"小短觉得几顿饭不是问题，能围住这大校长就行，"欢迎白夫人常来啊，多给我们提意见。"

"那行，你说这大大小小的饭店我也吃了不少，可依我看你这店真是有特色，就说这猎户座小牛肉吧，吃着就是和普通的牛肉有差别，好吃。"白夫人吃着小牛肉，又问道，"小短啊，你说这牛肉，真是从猎户座来的？"

第四十五章 宴 请

"这个嘛,"小短不好意思地笑笑,"说实话,以人类现在的科技水平,还没有办法到达猎户座那里,即使到了,那里有没有草原有没有牛羊还不一定,所以我们也只是借个名字罢了,这牛肉实际上是内蒙古小牛。"

"我倒觉得是真的,真的,我信有外星人,我们家老白就为这老说我呢,这不来到你这接待办,那肯定是有外星人了,要不然要你们接待办干啥,你们接待谁?对吧?"

白校长讪讪地笑着不说话,看着白夫人,目光里尽是温柔与怜悯。白夫人从包里拿出一瓶啤酒,递给小短说,"小短啊,这是我专门带来的,你猜这是什么啤酒?"

小短接过瓶子看,是普通的啤酒瓶,但是没有标签没有品牌,瓶子上有一些稀奇古怪的字符,他摇摇头,"猜不出来。"

白夫人笑道,"告诉你吧,这是来自水瓶座的啤酒!我最好的朋友送给我的,一直没舍得喝,今天拿来送你,算是送对人了。我那朋友是个占星师,和很多外星人有交流呢,找机会你们认识一下。"

小短重新打量了那光瓶啤酒,怎么也看不出是来自水瓶座,想来那占星师朋友也是开玩笑的吧。小短是听说过占星学的,但认为那种依靠天体的相对位置和相对运动来解释或者预测某个人命运或行为,不能说不靠谱,可能有些勉强,大概是其中的机理还没有搞清楚吧，但那和外星人是两码事，外星人的概念也好，环境也好，与天体物理学、宇宙学等是紧密相关的，而占星学与物理自然科学则关系不大。不过如果能认识几个占星师朋友，也不是什么坏事。"那敢情好，我得好好请教一下与外星人交流的技巧呢。"小短拿不准要不要把这瓶来自水瓶座的啤酒打开喝了，不打开显得小气，打开了显得客人的礼物不贵重，犹犹豫豫，最后决定收藏起来，继续与白校长碰杯。

"真得谢谢左主任，你那科普报告做得太成功了，孩子们都很高兴，非常希望你能再去搞个活动。"

"那是应该做的，我们也感觉有必要加强宣传和科普，每一个讲座，如果能在一个孩子心中种下宇宙学的种子，未来就会很好。"小短停了停，又问道，"说起孩子，不知道校长您家是公子还是小公主？"

白校长的脸色黯淡下来，眼睛里闪过一丝忧愁，仿佛心事被人说中，他用手揉了揉鼻子，又吸吸气，说道，"今天我就是为孩子的事儿来的。"小短立即坐正身子，仔细听。白校长看了一眼夫人，那妇人只是旁若无人地吃着小牛肉。

"我们只有一个儿子，叫白痴。是，你没有听错，似乎因为我姓白，老天才给我这样安排，儿子的确是个白痴，一生下来的时候就是了，那时候没有现在这样发达，还不能在生之前看看孩子发育得怎么样，各方面正不正常，可是既然生下来了，那也是自己的骨肉啊，我们

第四十五章 宴　请

觉得即使是白痴吧,也一定要养好,让他长大成人。"

白校长语速缓慢,语调低沉,小短默默地喝口酒,继续听他讲述自己的不幸。"既然已经是白痴了,取个名字叫白痴又何妨?"校长自嘲地笑笑,继续说,"养活一个白痴儿子并不容易,这些年苦了她,当妈的心里肯定更难受,我要挣钱养家,她每天在家里陪着儿子,教他吃饭,教他穿衣,教他说话,期待有一天能出现奇迹,还给我们一个健康的孩子。可那也只是良好的愿望罢了。"

小短对校长的这个白痴儿子感到惊讶,两个聪明伶俐的人,怎么能生出一个白痴儿子呢,这白痴孩子是不是遥远星座穿越而来的外星人?他对周围世界就一点没有认知吗?还是说他只是和周围人类处在不同的频道和不同的维度里?他或许是在更高或更低一些的维度里生活,不屑与人类为伍?他又想到养活一个白痴孩子的艰辛,心中泛出酸楚。

"儿子逐渐地长大成人了,但是智力水平还是停留在三四岁幼儿水平,看来是不会好转了,但是当父亲的,总得为孩子想条出路啊,现在我们还身体还行,还能工作养活他,但是以后呢,我们退休了,老了,身体不行了,谁来照顾他?他靠什么生活?"白校长说出一连串的担忧,"所以我们必须为他着想,提前谋划,可是他毕竟是个白痴,什么工作也干不了啊,怎么养活自己?我们,总不能让他到马戏团吧?我原先打算在想象力学校给他安排个差事,可有可无的,只是能有一份工资就行了，可这个事情校委会通不过，说是安排吃空饷，这个就比较难办了，事情弄大了我这校长也别当了，最后还是放弃。可我这孩子呀，不知从哪里学来的，就认准了一个词儿，事业单位，就是这找工作，也一定要事业单位，只要跟他一提事业单位，准乐。虽说是个白痴，可我们也不能骗他呀，可是现在事业单位也不好进啊，尤其孩子还是这么个情况。所以，"白校长顿了顿，意味深长地看了看小短，又继续说道，"我们考虑再三，觉得你是一个实在人，又有老秦这层关系，还是鼓起勇气来找你商量一下，这个外星人接待办，不是一个权力部门，没有那么多人盯着，但也算是个事业单位吧？所以，我想，看看您左主任这里是否可以行个方便？"白校长停下来，殷切地看着小短。

小短不知道说什么好，他听明白了白校长的意思，细细琢磨他的话，他想把自己的白痴儿子安排到外星人接待办来，占一个事业编制，可以保他衣食无虞，同时又不影响白校长的事业，可是这样能行吗？这外星人接待办的事业编制算数吗？如果那个光驱里的银行卡哪天再不来钱了，意味着事业编制也没有了吧。虽然现在外星人接待办还有8号院可以依靠，但万一哪天经营不善倒闭了呢，谁说得准？小短左思右想，犹疑不决。

"当然，我知道，这个并非易事，而且，"白校长缓缓地从包里拿出

第四十五章 宴 请

一个信封,厚厚的信封,放在桌子上,"规矩我懂。"

小短赶紧欠起身,"您这是哪里话,您说的事情我非常理解,只是。"他停住话,慢慢地把信封推了回去。

"只是什么?"白夫人吃完了小牛肉,发话了。

"只是恐怕不行,"小短考虑再三,说道,"这外接办是不是事业单位,我也说不好,就是挂个联合国的名头吧,也是虚的,这人员编制的事情,也是总部那边在定夺,我也只能向上面请示,可是这个接待办现在的确已经满编了,我不是说贵公子如何,只是确实满编了。实在是非常抱歉。"

"哼哼。"白夫人冷笑两声,站起身来就走。

白校长见状,对小短苦笑着摇了摇头,跟着妇人走了出去。

第四十六章　葬　礼

　　白校长的事情让小短唏嘘不已。纵然是这么一个事业成光风光无限的人物，也有这么大的苦恼和痛楚。可是，他能为校长提供什么帮助呢？他的力量是多么微小啊。如果说那个白痴儿子有可能是造访地球的外星人，倒可以在接待办小住些时日，增进些了解，可请他来接待外星人？貌似的确不妥当。没有答应白校长的请求，好像把他得罪了，看最后白夫人愤然离去的那个样子，不知道后面还会有什么暴风骤雨，但小短的确是无能为力，他也只好无奈地笑笑。

　　和想象力学校的合作，恐怕也无法开展下去了，外星人接待办的工作如何继续开展？小短站在31号院办公室的窗前，看着外面灰蒙蒙的天空，感到兴味索然。会是一个乘兴而来、败兴而归的结局吗？还是专心搞好8号院就行了？毕竟国家也是一切以经济建设为中心呀。所谓的接待外星人，也不过是小短们谋生的一种手段吧，使命感？小短对使命感的感受越来越弱了。驱使他不断前进的，是那天上的灿烂群星，还是这喧嚣的茫茫人海？

　　正在小短发呆之际，蓝教授敲门进来了。

第四十六章 葬 礼

"呀,教授,什么风把您给吹来了?"小短赶紧请蓝教授坐下,并忙着沏茶,他希望教授来不是为了给自己的什么亲属安排工作,接待办这方面的能力实在有限。

"不用忙活了,我这不要去买菜,路过这里,正好想跟你说一句,明天我们学院要搞个小型的葬礼,你能不能参加?"教授笑着问小短。

"葬礼?"小短心中纳闷,既然是葬礼,怎么看上去蓝教授还那么开心?"不知道是哪位老先生驾鹤仙游了?"

"什么驾鹤仙游啊,没有老先生!"蓝教授摆摆手,"不是人类的,是一个小行星的葬礼,编号 WASP-12b,正在进入死亡状态,我们有个教授一直关注它,就想着搞个小型的纪念仪式,你也来吧,带点宇宙情怀。"

宇宙情怀的说法击中了小短,他点头道,"那肯定去,明天晚上?"

"对,晚上 6 点,就在我们学院的地下室小会议室,你直接去就行。"蓝教授说完,起身要离开,他看茶几上有个印着"外星人接待办"字样的蓝布袋,就顺手拿起来,"这个袋子我先借用一下啊,出门买菜忘带袋子了。"

蓝教授离开后,小短就开始查阅一些关于 WASP-12b 的信息,这颗小行星果然是一个正濒临死亡的太阳系外星球,它围绕着御夫星座中一颗质量与太阳相当的恒星运行。不过它是一颗巨大的气态行星,与木星和土星有点相似,它的体形远远超过了天体物理模型预言的大小;而且这颗独特的行星还异常灼热,面向主星那一面的温度超过2 500 ℃。一个巨大的热气球,火球,它的死亡方式是逐渐地熄灭、冷却吗?

行星的死亡方式有很多种,比如与其他行星相撞,玉石俱焚,俱往矣灰飞烟灭;比如被黑洞吞噬,巨大的黑洞张开大口,吃人不吐骨头;比如自爆,如果小行星内部存在容易升华的物质,当它接近灼热的恒星时,其内部的这些物质迅速升华,产生强大内部压强,整个小行星就被炸碎了,就像微波炉里加热的鸡蛋;比如旋转崩裂,由于不对称天体的合力使小行星旋转得足够快,而其较低的引力很难完全hold得住自身的物质,最终会导致其表面崩溃,星体物质形成尘埃流喷射向宇宙空间,一边旋转一边崩裂消失,就像拧开了澡盆里的塞子。

而WASP-12b呢,选择的是一种膨胀瓦解的方式,这颗热木行星在其恒星系统中,正在进入"死亡螺旋",逐渐逼近它的恒星,这使得整个12b笼罩在来自恒星的炙热物质中,就像穿了件死亡外衣,不过这个外衣是如此的热,蒸烤着12b,同时潮汐力也在行星内部造成摩擦,这种摩擦使得行星不断地浮肿,浮肿膨胀的行星逐渐地瓦解,星体物质在恒星周围慢慢形成一个盘,盘旋着缓慢流入恒星,也就是说,12b成了主恒星的晚餐。

第四十六章　葬　礼

究竟怎样参加一个小行星的葬礼，小短也不知道。他在下午转了好几家花店，想着好歹要拿束花吧，可拿什么花好呢？一般人类的葬礼应该是非洲菊，白色或黄色的小菊花一起，表示哀悼；或者送一些白百合，或者白色马蹄莲，都是表示真挚悼念和追思的含义。可是对于死亡状态的小行星呢？送一束表示绝望之爱的黄色郁金香？一束代表孤独与背叛的欧石楠？还是一束表示安慰的虞美人？左小短思来想去，拿不定主意，而花店老板听说是要送给一颗小行星，也给不出什么建议，最后买了一束满天星，一束忘忧草，算是聊表心意了。

当小短七拐八拐终于找到学院地下室的小会议室推门进去的时候，已经6点过1分了，葬礼已经开始。小短悄悄地矮身进去，找个挨着蓝教授的凳子坐下，把花束放在桌子上。主持人是一个白发苍苍的老先生，蓝教授小声告诉小短，这就是学院退休多年的老郭院长。郭院长正在饱含深情地念着一首自己为小行星写的悼念诗：

啊，WASP-12b，你是如此的美丽
啊，WASP-12b，你是如此的迷人
你是紫气东来，你有浩渺天地
你那辉煌的历史，你那优雅的轨迹
可是，星星啊，WASP-12b
你终将离我们而去

那亿万年的旋转,那亿万年的舞蹈

化为长长的叹息

你将在宇宙中消失,再没有你的名字

可是,星星啊,WASP-12b

物质不灭,世界永恒

我们将记得你怀念你

因为你是我们的朋友啊我们的秘密

啊,WASP-12b,再见吧

今夜太阳也为你哭泣

再见吧,WASP-12b

……

老院长神情肃穆,会议室倍感庄严,投影仪上放着一个幻灯片,首页是一个 WASP-12b 的照片,上端是一行白底黑字"WASP-12b 追悼会"。会议室里坐着的多是一些老先生,也有一两个中年学者。桌子上放着一页纸,小短瞥了一眼,上面写着"WASP-12b 治丧委员会",下面列了些人员名单,还安排了一些纪念活动,主要的就是今天这个追悼会,后面还有在报纸杂志撰写纪念文章、科普文章等。

老院长朗诵完之后,是一个学者的报告,关于 WASP-12b 的一些基本情况介绍,还有研究心得等,图文并茂,感情充沛。刚开始进来

第四十六章 葬 礼

的时候,小短还觉得有种"煞有介事"之感,可听完老院长的朗诵,看着这些教授学者们的神情,他意识到这些人对待那颗小行星是真感情,甚至这种感情要浓于和人类同胞的感情,这就是宇宙的魅力吗,浩瀚的宇宙也激发出浩瀚的情感。他们流露出的,是对宇宙的关切,也是对人类的关切,他们的博大胸怀,让这间小会议室显得广阔。

人类纪念死者的方式有很多种,比如立个牌位,在墓地上竖个石碑,撰写纪念文章,留下遗物,在 10 周年或多少周年的时候再举行活动等,那么对于一个小行星呢? 就像地球上每天都有人因为各种原因去世一样,宇宙中也不停地有小行星的死亡和新星体的诞生,那远处小行星的生死,对地球会有什么样的触动? 我们居住于此的这颗行星,也是有感情的吗? 这蔚蓝星球的体内,是否也涌动着对某些小行星的怀念之情? 如果有一天,地球也到了寿命,也进入膨胀瓦解的阶段,会有别的星球或别的文明来悼念它吗? 那个时候,人类怎么样了?

小短陷在各种迷思里,感受到一种深沉的寂寥。

第四十七章 审 计

"你说,宇宙的生老病死谁来负责?"星期一的早上,小短端着茶和葛晓璐闲聊天。WASP-12b的葬礼给他很大触动,让他时不时就想起那颗遥远的逐渐湮灭的行星,就像电影的慢镜头一样。

"宇宙的生老病死?"葛晓璐正在修剪滴水观音,"那宇宙的喜怒哀乐呢?老大,我们不能把宇宙当人,宇宙是物体,是空间,是概念呀。没有七情六欲,也没有生老病死的。"

"对对,不能把宇宙当人,但是宇宙中的星球呢,星球的生老病死?"

"那当然是宇宙负责呀。"葛晓璐头也没抬,脱口答道。

"可宇宙是空间,是概念呀。"小短继续问。

"是啊,宇宙既是星球诞生的地方,又是星球消灭的地方,从头到尾离不开宇宙,只能它负责,你我也负不起这个责任呀。老大,你今天有点钻牛角尖哦。"葛晓璐冲小短眨眨眼睛。

小短不再问了,咂摸着葛晓璐的话,是呀,宇宙既是新生儿产房,又是太平间;既是孕育文明的地方,也是毁灭文明的地方;既温柔,又

第四十七章 审 计

狂暴;既光明,又黑暗;既不可理喻,又按部就班;从头到尾,自始至终,都离不开宇宙,都是宇宙本身,那么浩大的宇宙,自然可以承担起天大的责任。

正思索间,有人敲门。葛晓璐放下洒水壶,将客人请进来。

两个穿制服的人,一男一女,其中那个男的问小短"这里是外星人接待办吗?"得到肯定答复后,又问"你是这里的负责人吗?"再次得到肯定答复。男制服就亮出了自己的证件说,"我们是监察审计局的,这是我们的证件,这是我们的审计通知,根据领导安排,将由我们两个人对你办的经济业务进行审计,包括收集材料,现场调查取证等。我姓单,他姓刘,是本次专项审计的专员,请你办配合我们的工作。"刘专员只是在旁边站着,饶有兴味得环顾四周。

突然来了两个审计的,小短和葛晓璐都有点蒙。左小短拿着那两个证件仔细看了,不像是假的,但也说不准,现在骗子的手段太高明了,万一是真的呢,现在大环境很严格,审计部门可是得罪不起的,于是赶紧让座,沏茶。

坐下喝了杯茶之后,一开始的生疏感渐渐消散。"你们接待过外星人吗?"单专员好奇地问。

小短就把外星人接待办的情况向专员详细介绍了一番,包括该机构怎么由来，怎么监管，建设了接待中心，举办了外星人展，设立了悟空奖，与多家单位开展了合作，等等。

"那就是没接待过外星人喽？"单专员听完，问道。

专员毋庸置疑的语气和心中有数的目光让小短惊讶，他觉得这两个深有城府的专员可能不好对付，同他们讲话一定要小心，他们可是专门来找茬挑人漏洞的呀。他搓着手，有些不好意思地说，"是呀，我们一直还没有得到机会，也没有同外星人取得实质联系。不过，"小短顿了顿，他觉得有必要抬高一下身价，免得让这两个专员拿捏着走，"不过我们也从联合国的一些渠道了解到关于外星人的事情，比如在美国内华达州南部林肯郡的51区，等等。"

"51区？"刘专员问，看来她对这个大名鼎鼎的区域一无所知。于是小短又把51区的情况简要介绍了一下，并告诉她，由于设置了最高秘密级别，即使从联合国渠道，所得的信息也很有限。

"可能外星人早就和美国政府达成了协议，并在51区安营扎寨，帮助美国提升科技和军事水平。"葛晓璐明白了小短的意思，附和道。刘专员点点头，看来女人还是更容易被女人说服。不管他们是因何目的而来，在气势上不能先输了，即使真正一五一十地审计吧，小短觉得也没什么漏洞会被抓到，这几年他诚信守法，诚实经营，并没有什么贪赃枉法之事，偶尔有些礼品送给各位衙门老爷的，账面上也被处理得一干二净，实在不知道还能审计出什么问题。不过他们的到

第四十七章 审 计

来也让小短觉得有必要对31号院和8号院的账目进行一次彻底的清查,消除隐患,并设立一个监督部门才行。葛晓璐把外星人接待办的一些规章制度、经济账目以及一些档案材料等拿出来,两个专员一人一摞开始翻阅。

"你们还有一个8号院吗?"单专员问。

"有有,就在这条街上,我们随时可以过去看看。"小短解释,他判断这个单专员不好对付,可能是带着任务来的,每一页每一个票据都看得很仔细,而那个女专员则好像不那么警觉,只是例行公事的样子。

一上午都在查账,葛晓璐在旁边陪着,小短抽空出去打了几个电话。监审局莫名其妙突然杀到,得弄清楚是怎么回事才好。他先给杨扬打了电话,嘱咐要把账务准备好,清理好,审计专员可能随时去查验,另请她托人打听一下这次监审局为何而来。他又打电话给丁小刚,给信访办,给财政局,能打听消息的人都联系了一遍。快到中午的时候,信息基本反馈回来,这次外星人接待办是被人举报了。谁会盯上外接办呢,这么一个边缘部门,没有什么权,没有什么利,也没有得罪哪路神仙啊,小短百思不得其解,只觉得江湖险恶,如踏浮萍。

后来丁小刚打电话来,"你们最近和一个什么学校有联系吗?"

"学校?"小短想了想,"想象力学校吗? 有啊,最近正在谈合作呢。"

"合什么作啊,举报你们的就是校长夫人!说你们存在严重的经济问题,偷税漏税,贪污公款,这次人家咬得很死,你可要小心了!来者不善,善者不来。我相信你们那里经济没问题,但架不住人家往深里挖,往死里查呀。你那边先应对着,我再找找人,看监审局那边有没有人能说上话,他们会找人,咱们也得找人啊,现在就冲关系上了,没关系就使钱,他们要吃定我们,我们还不能让他们吃得下!你把人家怎么得罪了,这么大的仇吗?"

"这个,我也想不明白。"小短说得不错,那个女人看上去有些不大正常,但如果咬起人来,后果比较可怕,关于她儿子白痴的事情,看来她是记恨在心了。小短有些后悔,可实在没办法,总不能替他们养着白痴儿子吧,但得罪女人终究是可怕的事情。

看两个专员一丝不苟不查出点东西来不罢休的样子,小短有些着急,眼见快到中午了,他提议道,"两位专员大人,您看这都11点多了,一时也查不完,要不我们先吃饭,吃完饭再查怎么样?"

单专员和刘专员交换了一下意见,同意先吃饭。单专员说,"说吃点盒饭就行了,不然给我们买几个包子也行。"

小短连忙说,"哎呀,这附近可没有卖包子的,这样吧,我们到8号院去吃吧,正好两位也去看看,指导指导。"好说歹说,专员们同意

第四十七章 审 计

去吃桌餐了,小短赶紧安排杨扬准备饭菜,虽然距离不远,还是调了一部车过来接送。

8号院的雅间里,小短、葛晓璐和杨扬陪着两位审计专业落座,一桌子酒席很快摆了上来。单专员忙说,"主任你搞得太复杂了,我们只是吃点便饭就行了,中午也吃不了多少,简简单单,下午还有工作呢。"

小短好不容易挤出一丝谄媚的笑容,"没有没有,这都是我们的特色菜,请二位尝尝,工作也得先吃饭呀,身体是革命的本钱嘛,吃好喝好才能工作好,来来来,尝尝这个猎户座小牛肉,很嫩的。"小短给专员们倒上红酒,晓璐和杨扬忙着给搛菜,当真是伺候两位老爷。

几杯红酒下肚之后,两位专业冷冰冰的态度也缓和了,"说实在的,我们也是奉命行事啊小老弟,上头有要求,我们就得执行,对吧?"单专员一喝酒就脸红,看上去有些喜庆。

"是啊是啊,你说我们一个接待外星人的地方,有什么可查的?"葛晓璐和单专员又碰了一杯。

"不能这么说,虽然说是接待外星人,可外星人呢?在哪里?你们这接待中心招待的,不还是地球人嘛?"单专员不吃葛晓璐那一套,一本正经地说。

小短只好再次敬酒,如果能喝点酒,那说明问题不会很大。"专员说得对,我们哪有和外星人的经济往来啊,全是地球人的,所以还是得查,我们也支持,照说呢,我们接待外星人,那是光荣的事业,容不得虚假嘛。"

"对,老弟啊,我还这有点羡慕你们,接待外星人,多么有情怀的一件事啊,瞧瞧我们干的是什么,当牛做马的,天天查账!对吧,刘?"单专员说着简直有点忿忿了。

刘专员觉得小牛肉不错,连吃了几口,"是啊,天天查账,不过也是本职工作吗,让你去接待外星人,你还不会呢。"

"非也,非也,"小短忙说道,"你们做的才是大事呢,确保财政资金安全嘛,保护纳税人的利益,是为人民做好事。"

"行啦,不用再吹捧啦,也喝个差不多啦,小左啊,看你是个实在人,估计没什么问题,不过我们也不能因为吃了你的饭喝了你的酒,就不查了。给你交个底儿吧,这次上头给了任务,必须要有内容!所以你也要作好准备,事大事小还不好说,但肯定有事。要不然我们交不了差,也怕吃不了兜着走。"

小短心中有些凄凉,不过还是赶紧挂上笑容,看来肯定会有问题了,只要专员不添油加醋胡乱捏造就行了。"哪里哪里,应该公事公办,能看得出来两位专员也是久经沙场,实事求是,办事公允,两位为我们接待办辛勤工作,这么操劳,真是感激不尽啊。"

接待不是小事,小短就是干接待的,通过一顿饭,基本上摸清了

第四十七章 审　计

两位专员的来路,但还解决不了问题,要想对症下药,还得找到后面的那只手,从其领导身上或者再往上的领导那里下功夫。但是他不知道白校长夫人那边和监审局的关系有多硬,他需要动用什么样的能量,也做好了不得已向大员求助的准备。

专员继续查账去了。小短坐在门前,一股清风吹过,让他有点心灰意懒,仿佛他走过的路,是一条虚无缥缈的小径,没有脚踏实地,也没有看到尽头,等他爬到半山腰,才感觉自己不是爬上来的,是坐船来的。半山腰的小风微凉而使人清醒,两个专员就是那股小风。

审查两天后,两个专员带着复印的凭证等材料回去了,说是不当面反馈,需要回到局里讨论后再反馈给外星人接待办。又煎熬地等了两天,小短四处托人打探,最后还是从刘专员那里先得到消息。刘专员来的时候,杨扬很是下了一番工夫,姐姐长姐姐短的套近乎,又是拉着吃饭,又是拉着美容SPA,算是混熟了。据刘专员讲,局里讨论了外星人接待办的事情,都没什么大问题,专员出具的审计报告还是比较客气的,列出来两个小问题,一是有些账目不清,在小短填具的一个报销单上,列支了一瓶娃哈哈矿泉水8块钱,可市面上并没有8块钱一瓶的矿泉水,存在弄虚作假的嫌疑;二是在外星人展览中,有些模型制作没有比质比价,价格相差较大,另外有些模型过于奇怪,有欺骗游客之嫌。本来这两个问题都有点牵强附会,是专员实在

外星人接待办

找不出其他问题才列上的,本以为讨论之后就会没事了,但会上局长亲自发言,语气很重。说外星人接待办,是全人类的窗口,不容许存在一丝一毫的问题,哪怕出现一毛钱的问题,也是大问题,因为接待外星人花的是全人类的钱,每一分钱都要对全人类负责！1块钱的矿泉水,非要花8块钱去买,这是什么！是典型的贪赃枉法,虽然只是小事,但以一管可以窥全豹,接待办代表的是地球人的形象,他们将来在和外星人的交往中会不会有猫腻？会不会存在伙同外星人来坑蒙拐骗地球人的事情？都很难说！另外,办个莫须有的外星人展览,弄虚作假,欺瞒游客,也是大罪过,总之,外星人接待办的事情不是小事情,要成立专案组,继续深挖深究,已有的线索,可以先移交检察机关,建议立案处理。

小短听得头都大了,怎么可能芝麻大点的小事,就要上纲上线,要摆出一个置人于死地的架势呢？后来渐渐搞明白了,这个监审局的局长,原来就是白校长夫人的亲弟弟呀。看来是在劫难逃了,小短赶紧通过周秘书联系大员,但大员已经升迁,也顾不得管小短的事情了。连大员都不出面了,其他的一些哥们儿也都声称帮不上忙,监审局是把利剑啊,谁敢试其锋芒？搞不好连自己也搭进去了。小短有种一叶知秋的感觉。

杨扬还在努力地跑路子,靠近年做宾馆生意积累的人脉,前后奔

第四十七章 审 计

走,希望能打开局面,留出后路,甚至托人要送重金给监审局长,但那局长也不是缺钱的主儿,这次是听了姐姐的命令,不把左小短摁倒不算罢休。葛晓璐也和黄笑宇到处托人,丁小刚则通过星天外公司结识的达官贵人,打探消息,但都没有什么好消息。大伙儿都很着急,小短的心态倒还好,还能泡泡茶喝,或者到厕管员车大爷那里摆摆龙门阵聊聊天。

第四十八章　祸去病

是福不是祸，是祸躲不过。虽然事情有些可笑，小短觉得笑笑就算了，一笑而过吧。这次监审局要拿下他，就顺其自然了，说不定成了阶下囚，说不定也会峰回路转又一村。兴许是第一波审计查出来的问题太小，太微不足道，不足以定罪，监审局又派来了第二波专员，这次是由5个人组成的专员组，每一个人都不好对付。外星人接待办如临大敌，如临深渊。

这次审计的重点，放在了8号院，做生意的嘛，多少会有纰漏，不可能那么周全，什么账目不清啊，证件不全啊，偷税漏税啊，消防卫生不合格啊，只要一查，准能查出问题来。好在杨扬比较有经验，一面招待好专员组的各位大爷，一面把材料准备得尽可能完善。专员组这次蹲点8号院待了一周时间，把账目翻了个底朝天，当然也吃了不少，喝了不少，还拿了不少。就是这样，吃拿卡要，而且查的就是你这些问题。

"怎么办，老大？"葛晓璐有些愁容满面，她看出这次审计的势头，是非要把外星人接待办整垮不可的，她有种大厦将倾的感觉。

"天要下雨，娘要嫁人，由他去吧。"小短仰坐在沙发上，幽幽地

第四十八章 祸去病

说,好像此刻他不是接待办的人,而是一个冷眼旁观的看客。

"要不这样,我和杨扬姐一起去找找那个白夫人,哭诉哭诉,求求情,看能不能放我们一码?"葛晓璐忽然想到这个主意,"解铃还须系铃人啊。"

"冤家宜解不宜结,结下了就是个祸事,我看也没必要登门求她去。"小短内心其实是很高傲的,常常抱着老子靠本事吃饭,万事不求人的态度,这次也一样,让他俯身屈就去求那个神经质的妇人,门儿都没有。

"我去找杨扬姐商量啊。"葛晓璐看小短心灰意冷的样子,也多少理解他的苦闷,索性直接去和杨扬谈。

杨扬很赞成晓璐的看法,立即着手备好了礼品,派人打听白夫人的情况,包括住址、爱好、常去哪些地方等等。可等打探的人回来,消息很让人失望,白夫人已经出国旅游了,恐怕几个月都不回来了。好嘛,系铃人已经躲到海外去了,这铃还怎么解?

审计专员组驻扎的一周是乌云密布的一周,天气也变得阴郁不快,小短的心里也像是住了一个小乌贼,他不敢轻举妄动,生怕动作一大,小乌贼就会"噗"地喷出一口浓墨在他心里面。他又开始发起烧来,身上感到冷,就像上次从亚丁湾回来时一样,整个人软绵绵的,世界仿佛变成了离散的,而不是收敛在他这个人形精神体内。他成了一个冒着热气而且里面藏了一只乌贼的老冰棍。

天气的确渐渐地凉了,夏天即将离去。胡雪那里传来的消息让人振奋,她生了个大胖小子,还发来了照片,那孩子很是白净,胖乎乎的,嘟着小嘴,但眉头皱着,好像在思考什么重要问题,像个小小的哲学家。

"给孩子取名字了吗?"小短在电话里问。

"彼得。"电话那头的胡雪听起来有些生疏了,她孕育了一个孩子,像有了一个不死分身,已经不是原先的胡雪了。

"一个英文名字?不过,他那眼睛看起来像我。"小短呵呵笑起来,一想到他那双水汪汪明亮眼睛,就禁不住内心泛起笑意。那孩子姓胡还是姓左?他没有再问。

"是啊,笑起来也像,小手那么小,像个小松鼠的手。"

"我明天去看你们吧?"小短说。

电话那头一片沉默,仿佛那句问话闯进了一片清晨的森林里,四周静悄悄的,只有那问话的最后一个语气词还在响起。仿佛胡雪坐在湖边,或者躲在某棵大树的后面,透过薄雾,看着这问话,看着有些陌生的小短。

"你那边审计得怎么样了?"静默过后,胡雪温柔地把上句问话的

第四十八章 祸去病

小兽牵回来。

"就那样吧,随他们折腾去,估计也不能把我怎么着,算是我命中有此一劫吧,不过也没什么大不了的,这两天我更想开了,不放在眼里。"小短说,他不知道上句问话胡雪为什么没回答,心中颇疑惑,又追问道,"那明天?"

"明天我们就要走了。"胡雪在那头轻声说,像是不大愿意提起明天,"本来想今天晚上再给你电话的。"她顿了顿,又说,"我丈夫回来了,就是那个英国人约翰,他消失的这几年,说是去老家处理一件棘手的家族事务了,也是生意上的事,已经处理好了,并继承了一大笔产业,他回来找到我,这段时间一直在陪着我,现在要把我接到英国去了,明天就走,先去香港逗留一段时间,再去伦敦。"

"哦,"小短不知道说什么好,仿佛刚才闯进清晨森林里的那个问句虽然变成了一只呆萌的小兽,却被猎手的枪一下子打倒在地。"那明天?"小问句倒在地上,又抬了抬头。

"明天时间比较紧张,你那边也还有审计的,我想不行以后再见面吧,等我在英国安顿好了,再回来看你。"胡雪的话声音很轻,可每一个字都像是最原始的活字印刷术制成,先制成单字的阳文反文字模,然后一个个地把单字挑选出来,排列在字盘上,涂好墨,通过电话线一个个的印到小短的耳朵里。小短觉得那些字上墨迹,就是自己心中那个小乌贼喷出来的墨汁。

"那孩子？"小短又问。

"约翰也很喜欢彼得，把他看成自己的孩子一样，抱在怀里爱不释手。"胡雪说。

"好吧。"小短说，他颓然地瘫坐在沙发上，仿佛和胡雪隔了一个冬天的距离。

挂上电话，小短咳嗽了一会，又急急地站起来，"不行，我一定要去看看孩子！"他在内心里说。他要去马上买车票，立刻赶到胡雪那里去，恐怕明天就来不及了，他要立刻亲亲那婴孩的额头，真正地看他一眼，哪怕只是一眼，摸摸他的小手，哪怕只是一下。心情如此迫切，以至于他都喘息起来了。

可还没有出门，小短被两个穿制服的人拦住了。

"你是左小短吗？"一个穿制服者问。

"是。"小短犹疑着，好像自己也不知道到底是不是自己了。

"我们是公安局的，请跟我们走一趟吧，你涉嫌贪污公款、欺诈等多项罪名，已经立案，请配合调查。"穿制服者面无表情地说。

"可我正要去看看我的孩子。"小短有些着急地说，"明天他就要去英国了。"

"请不要妨碍我们执行公务，先跟我们走吧。"穿制服者的命令不容违抗。

第四十八章 祸去病

"那我打个电话行吧,跟我的同事说一声。"小短掏出的手机随即被没收了,穿制服者说,"我们会通知你的家人同事的,走吧。"

葛晓璐很快得知了小短被关押的消息,慌张地找杨扬商量,他们召集人马开了紧急会议,丁小刚也参加了,希望尽一切力量把左主任营救出来。捞人就得用钱,这方面杨扬去打点。

"在里面不会被乱打吧?"葛晓璐紧张地问。

"应该不会,"丁小刚镇定地说,"我们请的律师已经到公安局去了,要求见当事人一面,会尽力和警方协调。我觉得这次事情不是那么严重,对方也只是想整我们一下,并不想整死我们,所以不会有什么大问题。我们要齐心协力,共渡难关,尽量把损失降到最小。各方面关系都要用上,各种手段都要使出来。"

"丁总你看这个有用吗?"杨扬拿出个小本子,近些年给哪些官员送礼送钱,都记录在小本子上呢,算是一本小黑账吧。

丁小刚接过来看看,"太有用了,先打电话联系请其帮忙,实在不行就威胁举报,这是下策,但事到如今也没办法了。"

经过各方努力,小短被放了回来。结果很快出来了,本来要把小短法办的,可毕竟使了路子,从轻发落,可其他的事情并不从轻。外星人接待办所属的8号院,因违规经营等多种问题存在,将被政府部门收回,不再作为外星人接待中心,所有资产没收。外星人接待办所属的31号院,因考虑联合国背景,暂时保留,减少编制,妥善管理,委托市接待办监督。外星人接待办主任左小短未做好本职工作,留用察看一年,期间如有违规,将被除名,由市接待办另行指派人员管理。

8号院被收回后,马上又被改造成了洗浴中心,名字保持了外星人接待中心的风韵,叫"星外来客洗浴中心",生意也逐渐火了起来。

杨扬接替了胡雪,回去继续管理那家连锁宾馆,她那样风风火火的人,做起生意来也一样风风火火。

因为接待办要减员,葛晓璐主动辞职,要和黄笑宇去旅行结婚,策划了好多地点,马尔代夫、不丹,还有瓦尔登湖,看上去很美好。

行星合作办的工作并没有受影响,丁小刚继续深化星际旅游概念,公司办得有声有色。

小短在公厕和车大爷喝了一壶茶。"听说你最近有些不顺?"车大爷一边洗茶,一边关心地问。

"岂止是不顺,简直是糟糕透了。"小短无奈地笑笑,他的意思并不是说8号院被查收,31号院险被托管,众人如鸟兽散,他应该更多地是指没来得及去看看彼得,再去看胡雪一眼。

"事情就是这样,想开就好。"车大爷笑呵呵地说。

小短喝了一口茶,问道,"这是什么茶?口感这么独特?"

第四十八章 祸去病

"老虎茶。"车大爷笑道,"你肯定没喝过。"

"用老虎做的茶?"小短皱起眉头,"老虎毛?老虎肉?老虎皮?"

"秘方做的,肯定保密,你先品尝吧。"

小短将茶一饮而尽,感觉通体舒泰,心中愉悦,就像一个感冒很久的人,突然神清气爽起来。"好茶,好茶!"在茶水的香气里,他早已把那些不快都抛掉了。

第四十九章　乔治奥威尔

菠萝柚子大街 31 号院一如既往,年轻而沧桑。

小短推门进入办公室的时候,想起来刚来这里的情形。那时他还懵懵懂懂,根本不知道外星人接待办是怎么回事,办公室里也是空荡荡的,只有滴水观音和乔治奥威尔的画像,那一天的心情多么忐忑呀,而见到桌子上《致左小短的信》,他的心情又是多么奇怪呀。这一切有些像梦,现在又只剩下他一个人在这空荡荡的屋子里,他突然感到一丝深刻的孤独,说不清楚那孤独从哪里分泌而来,只是像黏液一样沾满了他的全身,而那只名叫孤独的怪兽,津津有味地舔舐着他。

或许真的有外星人就好了。小短翻着书桌上那一摞厚的外星人资料,他心中描绘过多少个外星人的形象啊,还幻想着和外星人一起交流、品茶呢。可外星人就像那传说中的龙一样,神乎其神,却从未现身。这些资料还有什么用呢,当初搜集整理它们的时候可是费了九牛二虎之力,如果此刻外星人推门而入,翻阅一下这些介绍它们的资料,大概能会心一笑吧。

第四十九章 乔治奥威尔

小短打开电脑的光驱,把那张银行卡放了回去。这些日子卡里的工资从来没有拖欠,看来上级对接待办的工作还是认可,那一串卡号既是小短的口粮,也是小短的精神寄托,他和上级的联系除了电子邮件,就是这银行卡了。不知道上级是否已经知道8号院被查收的消息,想来无所不知的上级应该已经了解,所以这个月会不会扣工资,还说不准呢。

小短坐在沙发上,环顾四周,觉得这一切那么熟悉,办公桌,葛晓璐的资料箱,电话机,电脑,饮水机,书橱,滴水观音。房间里仿佛还回放着他和葛晓璐、胡雪讨论问题的情形,回放着接待蓝精灵教授、昴宿星系M先生等"外星人"的情形,可是都过去了,小短对自己倒陌生起来。我变成了一个怎样的人?外星人对我产生了什么样的影响?我有所改变吗,还是原来的我吗?他不断地询问自己,仿佛自己这时变成了这个房间的中央,变成了世界的中央。

春去秋来,几个寒暑,小短有种是非成败转头空的感觉,不过这秋日的阳光正好,照在身上感觉暖洋洋的。他烧了壶水,泡上一杯车大爷给的老虎茶,看着那茶叶在玻璃杯里上下翻滚,低声怒吼,看一个蜷曲的茶叶慢慢在手中舒展开了,就像那老虎伸了个大懒腰。那茶叶释放出一种"心有猛虎细嗅蔷薇"的芳香,让小短在烟气氤氲中有些清醒。他决定再开一次例会,虽然只剩了他一个人,例会的形式还是要坚持的。

"注意啦,大家安静!"小短坐直身子,端起茶抿了一口,对着墙上的乔治-奥威尔和墙角的滴水观音开起会来,这让他想起第一次开例会的情形,甚至觉得比那次庄严感还更强些。

"下面我们开会。今天的会呢,主要有两个内容。第一,回顾我们过去的工作,回头看;第二,部署我们下一步的工作,向前看。"小短看了一眼奥威尔,画像上的人物仍像往常开会那样侧耳倾听,甚至如果你仔细长时间观察,还能看出他在微微点头;滴水观音也在微风中摆动着叶片,表示赞同。

"从我个人来看,进入外星人接待办之前,我还是个不谙世事的毛头小子,虽然,刚进来的时候办公室也像现在这样空空如也只有我一个人,但感觉不一样,我在一个组织里,有同伴在关心我,支持我,我不是一个人在面对外星人。开始工作毫无头绪,就像老虎吃天无从下口,后来,通过和行星合作怎么办联系,通过参加研讨会,还招聘了新的员工,组织了恳谈会,并对我们的工作进行了宣传,找了代言人,才逐渐地打开了局面。

"当然,最初我们的访客主要是一些精神异常者,对外星人有种执迷的臆想,说三道四,真假难辨,还有长期上访的人,因为心中沉重的苦闷,没有渠道排解,对外星人有期冀。接待这些人多了,我们也因此和市信访办及接待办搭上了关系,进入官方的视野。通过接触官

第四十九章 乔治奥威尔

方人士,也打开了我们发展的思路。在外出调研的基础上,我们提出了改造接待办的议案,因为时代在发展,科技在进步,接待外星人的工作也得前进,不断在硬件和软件方面升级的思路大方向应该是不错的。通过种种努力吧,我们做好了设计,落实了经费,新的接待中心也就是8号院终于落成了,一个崭新的现代化的接待中心,这也算是我们接待办的一件大事吧。

在新的接待中心里,我们开展了很多活动,包括模拟接待,外星人展,并且结合实际,按照军事设施在和平时期开放民用的想法,我们也将接待中心的功能开放给大众,餐饮、住宿,生意逐渐地红火,也改善了接待办的财务状况。同时,我们积极向外推介,引入了风险投资,与行星合作怎么办、投资方联合成了星天外旅游公司,开拓太空旅游项目,也是为我们接待工作打好基础。公司组织了星门之旅等活动,社会影响力越来越大,外星人的概念也越来越吸引人。除此之外,我们还开通了热线电话,设立了外星人接待专用奖项——悟空奖,还到某些外星人事件发生地进行了实地考察,并通过与中小学合作等方式吸引下一代人对外星文化的关注。

总之,这些算作努力也好,日常工作也好,还算是紧密围绕着外星人开展的,我个人在这个过程中也不断地成长,积累经验。然而,因为某些经济方面的纰漏,我们被审计部门查处,外星人接待办又回到了原点,这也算是我的重大过失吧,我是衷心希望外星人接待办能又好又快发展的。

　　回头看看,我们走的每一步都那么斗志昂扬,精神焕发,仿佛外星人就在我们前方不远处招手。虽然不能说我们这些年的工作对外星人接待有多大的促进作用,但就个人而言,我的思想意识已经有了很大的转变。外星人存在与否并不重要,当然,我还是坚信外星人是切切实实存在的,重要的是什么呢？是要保持一颗敬畏之心,要有人类情怀,要放眼整个宇宙。我想,这就是在从事与外星人接待有关工作中我感受到的,体会到的。

　　走了这么久,有得也有失,需要感谢很多人的帮助,贵人的提携,朋友的帮助,同事的协作,各个方面吧都需要感谢。仅仅是我们接待办这么一个小的窗口看吧,根本离不开人与人之间的交流,外界和内部的沟通,那我们整个地球,置身在广阔宇宙中,想必也需要和其他的星球进行交流,沟通,才能长远发展。致谢的名单可以罗列很长,也没有一一列出的必要了,只能告诉自己,长存一颗感恩的心吧,不仅是对外星人,还对周围所有的人。谢谢！"

　　小短喝了口水,不知道该继续说什么。抬眼看了看墙上的画像,乔治奥威尔仿佛微微眼角上挑,像是在说"你还没感谢我呢！"

　　"老乔治,你需要我感谢你吗？"小短向奥威尔举了举杯子。

　　那画像眨了眨眼睛,表示同意。如果他能开口说话就好了。

第四十九章　乔治奥威尔

"那好吧,"小短又坐直了身子,奥威尔和滴水观音从头到尾见证了小短的成长,是心知肚明默然不语的观察家。"当然还要感谢,呃,我精神上的支持者,尊敬的乔治奥威尔先生和,呃,滴水观音姐姐。"小短又向那盆植物瞥了一眼,感觉自己有些好笑。不过好笑又怎么样呢,这个接待办,这个角色,这个自大的世界,不都同样好笑吗?小短希望穿越到奥威尔的那个时代,和他在小酒馆里好好谈谈,敞开心扉,说一说内心的那些彷徨和苦闷,那些美好的焦虑和沉重的希冀。小短希望变身成一株文竹,有瘦长的叶子和笔直的茎秆,和滴水观音在微风中用叶子交谈,聊聊那些绿色的梦想,蓝色的渴望。

可小短环顾四周,空荡荡的办公室里还是孑然一人,四周也静悄悄的,连"尊重现在,豆浆油条"的叫卖声都没有。他又颓然地放松了身体,对自己说,"散会吧。"

第五十章　有来有去

在《西游记》里面有个小妖,小短印象深刻。他叫有来有去,是麒麟山獬豸洞赛太岁的心腹小妖。他是个心存善念的小妖,被派到朱紫国下战书,他却内心嘀咕着自家大王的不是,说"我家大王,忒也心毒。……这一去,那国王不战则可,战必不利。我大王使烟火飞沙,那国王君臣百姓等,莫想一个得活。那时,我等占了他的城池,大王称帝,我等称臣,虽然也有个大小官爵,只是天理难容也!"小妖出场时间很短,被齐天大圣一棍子打死。说实在的,有来有去死了,小短很伤心。

在秋日的午后,阳光蹑手蹑脚地进来,小短舒服地倚在沙发后背上,像是飘浮在阳光之上,他这时想起了有来有去。那个下战书的小妖,心怀悲悯苍生意,出师未捷身先死,有些像舞台上逗人笑的小丑。小短心里想着小妖,觉得自己也变成了有来有去,也变成了一个可笑的角色,处在一个魔幻的世界里。灰尘在阳光里舞蹈,似乎在暗示小短,他和那个叫有来有去的小妖有着某种命运的关联。起码那小妖

第五十章 有来有去

的名字挺好,有来有去,有头有尾,有始有终。他是在想着小妖的时候,决定辞职的。环顾四周,这外星人接待办,空空荡荡,给人一种徒劳无功的感觉。纵有屠龙之技,却也是鸡肋之举,有何现实意义?小短是满怀热情对待这份工作的,也从中受益,可他现在想换个环境了,想直面可爱的生活,想下沉到世间,想在烧饼店、黄焖鸡米饭、彩票点、西瓜摊、售楼小姐、报刊亭、修车铺、中药店、拉面馆、小超市等的存在中寻觅自己的存在。

小短很快写好了工作总结和辞职信,语气委婉,意愿坚定。他盯着电脑屏幕上的邮件,深呼吸,点了发送按钮,长吁了一口气。他该离开这个舞台了,即使是个小丑或者小妖吧,他要另谋职业了。

小短收拾好东西,其实也没什么物品,很小一个纸箱就装下了。为什么人们离职的时候都要用一个纸箱装东西?他也说不清楚,捧着纸箱,最后看了一眼办公室,有些恋恋不舍,可是去意已决。正待他要推门离开的时候,电脑突然发出了"您有新邮件"的声响。

新邮件?是已读回执吗?小短放下纸箱,重新回到电脑前,处理最后一封邮件。

果然是上级的邮件,不过回信很简单:"恭喜你被正式录用了!"

图书在版编目(CIP)数据

外星人接待办/孟庆勇著. —上海:上海社会科学院出版社,2017
ISBN 978-7-5520-1920-9

Ⅰ.①外… Ⅱ.①孟… Ⅲ.①长篇小说-中国-当代 Ⅳ.①I247.5

中国版本图书馆CIP数据核字(2017)第041275号

外星人接待办

著　　者:孟庆勇
责任编辑:冯亚男　王晨曦
封面设计:周清华
出版发行:上海社会科学院出版社
　　　　　上海顺昌路622号　邮编200025
　　　　　电话总机021-63315900　销售热线021-53063735
　　　　　http://www.sassp.org.cn　E-mail:sassp@sass.org.cn
照　　排:南京理工出版信息技术有限公司
印　　刷:上海颛辉印刷厂
开　　本:890×1240毫米　1/32开
印　　张:12.875
字　　数:236千字
版　　次:2018年2月第1版　2018年2月第1次印刷

ISBN 978-7-5520-1920-9/I·239　　　　　定价:38.00元

版权所有　翻印必究